Jan Bratenstein

Alles Arschlöcher überall

CARPATHIA
VERLAG

Jan Bratenstein

ALLES ARSCHLÖCHER ÜBERALL

Roman

Carpathia Verlag

MIX
Papier aus verantwortungsvollen Quellen
FSC® C083411
FSC www.fsc.org

Erstausgabe
1. Auflage 2022

Coverillustration: Andy Conrad, www.andy-conrad.de
Gesetzt aus der Utopia und der Mongoose
Druck und Bindung: CPI – Clausen & Bosse, Leck
Printed in Germany

ISBN 978-3-98630-000-5

www.carpathia-verlag.de

Fürs Express. Für Günter Mailand.

01. Tom Peter

Tom Peter fand endlich die eine Kneipe, die er nicht kannte, nicht kennen wollte, die ihn nicht brauchte und deren Tür ihn geschwind und brennend verschlang. Er hatte seinen Zug verpasst, fand das aber prima, denn nach so einem schweißtreibenden Nachmittagskonzert konnte er sich nun wirklich nicht zurücklehnen und den verbleibenden Abend wie einen handelsüblichen Abend beenden. Ausdampfen musste er. Es war viel adrenalinschwerer Schweiß geflossen, die Improvisationen hatten gut gesessen und an seiner empfindsamen Seele gerüttelt. Tom Peter hatte große Lust, alles mit ein paar Bieren in einer ganz und gar fremden Kneipe in einer ganz und gar fremden Stadt zu begießen. Denn es geht bekanntlich nix darüber, in völliger Anonymität zu trinken, wo die Gedanken wahrlich heimlich sind und man sich nicht einmal imaginär rechtfertigen muss für sein inneres, düsteres Wesen. Seinetwegen sollte sie verraucht sein, die Kaschemme, dunkel, laut oder schläfrig, am Flussufer oder unter einer Eisenbahnbrücke. Schnuppe war es ihm, solange er Bier und einen gewissen einheimischen Flair in sein Gesicht hineinschmeißen können würde.

Sein Instrument trug er in dem schicken Lederköfferchen, das er für einen humanen Preis in einem Second-Hand-Laden gefunden hatte. Insgeheim freute sich Tom Peter immer über den Gedanken, sofort als »Musiker« identifiziert werden zu können, wenn er damit unterwegs war, und achtete auch sonst schon auf seine Aura der Boheme. Mit schwarzer Hornbrille und schwarzem Rollkragenpulli wollte er den adretten Kurzhaarschnitt seiner dunklen Haare nach unten hin abrunden und den Stil einer Ära heraufbeschwören, der ihn letztlich damals zum Jazz verführt hatte. Es waren vielleicht erst einmal gar nicht so sehr die Melodien und Rhythmen gewesen, sondern, wenn er ganz ehrlich mit sich war, das Ambiente, der Rauch, die Hüte, die Autos, der Sex. Er betrachtete den glücklichen Kofferkauf seit langer Zeit als wichtige Schicksalsbegegnung und karmische Bestätigung seiner Berufswahl. Der womöglich beste Zufall seines Lebens.

Trotzdem wusste Tom Peter natürlich nur zu gut, dass er sich gerade in einer dieser unglamourösen deutschen Kleinstädte befand, wo, vielleicht noch mehr als im Rest des Landes, aller Jazz nur künstlich reproduzierter Abklatsch sein konnte und Originalität nur im Fußball und in der Braukunst zu finden war. Aber gerade mit jener hiesigen Braukunst wollte er sich ja nun intensiv auseinandersetzen.

Voll hehrer Ziele durchschritt er also diese Glastür, durch die ihn das goldgelb glühende Neonschild liebevoll gescheucht hatte. Die Abendsonne sagte leise goodbye; weil er Jazzer war, und Jazzern sagt die Abendsonne goodbye, hin und wieder passiert das.

Natürlich sagt die Abendsonne normalerweise eher niemandem goodbye, niemand von uns kann sagen, das wäre ihm einmal passiert. Aber dem Jazzer, dem Jazzer insgeheim. Und weil Tom Peter länger im *Café Exquisit* festsitzen sollte, als er es sich in seinen kühnsten Träumen hätte vorstellen können, ließ die Abendsonne diesmal von sich hören.

Frank Leupesch erhob sein schweres Haupt, als die kleine Glocke über seiner Kneipentür klingelte. In den letzten Jahren hatte Leupesch einen beachtlich langen Vollbart entfaltet, der, wenn man mal ganz ehrlich war, die Farbe einer verdreckten Großstadtgasse hatte, ihm aber nicht schlecht zu Gesichte stand. Es war womöglich das größte Kompliment, das er von seinen treuen Stammvögeln im Lokal bekommen konnte, dass niemand jemals monierte, wenn die Bartspitzen beim Ausschank sichtlich im Bierglas hingen. Der Bart reichte ihm mittlerweile bis zum Bauchnabel, was schon ob Leupeschs Körpergröße beachtlich war. Man mochte sagen, seine Statur wäre die eines Basketballspielers, lang und schlaksig, wäre sie nicht vom Laufe der Zeit in diese schlaffe Krümmung geknickt worden, an deren Spitze sich wie ein verirrter Bierbauch hinter dem langen Barkeepergesicht der Schwerkraft entgegen ein ordentlicher Buckel gen Zimmerdecke schob und Frank Leupeschs liebevoll-gemütliches Wesen unterstrich, welches die verlangsamte Reaktion auf Tom Peters Bierbestellung bedingungslos entschuldigte. Seit knapp 20 Jahren leitete Frank Leupesch jetzt das *Café Exquisit*, vormals *Café Roberta*, zusammen mit seiner

Perle Lina. Er hatte vieles gesehen und noch mehr wegputzen müssen. Da durfte man gemütlich werden. Gemütlich werden war im Grunde seine einzige Chance gewesen.

»Ein Helles bitte.«

Tom Peter hievte seinen geliebten Lederkoffer auf einen Barhocker und nahm auf einem zweiten Platz. Dass sich ein halb abgenuckelter Bierbecher vom Tresen aus erfolglos bemüht hatte, ebenjenen Platz als vergeben zu kennzeichnen, auf dem nun der elegante Lederkoffer zur Ruhe kam, vermochte Tom Peter erst zu kombinieren, als eine schwammige Hand auf seiner Schulter landete.

»Na, entschuldige mal«, gab sich eine geschulte Radiostimme zu erkennen.

02. Das schicke Instrument muss sich wohl ausruhen

Kurz darauf hatte der Mann mit der schwammigen Hand die Klarinette schwungvoll aus dem Weg geräumt, seinen birnenartigen Radiohintern wieder in unmittelbare Nähe zu seinem Kaltgetränk schieben können und Tom Peters augenscheinlich sehr diffuse Bestellung berichtigt.

»Frank, was ist denn das aktuelle Etablierbier?«

»Probierbier!«, rief irgendeine brummige Stimme aus der dritten Reihe. Verhuschelt und mumpfelig.

»Von Idioten ist man hier umgeben! Go with the times, meine Güte! Probierbier heißt das schon lange nicht mehr, schon seit Jahren. Wahnsinn, Frank, oder? Das Probierbier heißt jetzt Etablierbier. Frank, wie lange ist das jetzt schon so?«

Gewandt im Umgang mit Irrelevanz brach Frank Leupesch die Debatte für sich im Kopf herunter auf die wichtigen Bestandteile und sprach der Einfachheit halber gleich mit Tom Peter direkt, seines Zeichens ja letztlich Adressat der Geschmacksberatung: »Das aktuelle Etablierbier ist Reh, ein Zwickel, manche meinen, es wäre ein etwas dunkleres. Etwas dunkler als ein Helles. Da muss ich aber – für mich persönlich – eher abwinken.« Frank Leupesch bemühte sich sichtlich, seinen inneren Frieden nach draußen in den Raum zu projizieren und die wilde, haarige Meute bloß von einer wilden, haarigen Debatte um Biergeschmack abzuhalten. Tom Peter war in seiner kleinen Überforderung bereit, das Spiel mitzuspielen, und bestellte, noch im Augenwinkel einen bestätigenden Kopfnicker seines Tresennachbarn mitnehmend, ein Reh-Zwickel. Zwickel-Reh.

»Ah, der emotionale Wert von nem frischen Bier zu haben! Tschuldigung, die Grammatik. Ja, das geht vermutlich besser. Als Radiomann, haha. Beim Radio bin ich. Das heißt, und da halt dich besser fest, hier kommt die Ansage: Das heißt, ich rede recht viel. Ich rede recht gern. Quasi von Berufs wegen.«

Leupesch unterbrach den Redefluss, indem er ein goldblubberndes Glas auf den Tresen schmetterte.

»Und dann hört er im Feierabend auch nicht damit auf.«

»Enno Brotschmier der Name.«

»Tom Peter.«

»Nein! Nein!!«, rief Brotschmier mit der freudigen Energie eines jungen Schimpansen.

»Ähm… Was?«

»Tom Peter, der Trompeter?«

Generell war da eine geradezu aggressiv-jugendliche Passion in Ennos Mittvierzigergesichtszügen. Die stilsichere Radiobrille, die Koteletten, die in die Jugendlichkeit hineinforcierte Kleidung – alles suggerierte einen harmonischen Querschnitt aus Rockstar und Gymnasiallehrer, wie ihn nur der erhabene Musikkritiker zur Schau stellte. Tom Peter analysierte amüsiert, prostete, nahm einen ersten Schluck und war endlich angekommen. Schon hatte er Charaktere kennengelernt und es sollten nicht die einzigen bleiben.

»Naja, es ist eine Klarinette, eigentlich.«

»Uff. Schade. Das hätte was gehabt. Tom Peter, der Trompeter. Ich sehe förmlich die Plakate vor mir.« Ohne sein Zutun in einen zufälligen Moment der Reflexion verheddert, guckte Enno Brotschmier über seinen Brillenrand in das Gesicht seines neuen Freundes und probierte, was der durchschnittliche Anstrengend-Beschwipste so selten zu probieren vermag: das Gegenüber zu lesen. »Wir sind hier keine durchschnittlichen Anstrengend-Beschwipsten, weißt du, Tom Peter. Du hast, wenn ich das mal mit Verlaub – als Einleitungssatz in eine kleine Stadtführung sozusagen – nutzen darf, hier einen ganz besonderen Ort entdeckt: *Café! Exquisit!* Ein Erfahrungsfeld der Besinnungslosigkeit. Wenig Wichtiges dabei, doch selbst der Dreck hier ist besonderer Dreck. Man stolpert schnell von einem Bier ins andere, doch auch wenn du dir denkst: ich geh jetzt nur mal eben Bier gucken. Ja! *Ja!* Auch das geht. Hier ist gut, wenn du einfach mal gucken willst. Wie der Flüssinger da. Der starrt nur immer vor sich hin. Und das ist gut so, das macht er gut. Niemand starrt so gut wie der Flüssinger. Meine Güte. Was für Weltphilosophien sich in diesem kleinen Kopf verstecken müssen, sieh ihn dir an. Starrt und starrt. In ein Kartendeck, nen Lottoschein oder in ein Bier. Niemand starrt so wie der Flüssinger. Hier haben alle ihre Talente. Alle bringen sich ein!«

Der Mann mit den filzigen Locken, auf den Enno bei seinem euphorischen Vortrag gedeutet hatte, zuckte kaum mit dem Kinn, als sein Name fiel. Das Einzige, was vorsichtig eine Beweglichkeit in seinem Dasein andeutete, waren die vielen knittrigen Falten in seinem viel zu großen Hemd. Frank Leupesch war sichtlich unterhalten von der energischen Performance, mit der Stammkunde Enno den Raum bespielte. Auch Tom Peter schmunzelte und konnte sich vorstellen, hier noch einen recht unterhaltsamen Vortrag zu genießen.

Im Grunde hatte er selten in seinem Leben derart falschgelegen.

»Ich hoffe, ich gehe nicht schon auf den Senkel. Das ist die Radio-Energie, die muss noch raus, die ist noch nicht ganz raus.«

»Das kenn ich«, wollte Tom Peter murmeln.

»Und dann hast du halt noch dringend vom Haus-Absinth nippen müssen«, stichelte Frank Leupesch.

Enno wurde ernst wie die Bühnendiva, deren Show von einem vorlauten Teenager unterbrochen wird. »Nein. Ich wollte nur konversieren. Konversionieren. Konversation tun. Machen. Punktum.«

Da krachte die Tür, und zwei voluminöse Personen brachen herein, deren Wirkung auf den Raum noch um Lichtjahre weitere Orbits zog als ihre beachtlichen Bierwampen.

03. Diese beiden Zacken in der Krone der Schöpfung

»Ich will dir ja nur sagen, dass es nicht witzig ist mit diesen vorgetäuschten Herzattacken! Meine Güte, ich hab dich doch lieb! Und du jagst mir immer so einen Schrecken ein.«

Sich in den Armen haltend, sich gegenseitig stützend, rumpelten hinein: eine beleibte volltätowierte Dame mit schwarzen Schweißbändern, Brauenpiercing und dunklem Undercut, in ihren Armen ein beleibterer Pelzberg, dessen in alle Richtungen zu kurze, zu sommerliche und wahnsinnig bunte Kleidung darauf ausgelegt schien, möglichst viel von ebenjenem Pelz auch preiszugeben. Arme, Beine, Bauch und Backen allesamt stark behaart, nur nach oben hin, gen Himmel, vermochte der Pelz eine gewisse lichte Offenheit preiszugeben, einen direkten Draht zur göttlichen Inspiration womöglich. Tom Peter wunderte sich sehr über das sommerliche Outfit, es war schweinekalt draußen.

»Harrharr«, reagierte der Haarige auf die eindringliche Sorge seiner Nebenfrau.

»Und diese beiden Zacken in der Krone der Schöpfung hier sind Borste und der Arschbär«, stellte Enno klar.

Der Arschbär wurde direkt hellhörig, und noch bevor sich die beiden an den ersten, runden Tisch, einen Marmortisch, direkt am Eingang pflanzen konnten, verdrehte er seinen runden Kopf in eine kindliche Querstellung und süßelte mit einer infantil-naiven Verstelltheit in der Stimme: »Oh, machen wir eine Vorstellungsrunde? Sie nennen mich den Arschbären. Ich esse gerne, ähm, Vanillepudding, mein Lieblingsfußballer ist Walter Frosch, und vom Sternzeichen bin ich Antifaschist. Das hier ist Borste. Borste ist meine dickste –«

»Na! Vorsicht!«

»... meine beste Freundin, schon seit immer. Und -«

»Borste hat keinen Bock auf Vorstellungsrunde.«

»Und Borste hat keinen Bock auf Vorstellungsrunde.«

»Borste will Bier.«

»Und Borste will Bier.«

Eine harte Ernsthaftigkeit im Gestus der von unten bis oben schwarz gekleideten Dame vermochte nicht zu verbergen, dass sie ihre fest betonierten Sätze selbst ein wenig genoss. Einen milde hochgezogenen Mundwinkel konnte sie sich nicht ganz verkneifen. Sie war die Gegenthese zum maximal farbenfroh gekleideten Arschbären, dessen Hellacopters-Bandshirt sich bemühte, dieser seiner knalligen Erscheinung ein wenig Schwere und brummige Gesetztheit zurückzugeben.

Enno hatte sich währenddessen in eine gefällige Trance zurückgezogen. Leicht schwankend begutachtete er, wie sich alle Puzzleteile nach seinen Vorstellungen zusammengefügt hatten, wie die Verrückten im Raum seine orchestrale Direktion bereitwillig angenommen hatten. Nun schaltete er sich wieder zu, indem er sagte: »Das ist Tom Peter. Tom Peter ist Trompeter. Ach, nein. Klarinist. Klarinnisist. Er ist neu und wir müssen ihn pflegen. Wie ein junges Reh müssen wir … Reh … Rehbier! Frank Leupesch, Meister der Zapfung, bitte, bitte noch eins, bitte.«

Borste und der Arschbär hatten sich mittlerweile an den runden Tisch gesetzt, hielten noch immer Händchen auf dessen schwerer Marmorplatte und wirkten trotz einer gewissen gelangweilten Abfälligkeit doch bereit, Ennos Show mitzutragen. Tom Peter sollte das Komplettpaket *Exquisit* bekommen, also gut, so sei es.

»Enno Brotschmier: schick und beschickert«, konstatierte der Arschbär. Sein dicker Po wickelte sich warm um einen Holzstuhl herum.

»Schick und beschickert!? Ha! So wird mein Podcast heißen. Oh Gott, Arschbär, das ist gut! Das ist verdammt gut. Hast du dir das grade, jetzt, in dieser Sekunde ausgedacht?«

»Sei weniger überrascht. Ich bin ein verdammter Poet.«

»Interviewen werde ich nur wichtige Gesichter des Undergrounds. Und Gäste dieser Kneipe. Genial. Genial, genial. Weil ich bin schick. Und ihr seid beschickert.«

»Enno, du bist am beschickertsten. Gib dem Mann bloß keinen Podcast, Welt. Er redet doch auch so ohne Unterlass!«, monierte Borste. Noch immer rieben die beiden sich liebevoll die Hände.

Enno drehte sich wieder zu Tom Peter. »Da zieht sich der Arschbär einfach so einen genialen Podcast-Titel aus dem bärigen Arsch, ich fass es ja nicht. Hier, erstes Interview. Der Arschbär. Legende der hiesigen Trinkerszene. Gärtner, oder was er macht, im wahren Leben, aber das ist schon egal. Das wahre Leben findet ja eigentlich hier statt! Einmal war er gestrandet auf einer einsamen Insel und musste sich wochenlang nur von … Bier ernähren. Ein Animal! Ist er geworden. Sieh ihn dir an. Sein Wille und sein Bierdurst haben triumphiert. Über das Schicksal. Ein Animal!«

Das mit der Insel musste eine Erfindung sein, überlegte Tom Peter hin und her. Das wäre eine zu wilde Information, um sie einfach so zusammenhanglos in einen Satz zu streuseln. Bevor er aber nachfragen konnte, schloss sich bereits eine kompetente Gegenrede seitens Borste an, die ein bisschen Weltschmerz in sich und in den Raum hineintrug.

»Außerdem ist er ein großer Kuschelbär und weiß sich manchmal auf seiner Suche nach Liebe nicht anders zu helfen, als mir einen riesen motherfucking Schrecken einzujagen, indem er so tut, als hätte er eine Herzattacke.«

»Funktioniert immer wieder. Schau, wie du meine fragile Hand zärtlich berührst. Love, Baby. It's love.«

04. Muscle Boobs

»Stellst du dir so deinen Samstagabend vor?«, fragte Enno Brotschmier mit einem satanischen Schalk in Nacken und Auge. Dabei schob er sich bewusst in Tom Peters Sichtfeld, so als ob er sich die Autorität und Aufmerksamkeit zurückholen wollte, die sich inzwischen klar um den Marmortisch eingependelt hatte.

Tom Peter sah sich um, bemüht, der Frage eine ernsthafte Reflexion zu gönnen. Er legte seine weichen, sonst so unbesorgten Musikerstirnfalten in eine angestrengte Welle. Äußerlich war er ein sanfter, zarter Musikus, doch Tom Peter hatte früh gemerkt, dass Gott einem nicht den Reißverschluss zumacht. Das musste man schon selber machen, wusste er. Und es belustigte ihn, wenn es um ihn herum laut und unberechenbar wurde.

Bier perlte und schwitzte ihm entgegen in güldener Verheißung. An den Wänden hingen krakelig beschriebene Preistafeln, deren Kreidezeichen auf den unzähligen Schichten alter Kreidezeichen kaum noch herauszustechen vermochten, daneben merkwürdige unpassende Urlaubsbilder von Menschen, die Tom

Peter nirgends in der Kneipe ausmachen konnte. Mitarbeitende? Ehemalige Mitarbeitende? Verstorbene Stammkunden? Man konnte sich nicht sicher sein. Unbenutzt am anderen Ende des Tresens lugte ein Kickertisch hervor, der Erzfeind eines jeden gepflegten Kulturmenschen, der nur ungestört in sein Bier starren will. Der Flüssinger schien Wache zu schieben, mit dem Rücken zum Gerät.

Frank Leupesch wischte still und zufrieden nasse Gläser trocken und drehte sich ab und an mal um, um einen kontrollierenden Blick – nein, Tom Peter meinte hier eher einen Blick der Zuneigung, der Hingabe zu erkennen – in den Raum hinter der Theke zu werfen (die Küche?). Er wurde in Ruhe gelassen, denn alle Gäste, es waren nicht viele, hatten gerade ihr frisches Getränk. Der Erfolgsmoment, die verdiente Ruhepause des emsigen, eifrigen Kneipiers. Wenn jeder mal eben bedient ist und man kurz mit seinen Gedanken allein sein kann. Gedanken und Gläserwischen, das geht gut zusammen. Frank Leupesch wirkte bei aller Besonnenheit wie ein Kerl von entspannter Autorität, wie der Chef seines Ladens, wie ein alter Onkel, der die Familie zu sich nach Hause eingeladen hatte. Die Familie waren dann wohl Tom Peter, Enno, Arschbär, Borste, Flüssinger, ein, zwei weitere Gestalten, die sich scheinbar schon aufmachten, ihre Jacken vom Stuhl zogen und die würdevolle Ruhepause des Kneipiers mit einem subtilen Zahlungsruf unterbrachen. Das störte Tom Peter wenig, denn die dort waren die einzigen, die er nun gerade nicht namentlich kannte, die Ennos Familienfoto nicht betreten hatten. Vielleicht bewusst. Bewusst und Enno wirkten jedoch bei genauerem Blick wie ein spielerisches Gegensatzpaar. Er sah ja aus wie ein kompetenter – was war es? – Radiomoderator. DJ. Hätte vom Typ schon auch Lehrer sein können, einer von den lässigeren, jung gebliebenen. Tom Peter glaubte, es da mit einer ganzen Reihe kompetenter und vernunftbegabter Menschen zu tun zu haben, die ihre Freizeit nun mal gerne damit verbrachten, miteinander jegliche Kompetenz und Vernunft in einer miefigen Kneipentoilette runterzuspülen. Da gehörten sie ja manchmal auch hin. Tom Peter, nach einem gelungenen Konzert, gehörte dazu.

»Warum bin ich eigentlich nicht so muskulös wie du? Ich bin doch genauso alt«, hörte Tom Peter den Arschbären fragen, im Ohrenwinkel, woraufhin Borste schallend lachte.

»Ich arbeite halt für meine Muscle Boobs. Und deshalb wirst du immer ein Wabbelsack sein, das ist psychologisch, das hat mit Disziplin zu tun.«

»Ich wollte das jetzt gar nicht so wissenschaftlich haben.«

Enno hatte ebenfalls gelauscht, stupste sein Bier an Toms Bier und lallte mit rollenden Augen: »Was ist Wissenschaft, Tom Peter? Was ist das? Hn?«

Die Furcht, dass eine gefährlich-verschwörerische Weltsicht das halbwegs positive Familienbild zerstören könnte, das Enno in den Raum gemalt hatte, wurde am Ende übertroffen von einer Faszination davon, wie sehr die Trunkenheitszustände des Radiomanns, und vielleicht die Trunkenheitszustände von uns allen, in schwankenden Kurven abliefen und wie man binnen kürzester Sekundenabstände zwischen relativer Klarheit zu mutierter Kreativität zu einem lallenden Wrack werden konnte und umgekehrt. Tom Peter strebte diesen Zustand an und rollte seine Zunge nochmal tief in das Glas.

»Ich sag's dir. Pass auf. Pass auf.« Enno Brotschmier wiederholte sich, wie sich nur der aufmerksamkeitssüchtige Showman und der wahrnehmungsbeeinträchtigte Säufer wiederholen konnten, beide niemals sicher, ob ihnen gerade auch genügend Menschen zuhören. Enno war befürchtenswerterweise beides. »Wissenschaft ist Neugier. Neugier ist Wissenschaft. Wissenschaft will ja immer schauen, ob sie selbst noch stimmt. Wissenschaft ist sich ja nie – *nie* – selber sicher über sich selbst. Oder? Ja, geil. Also: Fragen sind wichtiger als Antworten, oder? Fragen sind interessanter. Fragen sind, was zählt! Das ist so schwer zu schlucken für manche Leute.« Beim letzten Satz war da direkt ein kleiner fundamentaler Schmerz über das Geschick der Welt in seiner Stimme, seinen hängenden Schultern.

»Ich glaube, ja, genauso hatte ich mir das vorgestellt. Meinen Samstagabend«, sagte Tom Peter.

Enno Brotschmier musste lächeln, dann aufstoßen, dann wieder lächeln.

05. Fotzensuppe

»Ich sag dir, das ist auch das Problem mit diesen ganzen Rechten. Den Neu-Rechten. Den Alt-Rechten. Den Extrem-Rechten. Und all denen. Mit unseren Kickerern. Der ganzen *rechten Fotzensuppe*!«. Da wurde Borste direkt ein wenig laut.

Mittlerweile saßen sie alle an dem großen, runden Marmortisch. Das heißt, alle außer Flüssinger, der beharrlich still vor sich hinstarrte. Und Leupesch, der nun irgendwelche Rechnungen durchblättern musste. Es war ein ruhiger Abend. Denn sonst waren im *Café Exquisit* nur der Arschbär, Borste, Enno und Tom Peter, alle an einem Tisch.

»Die Kickerer?«, fragte Tom Peter interessiert.

»Nicht so wichtig. Willste nicht wissen«, versicherte Borste, doch Enno, in seiner Redseligkeit, wollte mehr erklären.

»Du bist ja nicht von hier, richtig? Richtig. Nun, wir haben in dieser unserer schönen Stadt« – hierbei fuchtelte er wild in die Fensterrichtung, wo sich der kleine Bürgersteig vor der Kneipe und die gegenüberliegende Häuserfront in grauem Abendlicht badeten – »leider ein kleines ... ähem ... Naziproblem. Ich benenne das jetzt einfach. Und ich sehe, keiner widerspricht. Es mischt sich natürlich. Die einen nennen sich konservativ, die anderen stehen schon mal mit erhobenem Arm. Es ist ne äußerst eklige Angelegenheit. Mal brennt ne Flüchtlingsunterkunft. Mal schmeißen sie ne Scheibe hier ein, weil - schau ihn dir an - der Leupesch, vor dem haben sie Angst.«

Bescheiden und beschämt winkte der langbärtige Wirt ab. Er hätte keiner Fliege was getan, wenn sie ihm ins Bierglas scheißen würde. Wahrscheinlich pflegte er irgendwo einen Insektenzoo, eine Sammlung, weil er es nicht übers Herz brachte, störende Tiere zu ermorden, wenn sie über seine Kneipe herfielen. Dachte Tom Peter. Enno lachte herzhaft.

Borste fiel nun doch misslaunig ins Gespräch ein. »Sogar Leute, mit denen ich auf der Schule war. Das ist der Wahnsinn. Ich dachte immer, die wären cool, aber dann heiraten die und kriegen Kinder.«

»Das ist der erste Schritt, oder?«, grinste der Arschbär.

»Und dann haben sie plötzlich so Ideen. Und dann sagen sie dir plötzlich *ins Gesicht*, dass sie es nicht so schlimm finden, wenn die Flüchtlingsunterkunft am Stadtrand brennt.«

»Wie soll man denn noch anständig saufen gehen, wenn man Kinder hat?«, brach Enno quer hinein.

Frank Leupesch freute und wunderte sich über die urige Truppe dort am Tisch, die das neue Gesicht so emsig in sich aufgenommen hatte. Einmal mehr. Enno war einfach ein Klebermann. Einer dieser magischen Klebermänner. Dann stellte Frank dem Flüssinger noch ein Reh hin, weil der das telepathisch bestellt hatte. Wusste Leupesch, hatte er im Gefühl.

Die Stadt hatte tatsächlich ein verstärktes Problem mit den Rechten bekommen in den letzten Jahren, das ging sogar in den Stadtrat hinein und machte auf jeden Fall nicht Halt vor dem höchst bedenklichen Bürgermeister Gerdt Konradt, einer kapitalistischen Ratte sondergleichen, einem schmierscheißigen Fiesling, der jegliche Alternativkultur für linksradikalen Abfall hielt. Das war eine brandgefährliche Situation für so eine gemütliche Kneipe, wo die Stammgäste das Leben anders, nämlich richtig, verstanden hatten. Leupesch hatte innerlich Angst vor dem Zustand seiner kleinen Stadt. Durch seinen dicken Bart konnte davon aber nichts nach draußen dringen, und so war er – wie eh und je – der Chef, der gute Hirte, der Hotelier und Türsteher für die alte, abgefuckte Szene. Flüssinger nickte ihm dankend zu, vor allem, weil er nichts hatte sagen müssen, seinen scheuen Wunsch nicht hatte in Worte fassen müssen. »Keine Sache, ist doch keine Sache«, murmelte der Wirt bescheiden. Und dann warf er einen kurzen, verliebten Blick in die Küche, wo sein Rückgrat war. Seine Partnerin, die Frau mit dem heilenden Lächeln. Das schwor Leupesch, da konnte sogar Enno ein Lied von singen, dass das Lächeln von Lina Rundchen einen vor dem fiesen Alkoholtod retten kann. Enno selbst war mehrere Mal nur knapp entkommen, nur weil Lina Rundchen ihm noch einen süßen Blick zugeworfen hatte, bevor er ins Taxi gefallen war. Ohne Lina Rundchen ging hier nix, alle hatten sie ein bisschen toll gefunden, als alle noch jung waren im Dorf, und der Leupesch hatte sie sich einfach geangelt und mit ihr das *Café Exquisit* aus dem Boden gestampft. Und wer sollte sich da noch beschweren?

Das bequeme Schuhwerk unter den mehrfach umgekrempelten Jeanshosen ermöglichte Lina Rundchen, gemütlich bei der Küchenarbeit zu tanzen und die Hüften zwischen dem beengenden Küchenmobiliar hin und herzuschwingen. Es lief Tom Waits, Lina Rundchen bereitete den Käse für die Käse-Nachos vor. Sie frohlockte, denn es war einer ihrer liebsten raubeinigen Blues-Songs. Lina Rundchen tanzte zu Tom Waits und Leupesch murmelte zufrieden: »Keine Sache.«

06. Ein Geheimtipp

»Hier, das ist Lina, Lina ist noch da. Zum Glück ist es eine Slow Night, ey, sonst kämen wir ja nie mehr raus aus der Vorstellungsrunde. Irgendwelche Fragen so weit?«

»Machst du das immer so, wenn jemand Neues reinkommt?«

»Hier kommt nie jemand Neues rein. Haha! Aber weil wir ja unter uns sind, nur die Familie und so. Probier den Absinth! Der macht heiteeeeer.« Das letzte Wort zog Enno lang wie einen Clownschuh und fiel dabei beinah vom Stuhl. Dafür erntete er wohlwollendes Kopfschütteln von Borste und dem Arschbären und ein paar naiv auffangende Arme von Tom Peter.

»Deshalb kommt hier auch niemand Neues rein. Die riechen das Teufelszeug von der nächsten Straßenecke aus und machen gleich wieder kehrt«, murrte Borste borstig murrend.

»Also ich – als Neuer hier -«, setzte Tom Peter an, nachdem er Enno wieder auf seinem Stuhl zurechtgerückt hatte.

»Du weißt ja im Grunde gar nix. Und deshalb weißt du auch nicht, dass du unbedingt den Absinth probieren musst. Meine Güte, das weißt du ja gar nicht!«, vollendete Enno, aufrichtig schockiert.

»Als Neuer hier«, fuhr Tom Peter fort, sein Selbstvertrauen gesteigert von der hervorragenden Gesellschaft, die ihn so schnell und herzlich aufgenommen hatte, »möchte ich mich auf jeden Fall nicht verlaufen. Der Nachhauseweg ist noch weit weg. Aber er wird kommen! Und der Bahnhof, wo ist überhaupt der Bahnhof?«

»Da.«

»Ja, aber seht ihr, wisst ihr, was ich meine? Ich will ja ein bisschen die Konzentration verlieren, ein bisschen leben heute, ist schon gut. Aber eine angenehme Alkoholkonzentration ist das Ziel! Nicht zu viel.«

»Hä. Häää. Wenn du die Alkoholkonzentration haben willst, dann hast du sie doch schon!« Enno hatte diesen seinen Satz als große Weisheit angelegt. Die große Bedeutsamkeit blieb dem Rest der Gruppe allerdings verborgen. Inzwischen wurde die vierte oder fünfte Bierrunde bestellt, um das Gespräch entsprechend klüger, weiser, gehaltvoller zu machen. Lina Rundchen tanzte mit einem gefährlichen Tablett, aber voller Kontrolle am Flüssinger vorbei zum magischen Marmortisch.

Enno flüsterte ihr was ins Ohr. Alle schüttelten alarmiert den Kopf.

»Nein, Lina! Glaub ihm kein Wort. Niemand hier will die Absinthrunde, außer Enno, neinklaresnein!«, rief der Arschbär dazwischen. Höflich, aber bestimmt.

Ein grimmig-enttäuschter Enno schmiss seinen Kopf herum, weg von Linas Ohr – die hackebeilartigen

Bewegungen eines Schwerbesoffenen – und beschwerte sich, dass über seinen Kopf hinweg entschieden worden war. Dann beugte er sich wieder wissend zu Tom Peter, seinem Schützling, seinem Protegé, hinüber, zu dem Männlein, dem er noch was zu sagen hatte, das er noch formen konnte. »Probier den Absinth, Tom Peter! Das ist ein *Geheimtipp*!«

Borste forschte bissig dazwischen: »Enno, ist es eigentlich wahr, dass man davon blind wird? Du als Experte, was sagst du?«

Wie die Geschwister waren sie. Tom Peter hatte sich das immer gewünscht. So eine Familienstimmung, so einen Zusammenhalt. Deswegen war er ins Ensemble, in die Band eingetreten und hatte sich dort lässige Musikerfreundschaften und gedankenschwangeres Abgehänge erhofft. Nichts davon war eingetreten, die Kolleg*innen waren allesamt verheiratete Langweiler, mit denen er zwar gute Konzerte spielen konnte, die ihn danach aber allein um die Häuser ziehen ließen. Aber warum meckern, wenn es so enden konnte? Enno, Borste, Arschbär, Frank und Lina. Sogar der Flüssinger leistete seinen Beitrag zum Dekor, wie eine schlecht gelaunte Topfpflanze.

»Pff, Nonsens! Sieh mich an! Ich kann mehr sehen als vorher, als vorhin noch. Die großen und die klitzeklitzekleinen, die winzigen Zusammenhänge. Nichts bleibt mir verborgen mehr! Außerdem waren die größten Legenden des Blues blind. Alle!«

07. Historisches Zwischenspiel

»Wo ein Vorteil ist, da gibt es auch irgendwo auf der Welt einen Nachteil, stimmen wir so weit überein?«

»Das kommt immer, *immer* darauf an, worauf du eigentlich hinauswillst, Enno.« Borste rollte mit den Augen.

Es war ein derart ruhiger Abend, dass auch Lina und Frank sich eben an den schweren Marmortisch gesellt hatten und den Flüssinger ganz allein an seinem Treseneck sitzen ließen. Tom Peter sorgte sich ein wenig, doch Lina winkte ab. Der Flüssinger habe noch nie menschliche Interaktion gebraucht, der sei ganz froh, wenn er mal glotzen könne, ohne Getümmel im Hintergrund.

»Naja, hier globaler Kapitalismus und so. Wir – die erste Welt – wir haben den Vorteil. Auf Kosten von denen mit dem Nachteil, der dritten Welt, auf deren Kosten wir leben. Ich trink zehn Bier und woanders hoffen sie auf einen Eimer Wasser.«

Ennos Augen zuckten nun weniger, es umgab ihn wieder die bedeutungsschwere Klarheit eines Radiomannes, der über jeden Kehricht reden konnte und es auch zu verkaufen wusste. Und damit über fehlende

Inhalte hinwegtäuschen konnte. Eine gefährliche und unterhaltsame Gabe.

Alle am Tisch bemühten sich, grübelnd auszusehen. Sollten sie ihm nun Recht geben? Doch die Antwort war bereits in ihren Köpfen festgenagelt, der Widerspruch bereits im Keim erstickt. Man erfreute sich, oberflächlich genervt, an dem immerzu faselnden Kobold und hatte schon längst vergessen, was er eigentlich gesagt hatte.

»Also, wenn ich dann den Vorteilspack vom Duschgel kaufe. Dann gibt es irgendwo auf der Welt jemanden, der den Nachteilspack kauft. So ein winziges Fläschlein? Ich mein ... weil so die Welt offenbar ja funktioniert. Einer gewinnt, einer verliert. Hängt zusammen.«

»Wie ne Wippe«, warf Tom Peter ein.

»Ich brauch ne Kippe«, nörgelte Borste.

»Euer Gespräch ist eher ne Wasserrutsche. Läuft flüssig, geht aber stetig bergab«, schmunzelte Lina.

»Der Spielplatz des Lebens.« Enno lehnte sich zufrieden zurück. Sein wirres Unheil war verrichtet worden.

Tom Peter wusste sich lediglich mit sachlichen Hintergrundfragen aus dem Strudel fragwürdiger Eloquenz zu befreien. Ein Hauch von Fremdscham belegte nun das Brot seines Abends. Weil es auch immer die großen Themen sein mussten. »Und, Lina, Frank, wie lange macht ihr das hier schon? Das *Exquisit*?«

»Oh, gut, guter Mann, ich mag den Mann. Ein Ablenker. Einfach immer ablenken, wenn Enno quatscht«, verzog sich Borste mit Fluppe in der Flosse nach draußen.

»Harrharr«, machte der Arschbär. Und ging mit. Ohne Fluppe, aber unzertrennlich.

Lina guckte ihnen nach. »Ein Herz und eine Leber, die beiden. Wie lange machen wir das schon, Frank Leupesch? Na, vielleicht so zwanzig Jahre?«

»Wer weiß das schon immer so genau. Vorher jedenfalls, da gab es hier noch richtig Küche. Da war das das *Café Roberta*. Ein schmuckes Teil auch. Enno, erinnerst du dich daran noch?«

»Frank, da war ich noch klein.«

»Zehn Bier groß warst du damals auch schon. *Café Roberta* hat uns alle das Saufen gelehrt.«

Und nachdem das Bild gemalt worden war, von einer exotischen und doch bodenständigen südamerikanischen Küche, einer Wirtin mit grauen Haaren, großem Herzen und schweren Hüften, und einer Zeit, in der Frank und Enno und wie sie alle hießen das Saufen gerade lernten, zwischen blau und gelb angestrichenen Holzsäulen, würzigen Gerüchen, diversen Haustieren hinterm Tresen und Landesflaggen an den Wänden, schaffte es Enno als Erster wieder zurück in die Gegenwart.

»Eine reine Erfolgsgeschichte ist das. Das *Exquisit*. Im Ernst, ich wüsste nicht, dass es eine Kneipe schafft, so sehr die verschiedenen Subkulturen, Altersgruppen, Weltansichten zu vereinen wie hier.«

»Das ist auch nicht immer gut.« Kurz huschte eine düstere Nachdenklichkeit über Franks Gesicht, das nach dem Vergangenheitsplausch deutlich gealtert und faltiger schien.

»Ja, aber im Prinzip halt schon. Generationenübergreifend! Das schaffen wir im Sender auch nicht, und wir probieren's schon sehr. Eine reine Erfolgsgeschichte.«

»Wie war das mit dem Vorteil und dem Nachteil? Ich hab halt auch dreißig Kollegen beerdigen müssen in der Zeit, deren Kneipen sich nicht gehalten haben, oder? Ich weiß nicht, ob es die individuelle Erfolgsgeschichte so braucht. Ich weiß nicht, ob das das Ziel sein muss, sich abzusetzen von der Konkurrenz. Vielleicht schaffen wir das lieber ab mit der Konkurrenz, mit dem persönlichen Erfolg.«

»Stimmt, Ego-Erfolg gilt nicht. Erfolg ist ...«

Und Enno setzte an, mit der verheißungsvollsten und längsten und atemlosesten Spannungspause des Gesprächs bisher, die größte Wahrheit, die unumstößliche Weisheit, den einzig geltenden Sinnspruch anzubringen, der die Welt endlich bereinigen sollte von dem dummen Geschwätz und der großen, großen Zeitverschwendung.

»Erfolg ist, wenn du uns jetzt ne Absinthrunde hinstellst.«

08. Der Jakobsumweg

»Toilette ist da hinten«, leuchtete Lina freundlich den Weg für Tom Peter, der einfach nur suchend aussehen musste, um die gestandene Wirtin seine Wünsche aus der Luft lesen zu lassen.

»Zutiefst verbunden.« Er war sichtlich gerührt. Ummuttert. Der Klarinettist wollte sich nur noch in den Busen dieser Kneipe legen und nie wieder gehen. Aber erst Pipi.

Als er in den Nebenraum verschwunden war, blickte Enno sich um und brummte: »Ruhiger Abend.«

»Lieber so als du weißt schon wie«, brummte Frank Leupesch gedankenverloren zurück.

»Wo sind denn alle Linken hin?«

»Wo sollen die schon sein?«

»Ist irgendeine Demo, von der ich nix mitbekommen hab?«

»Vermisst du deine linken Zecken, Enno? Die sind dir doch sonst immer ein bisschen zu viel? Der feine Herr Kulturmensch?«

»Na, heute sind die mir zu wenig. Wir brauchen sie schon als Streitmacht. Stell dir vor, wir würden jetzt belagert werden. Wo ist dann unsere Streitmacht, Frank?

Nee, ich fühl mich schon gut und sicher, wenn die hier sind, die haben ja alle ein großes Herz. Und so spitze Nieten überall. Außerdem streiten die Linken sich immer im Kleinen. Verlieren sich in Details. Da ist das gemeinsame Besäufnis erdend und wichtig. Das macht man schön zusammen.«

»Naja, hol sie halt aus ihren Höhlen. Geh doch den Jakobsweg, Enno Brotschmier. Hol sie zu uns!« Bei diesen Worten erhob sich Frank beschwörend wie der magische Hexenmeister, der er ohnehin war, weil er magisches Elixier zur Verfügung stellte und einen langen Rauschebart hatte.

»Ich gehe den Jakobsumweg! Und schnorr mir ne rauchende Lunte von den Bauchgeschwistern draußen.«

»Dachte, du hast aufgehört.«

»Frank, schau mich an. Ich hör niemals richtig auf. Und wenn der Leichenwagen kommt, fang ich nochmal an!« Mit diesen Worten schlüpfte auch er aus der Vordertür. Lina und Frank widmeten sich wieder dreckigen Melodien und dreckigen Gläsern, von denen es im Grunde viel zu viele gab, in Anbetracht der Tatsache, dass nur der Flüssinger im Raum war und still auf einen kleinen Zettel neben seinem Bierbecher starrte.

»Alle weg«, zwinkerte Lina ihrem schlaksigen Lover zu und ignorierte den einsamen Mann am Tresen. Frank Leupesch wusste das Signal sofort zu deuten und stürzte sich heran an die Frau seiner Träume. Er packte sie bei der Seite und schlüpfte seine Arme unter ihre. Dann tippelten sie einen kurzen Walzer durch die Küche. Tom Waits gab ihnen Recht. Die Batterien luden sich auf. Nun konnten beide einen Abend durchstehen, der zwar wenig Kundschaft, aber viel Ärger mit sich bringen sollte. Und obwohl sie es nicht ahnten, waren sie bereit. Der Moment in den Armen des anderen sollte für den Energiehaushalt beider Seelen unerlässlich bleiben. Lina bedankte sich herzlich bei ihrem Tanzpartner, der sagte verliebt wie am ersten Tage: »Keine Sache, Lina«, drehte sich wieder zu den dreckigen Gläsern und warf dem Flüssinger einen stolzen Blick zu, aber eher so, wie man einem Haustier signalisieren würde, dass man Teil der überlegenen Spezies ist.

Tom Peter betrat fröhlich entleert den Kneipenraum und vermisste sogleich die traute Zusammenkunft am Marmortisch.

»Die sind alle auf dem Jakobsholzweg!«, beantwortete Frank Leupesch die ungestellte Frage und knallte dem Klarinettisten ein frisches Bier hin.

Dieser nickte still dankend, nahm das Glas auf, legte es sich an die Lippen, schlürfte sich ekstatisch durch den Schaum, und als er die Augen wieder aufschlug, sah er durch die goldene Flüssigkeit das verzerrte Schaubild von drei wohlbekannten Seelen, wie sie eilig die Kneipentür aufschlugen und einer nach dem anderen holterdiepolter hereinpurzelten. Irgendwie sah das so gar nicht mehr gemütlich aus, so gar nicht wohlbekannt, sinnierend, selig und liebestrunken. Irgendwie war mit ihrem Auftritt schlagartig jegliche feierliche Aura, jegliche ruhige Luft, jegliches freundliche Fluidum, jeglicher dankbare Dunst, die Stimmung, der Flair, der Zauber, das Kolorit: all das war verschwunden.

Borste schnappte nach Luft.

09. Eine freche Situation

Was folgte, war ein zeitlich entrückter Moment, in dem sich lediglich Gedanken bewegten. In der Tat waren es so viele Gedanken auf einen Schlag in einem Raum, dass die schiere Überladung elektrischer Impulse ein gezieltes Denken unmöglich machte. Ein kollektiver Overload. Und während Frank Leupesch sich zum Beispiel schnell und auch ein wenig ungelenk bemühte, den Absinth unterm Tresen zu verräumen und somit unsichtbar zu machen, wurde Tom Peter von der Idee, warum alle auf einmal so aufgebracht und anders waren, lediglich angeschossen, er konnte sie nicht greifen, es war eine leidige kleine Ahnung und mehr nicht, aber er war ja auch nur Gast und neu hier. Bedürftig der Erklärung. Borste stützte sich keuchend auf den Marmortisch, weil sie sich zu schnell bewegt hatte. Mit wissendem, besorgtem Blick traf sie Leupesch und Lina, in denen innerlich eine Anspannung mit einer Resignation zu tanzen schien. Tom Waits lief noch, aber anders. Alle Schultern im Raum verkrampften. Tom Peter stand still. So wie die Zeit. Zu viele Gedanken in einer zu kleinen Menge Zeit.

Als die Tür aufging, war es der Arschbär, der sichtlich hinüberzuckte, so als wolle er sich vor die Tür und den physischen Druck dahinter schmeißen. Er ließ es bleiben. Doch das Zucken, das war deutlich gewesen. Borste sackte auf einen Sitz zusammen und hielt sich den Kopf, so als könnte sie nicht hinsehen. Enno stolperte ein paar Schritte zurück, bewegt von einer unsichtbaren Kraft, einer Kraft der Gedanken. Lina verzog sich eilig wackelnd in die Küche. Leupeschs Kinnlade machte den subtilen Anschein, nicht mehr ganz an seinem Kopf verankert sein zu wollen, sicher konnte man sich allerdings nicht sein, was unter dem haarigen Vorhang anatomisch genau passierte. Er bemerkte es, schloss den Mund und griff sich zögerlich wieder ein Glas und ein Küchentuch.

Ein Mann trat ein und lächelte ein düsteres Sportlehrerlächeln.

Tom Peter fühlte den starken inneren Drang, sofort zu verschwinden. Nichts verpflichtete ihn, den weiteren Abend hier zu verbringen. Er war Gast, er war hier nicht wohnhaft. Die Dinge gingen ihn nichts an. Wie ein Spartaner im Krieg stand er am Tresen, dort wo ein enger Gang zur Toilette führte, eingepfercht und verklebt, festgenagelt. Die Spartaner hatten ihre Jugendlichen ja schon durch rigorose Übungen zu Kämpfern ausgebildet, aber was sollte er schon tun? Er war ja nur ein kleiner Klarinettist in diesem Leben. Enno drehte sich zu ihm um und zeigte heimlich auf den Verursacher der neuen Atmosphäre. Er formte stille Worte, Sätze in Richtung Tom Peter, doch dieser konnte nicht ausmachen, was Enno sagen wollte.

Währenddessen legte der neue Mann ungerührt sein Jackett ab und hängte es an die Holzgarderobe rechts vom Eingang. Er schien allein verantwortlich zu sein für den schmerzlichen Tod einer leichtfüßigen Stimmung und entweder wusste er von nichts oder ignorierte, überspielte seine zugewiesene Rolle mit diabolischer Gelassenheit. Die seelenlose Härte, die ihn umgab, wäre Tom Peter womöglich auch ohne die alarmierenden Reaktionen seiner neuen Freunde aufgefallen. Enno versuchte erneut, wortlos mit Tom Peter zu kommunizieren, der sich nicht bewegt hatte. Ohne Erfolg.

Borste und der Arschbär drehten sich nun auch merklich von der Szenerie ab, als der Mann zum Tresen schritt und in ruhiger, selbstsicherer Höflichkeit sprach: »Frank. Gut dich zu sehen. Alles schön? Alles gut? Wir würden wieder eine Runde kickern, wenn der Tisch frei ist, ja? Es kommen dann noch ein paar Leute. Machst du mir erstmal ein Weizen?«

Dann drehte sich der Mann zu Tom Peter, der sofort nervöser wurde.

»Darf ich mal?«

Tom Peter nickte eingeschüchtert und ging aus dem Weg.

Was hatten sie vorhin gesprochen von brennenden Flüchtlingsunterkünften?

Als der Mann durch die Toilettentür verschwunden war, schüttelte Borste entnervt den Kopf und murmelte: »Frank, das ist ne freche Situation! Dass die jetzt schon wieder kommen.«

10. Stierbauch und Biernacken

Eine halbe Stunde später war die Stimmung nicht besser geworden. Es hatte sich eine kleine Menschentraube um den Kickertisch angesammelt und schien von dort aus den Raum zu vergiften. Es knallte und klapperte, es wurde gejohlt und gebrüllt, gezogen, gedreht, gepoltert.

Zwei in der Gruppe, und damit ganz knapp zu viele, um noch komplett unverdächtig zu sein, waren groß, grimmig und kahlgeschoren. Man sollte ja nicht vorschnell urteilen, aber es war Tom Peter eben doch passiert. Oberhalb ihrer gemeinsamen Monobraue, die nicht nur jeweils zwei Schläfen, sondern auch die beiden entsprechenden Schädel miteinander verwachsen zu lassen schien, strahlten zwei erstklassige Glatzen gen Zimmerdecke, wohin sonst nur Frank Leupeschs kleiner Buckel hinaufragen durfte. Die beiden schweren Schlägertypen, unter deren massiven Fettpanzern etliche versteckte Muskeln zu lauern schienen, standen einem weiteren Paar gegenüber, das, ungleich den großen Orks mit den Springerstiefeln, tatsächlich ein eineiiges Zwillingspaar war, wie Enno Tom Peter flüsternd erläuterte.

»Ingolf und Albert Oehl. Die sehen vielleicht harmloser aus als die anderen beiden Brocken da. Aber lass dich nicht täuschen. Ganz fiese Schlangen sind das. Fieseste Schlangen.«

Der Mann, der die Kickerrunde angekündigt hatte, saß bei seinem Weizen und beäugte die Situation passiv und genüsslich, fast thronend, wie ein Schiedsrichter beim Tennis. Wie ein arroganter Chef beim Bewerbungsgespräch, wie ein Verkehrspolizist bei der Routinekontrolle. Autorität und ihre schadenfreudige Hochnäsigkeit. Und Weizen. Auch der Flüssinger, der ja bedrohlich nahe an dem sportlichen Tohuwabohu saß, drehte ebendiesem eisern den Rücken zu und schien wie immer nichts mitzubekommen außer, was sich in seinem Bier abspielte. Hinter seinem Rücken war Getöse und Geschrei, es war ihm gleich.

Und so war die hintere Flanke der kleinen Bar zum Ort eines merkwürdigen Schauspiels verkommen, das vom runden Marmortisch am Eingang skeptisch und misslaunig zu ertragen war. Der Arschbär, Borste und Enno zogen Schnuten, und Tom Peter vermisste die unbeschwerte Lockerheit von vorher. Selbst Lina schien nicht mehr so viel Spaß mit Tom Waits zu haben, während sie aber munter goldgelbe Getränke zu den Herren am Sportgerät wandern ließ.

»Wer sind die großen Glatzen?«, flüsterte Tom Peter. Alle hatten angefangen zu flüstern, also machte er mit, ohne es groß zu hinterfragen, doch aber mit Unwohlsein im Bauch. Wo man flüsterte, stimmte was nicht.

»Den einen kenne ich nicht.«

»Willste auch nicht«, fügte Borste an.

»Der andere, das ist Heiko Schuhknecht. Der Torwart vom lokalen Dorfclub. Man sagt, sein IQ wäre so hoch wie seine Gegentorbilanz. Die wird aber von Saison zu Saison besser. Aber ich hab da keine Ahnung von«, flüsterte Enno.

»Die meisten haben einfach Riesenangst, ihm nahezukommen. Der vermöbelt halt Leute auf dem Spielfeld. Einfach so. Wie beim Eishockey«, erläuterte der Arschbär.

»Gegen dich kann der nix ausrichten, Süßer.«

»Borste. Ich renn ja nicht auf den zu. Ich renn ja generell nicht auf Tore zu. Das geht gar nicht mehr, mit dem Bierbauch seh ich den Ball doch gar nicht neben meinen Füßen. Wie soll das gehen?«

»Das ist kein Bierbauch, das ist ein Stierbauch. Und ein Biernacken! Stierbauch und Biernacken!«

Ein Hauch Erleichterung am Tisch. Allerdings schaute Heiko jetzt ernst zu ihnen rüber. Tom Peter befürchtete, er hätte sie reden hören und um seiner vor Angst nässenden Stirn recht zu geben, löste sich Heiko Schuhknecht sogleich grunzend vom Spieltisch und warf seine Arme in die Höhe, so als wollte er aufgeben. Dabei hatte die Bewegung aber eher etwas Bedrohliches. Er murmelte etwas, dann trottete er mit finsterer Miene in die Richtung des Marmortisches.

Enno beugte sich zu Tom Peter rüber.

»Und, was war dein unangenehmster Moment heute?«

»Bisher?«

»Bisher.«

II. Verschiedene Möglichkeiten

Ein Turm von Mann überschattete den Marmortisch, schirmte ihn komplett, so schien es, von der Einstrahlung der Deckenlampen ab. Lina und Frank konnten fast nicht hinsehen. Oft hatte es Ärger gegeben mit den Kickerern, oft hatte es gekracht, oft hatte es unschöne Situationen mit blutigen Lippen gegeben, hin und wieder hatten Frank und Lina die Stimme der Vernunft, die sanfte Hand der Justitia, selten die starken Grundbesitzer sein können. Unsichere Blicke wanderten hin und her. Die beiden waren Tänzer durchs Leben. Dafür hatten sie die Kneipe damals eröffnet, um mit anderen oder auch allein einen kleinen Tanz aufzuführen, sich zu winden und zu wippen, vorbei an Hindernissen finanzieller Art, seelischer Art. Einfach mal zu sein. Ein reines inneres Hippiefest war es gewesen, damals, als eine junge, sorglose Lina und ein junger, bartloser Frank vor ihrem Zelt auf einem Hügel lagen und den Sternenhimmel begutachteten und kicherten und sich überlegten, sie könnten ja eigentlich das *Café Roberta* übernehmen. Wieso denn eigentlich nicht?

Kein Gedanke wurde verschwendet daran, dass es vielleicht die falsche Klientel anziehen könnte, wenn die Bierpreise niedrig und die Gespräche ungehemmt fröhlich waren. Dass vielleicht die falsche Klientel auch schon einen viel zu großen Fuß in die Stadt gesetzt hatte und diesen großen Fuß klammheimlich zu einer immensen, trippelnden Fußmasse, einer kleinen marschierenden Armee ausbauen und damit sogar die Tür zum Stadtrat aufstoßen könnte und plötzlich die ganze braune Soße durch die Straßen flösse, nicht immer sichtbar, aber in jeder wichtigen kommunalpolitischen Entscheidung prägend. Der große Fuß dieser Geschichte rummste nun mit Anlauf gegen den großen Marmortisch, um sich der Aufmerksamkeit des ganzen Raumes sicher zu sein. Heiko Schuhknecht grinste herab, auf seine Beute in der Bärenfalle.

»Enno Brotschmier. Du Würstling. Du Chipstüte. Hast du wieder was geflüstert? Hast du wieder was zu sagen?«

Weil Enno passiv und hilflos in sich zusammensackte, sich noch tiefer und wirrer nach innen hinein zu verlieren schien, als der Absinth ihn ohnehin schon getrieben hatte, ergriff Borste das Wort. Sie erhob ihren stählernen, breiten, tätowierten Körper, schob den Marmortisch dabei ein wenig, nur ein klein wenig Richtung Heiko Schuhknecht, doch das hatte schon den gewissen Effekt. Der Arschbär nahm eine Pranke hoch und bedeckte sein haariges Gesicht, auch er konnte nicht hinsehen.

»Lass das halt sein. Spiel dein dummes Kickerspiel weiter und lass uns in Frieden«, warf ihm Borste wie einen Backstein an den kahlen Kopf.

Wenn zwei furchteinflößende Wildtiere wie Borste und Schuhknecht, der Torwart, das stumpfe Instrument, aufrecht in der Kneipe standen, sich gegenüber und in einem Abstand von weniger als einem Marmortisch, dann sahen es Lina und Frank als ihre Pflicht - sie taten es nicht gerne, es war ihnen tatsächlich nichts unangenehmer -, ein Machtwort zu sprechen. Weil sie aber friedliebende, ins Leben verliebte Tänzer und weiche Seelen waren, fiel das Machtwort leise, vorsichtig und also gar nicht so mächtig und also in keinem Fall ausreichend mächtig aus.

»Hey, keinen Ärger bitte«, murmelte Frank Leupesch kraftlos daher. Tom Peter bemerkte, wie dessen Autorität rapide schwand, wie durch ein Loch im Boden abgesaugt. Gerade mal der Flüssinger hatte ihn wirklich gut hören können. Für alle anderen war er nur Hintergrundgemurmel, da wummerten die Blutdrucktrommeln im Ohr, da war nur schwitziges Pochen und gestresstes Fiepen zu hören. Die Anspannung war enorm.

»Das Spiel ist vorbei. Ich hab schon gewonnen. Ich bin schon der Sieger.«

»Dann wäre das jetzt deine Zeit, als guter Gewinner, der du bist, bescheiden und am Boden zu bleiben, Heiko, also geh da wieder rüber, setz dich hin!«, hielt Borste stur dagegen.

»Aber die Zeit ist auch eigentlich immer. Für jeden«, brabbelte Enno Brotschmier ziellos und sich der Grundsituation kaum gewahr. Heiko Schuhknecht konnte den Kommentar nicht ganz ausmessen, doch der Grundton war ihm Anlass genug, Ennos Bier zu greifen und den verbliebenen Schluck daraus in einem Zug herunterzuwürgen. Dann knallte er Enno das leere Glas wieder vor den Latz.

»Sieg ist Sieg«, rülpste er heraus.

Der Arschbär hielt es nun auch nicht mehr aus und musste seine beste Freundin da oben, auf der Ebene der hitzigen Gemüter, unterstützen. Er murmelte noch augenrollend Tom Peter zu: »Ganz normale deutsche Gespräche.«

Dann erhob er sich, nahm Formation neben Borste ein, stirnte neben ihr den Torwart an. »Am Boden sollst du bleiben, hat sie gesagt. Es gibt übrigens verschiedene Möglichkeiten, am Boden zu bleiben, mein Freund.«

12. Mein Bier ist wichtiger als dein Faschismus

»Mein Bier ist wichtiger als dein Faschismus«, murmelte Enno Brotschmier, rollte sich rückwärts aus der angespannten Szenerie an den Tresen und bestellte sich ein neues.

»Noch nen Absinth dazu, Enno?«, hörte Tom Peter den sozial überforderten Barkeeper mit verständiger, großherziger Stimme sagen. Eine Stimme, die den heranwabernden Kontrollverlust durch angestrengte gute Laune zu überspielen suchte. Man musste Verständnis haben, dass hier nicht groß eingeschritten wurde, gegen die groben Schulhoftyrannen. Frank und Lina zitterten die Beine, man konnte es hinterm Tresen klappern hören. Auf gummiweichen Stöcken standen sie und die ängstlichen Vibrationen schlotterten die Stimmbänder gut durch. Da konnten sie noch so unbeeindruckt tun. In der Stimme des Frank Leupesch hörte man die Panik.

Enno nickte zögerlich. »The madman's drink«, murmelte er wie ein echter Radio-DJ. Oh, the cool.

»Geh wieder kickern, Heiko«, hallte es plötzlich durch den Raum, diesmal in einem machtschwangeren Befehlston, der Heiko Schuhknecht sofort packte, in die Luft hob und zurück an seinen Platz fegte. Der blonde Dämon am Tisch musste dazu nicht einmal von seiner Zeitung aufsehen. Arschbär und Borste waren verwirrt, von dieser Seite des Cafés Unterstützung zu bekommen, aber auch erleichtert, dass etwas zu zünden schien. Und so wurden langsam, zögerlich, etwas schwitzend wieder die Ausgangspositionen eingenommen: Im einen Eck, hinter Flüssingers Rücken, wurde wieder lautstark gekickert. Ab und an fiel ein schlangenartiger Blick hinüber zum Marmortisch, wo man sich fortan etwas gehemmt, etwas leiser unterhielt. Enno kam vom Tresen zurückgekrochen, geduckt und instabil.

Das Thema wollte nun natürlich nicht mehr abweichen von dem großen Problem. Das Problem der Stadt, das hier eine gruselige Manifestation angenommen hatte und Tom Peters lustigen Abend ruiniert hatte. Das Problem, das ebenfalls in lokalen Behörden und im Stadtrat waberte, sogar der Bürgermeister hatte sich ja in ein rechtes Arschloch verwandelt. Arschbär und Borste waren todernst und düster geworden und berichteten von diversen Initiativen, denen sie entweder selbst beiwohnten oder wo sie zumindest Leute kannten, denen es seit ein paar Jahren richtig schlecht ging, die große Not hatten, sich zu finanzieren oder ihre Ladenmiete zu stemmen, denen erneut und erneut Stolpersteine, Lärmbeschwerden, Klagen um die Ohren flogen. Alles, seit der Neue im Amt war:

Gerdt Konradt – mit zwei ekligen »dt«, die beide nicht recht von der Zunge rollen wollten, sich dort eher verhedderten und fiese, klumpige Rückstände hinterließen. Gerdt Konradt war für alle am Tisch, so erfuhr Tom Peter, ein echter Dorn in der Seite. Auch das *Café Exquisit* als Institution der städtischen Trinkerkultur wurde nicht mehr wertgeschätzt, sondern schikaniert, wo es nur ging. Der vorherige Bürgermeister, so Enno, der war hier ja noch selbst regelmäßig eingekehrt. Und wieso auch nicht?

»Das *Café Exquisit* ist ja für alle da«, brummte der Arschbär, doch sein finsterer Blick deutete auf die Komplexität des Gedankens hin. Es ging um Grundsätze, um die alte Frage vom Ende der Toleranz und der Paradoxie der Toleranz von Intoleranz.

Zum Unwohle aller verlor Enno zusehends die Kontrolle über seine Lautstärke.

»Naja, es ist doch so!«, fing er an. »*Deren Problem* ist halt *erstens*, dass hier – im *Café Exquisit* – eine gewisse Poliddiggl Gorreggtness herrscht. Dass man hier halt einen Respekt hat. *Einen Respekt!* Vor dem Gegenüber, woher dieses Gegenüber auch kommt, welches Geschlecht, welche sexuelle Orientierung ...« Hier schaufelte er Borste gestisch an, die nur die Augen rollte. Enno schwankte, schwebte, schunkelte durch die Sätze. »Na, ihr wisst, was ich meine. *Und außerdem!* Also: *zweitens*. Dass wir hier halt alle ... wie sag ich ... Individuen sind. *Individuen!* Da geht halt diese vereinfachte, simplifizi... fizifizi...*fizzifizzi*... Weltsicht nicht weit voran. Von denen da! Und die da! Und die sind so und so! Und Syrer sind dies und Frauen sollen jenes. Das geht hier halt nicht. Hier macht halt jedes, was es will. Schau mich an.« Und mit diesen Worten fiel er endlich vom Stuhl.

»Ah, Enno Brotschmier. Der Mann von der Lügenpresse.«

Sie waren so gefesselt gewesen, von Ennos Vortragsweise, dem gekonnten Tanz mit der Ohnmacht und körperlichen Unfähigkeit, den sein scharfer Verstand aufgeführt hatte, dass sie gar nicht bemerkt hatten, wie der Blonde von seinem Platz und seiner Zeitung herübergekommen war. Jetzt half er Enno auf. Er griff ihn sanft unterm Arm und schob ihn zurück auf seinen Sitz. Fast hätte Enno zum Dank genickt, doch dann bemerkte er, woher die Hilfe kam. Er drehte seinen Kopf beleidigt weg, so als wäre er viel lieber auf dem Boden liegen geblieben.

»Nur Schurken beginnen einen Satz mit ›Ah!‹, Bernd.«

13. Schreckliche Worte wie Propagandaapparat

»Enno, komm, wir wollen hier alle nur friedlich den Abend verbringen. Ein paar Bierchen trinken.«

Vielleicht war es Einbildung, doch, nein, Tom Peter war sich eigentlich sicher, dass der schmierige Mann, der geleckte, den Enno Bernd genannt hatte, ihm nach diesem Spruch, nachdem er Enno wieder auf seinem Stuhl abgesetzt hatte, ein Zwinkern zugeworfen hatte. Einen verbrüdernden Blick zumindest.

»Jaja, du und Heiko, ihr seid die Friedensstifter der Stadt. Die Samariter. Man fühlt sich gleich so sicher«, schmiss ihm Borste zischend an den Kopf. Und der Arschbär fügte an: »Was wisst ihr von friedlich ein paar Bierchen trinken? Das ist eine soziale Kunst, von der ihr keine Ahnung habt.«

»Ah, und schon wird man wieder beleidigt und beschimpft. Ist ja zu erwarten, wenn der Propagandaapparat seine Freunde zusammenruft.« Dabei hatte dieser Bernd jetzt ganz klar rübergesehen zu Tom Peter. Die Unschuld schaukelte sanft in seinem Gesicht. Er zog die Schultern hoch und seine braune Cordjacke schob sich eckig, kantig links und rechts in die Höhe. Hinter dem peniblen Kurzhaarschnitt strahlte eine Deckenleuchte eine kreisrunde Aura um seinen Schädel, ja, aus Tom Peters Perspektive war er geradezu ein Heiliger, so nett anzusehen, mit faltigem Grinsen in ledriger Haut und den schlanken, knochigen Beinen eines Sportlehrers.

»Propaganda. Appa. Appratat«, wand sich Enno auf seinem Stuhl. »Ich!? Schau mich an, ich kann kaum stehen. Mein Propagandaapraparat ist so furzig und unbedeutend. Ich könnte gar nicht, wenn ich wollte ...«

Borste und Arschbär sahen ihn düster und enttäuscht an. Der Bernd schob sein Rückgrat gerade, eine siegessichere, selbstbewusste Pose. Er lächelte ein falsches, androidenhaftes Lächeln und ging unbekümmert raus zum Rauchen. Und durch den dichten Nebel um Ennos Hirn wurde diesem klar, dass er gerade gehörig klein beigegeben hatte.

Bernd Schulzensen, wie Tom Peter später aufgeklärt wurde, unterrichtete tatsächlich Sport und Wirtschaft und war so etwas wie die Galionsfigur der lokalen Angstmacherei. Das Gehirn der Operation vielleicht und »hinter den Kulissen der Schlimmste von allen«, klärte Borste auf. Sie flüsterten wieder.

Arschbär wusste mehr: »Der hat gruselig viel Einfluss im Stadtrat, mehr als man denkt, da wird einem ganz mulmig, was mir da manchmal zufliegt an Insider-Info.«

»Wen kennst *du* denn bitte im Stadtrat?«, musste Borste schmunzeln.

»Der große Arschbär, schick und beschickert. Kennt wen im Stadtrat«, grinste Enno. Er hing auf seinem Stuhl in den Seilen wie ein Boxer.

»Na, hier der Hempel-Buchladen. Der Buchladenmann. Der Hempel halt. Der erzählt mir immer Schlimmstes, heult mir immer die Ohren voll, wie es da zugeht. Jedes Mal wenn ich ...«

»Bücher kaufst? *Bücher kaufst!?*«

»Ist gut jetzt, Enno.« Der Arschbär blieb todernst, hatte keine Lust auf lieb gemeinte Frotzelei.

»Da wird halt überhaupt nichts mehr ernst genommen. Der Wiederaufbau vom Flüchtlingszentrum wird als Thema ignoriert, die Zustände bleiben horrend, genauso Umweltmaßnahmen und Fahrradwege, Jugendkultur nada, den wenigen weiblichen Stadträtinnen wird sowieso nicht zugehört, dafür werden sie permanent belästigt ...«

»Und drum ist das *Exquisit* die letzte Bastion!«, meinte Enno.

»Schulzensen ist quasi der Bannon zu Gerdt Konradts Trump«, murmelte der Arschbär mit der Absicht, seine Belesenheit zur Schau zu stellen.

Tom Peter hakte schüchtern nach: »Naja, haha, so schlimm kann es ja nun auch nicht sein?«

Enno war da aber ganz anderer Meinung. »Weltpolitisch vielleicht nicht so schlimm. Weltpolitisch nicht. Aber *für meinen Suff!* Für meinen persönlichen Suff.«

Er blickte erst den Klarinettisten bedeutungsschwanger an, dann sehnsüchtig zum Tresen rüber, wo Frank Leupesch Gläser wischte. »Viel schlimmer.«

14. Pingpongmann

Der Arschbär ruderte wild und ungelenk mit den Armen. Sein dicker Wanst hatte sich verkeilt in allen Ritzen und Poren und Zwischenräumen des Spielgeräts. Er war unbeweglich, wie ein Walross, das auf dem Rücken lag. Er zappelte, drehte sich. Es war vergebens. Dabei strahlte er schadenfroh bis über beide Ohren und genoss den unkoordinierten Augenblick in vollen Zügen, gab sich seiner Ohnmacht willig hin. So als wäre alles Absicht. So als wäre alles geplant gewesen. Die übrigen beobachteten die kuriose Szene aus sicherer Entfernung vom Marmortisch aus und schmunzelten. Sogar Frank Leupesch schien das alles gut zu gefallen. Obwohl es ja sein Kickertisch war, der da in Mitleidenschaft gezogen wurde. Der die volle Last, das volle Körpergewicht des Arschbären auf wackeligen Holzbeinen zu balancieren versuchte. Die Belastungsgrenze des Möbelstücks war augenscheinlich erreicht. Dennoch machte Leupesch den Anschein wohliger Indifferenz, so als würde er den Tisch schon mal opfern können, einfach um den Rechten da eins auszuwischen, einfach um ihnen die Suppe zu versalzen. Ein schadenfreudiges Gefühlserlebnis, das – abgesehen vom Flüssinger vielleicht, der nah dran saß und doch so weit weg – viele im *Café Exquisit* teilten. Der Arschbär war der Held, der Märtyrer. Er war auf den Kickertisch geplumpst.

Zuvor hatte man am Marmortisch weiter gehorcht, gelauscht, geflüstert. Sich vorsichtig und ängstlich einer widerwärtigen Hierarchie hingegeben. Mit störrischem Trotz im Gesicht wollte man aber bleiben. Es ging nicht an, das liebliche Heim den unsympathischen Pisswürmern vom Kickertisch zu überlassen. Nein, dies war ihr *Café Exquisit*. Ihre Bastion. Bis aufs Blut würde sie verteidigt werden.

Besonders heimelig hatte sich immer der Arschbär im *Exquisit* gefühlt, sein Zuhause war ihm nie Zuhause genug gewesen. Er war der Papa vieler dekorativer Pflanzen, die er aber in seinem Lada vor der Haustür lagerte. So fühlte er sich weniger festgenagelt an einen Ort: Wenn er sie gießen musste, hatte er sie immer schon mit dabei. Unten am Autoboden waberte eine erdige Suppe, und wer bei ihm mitfuhr, hatte oft schlammige Schuhe danach und grellgrünes Gestrüpp im Gesicht währenddessen. So einer war der Arschbär. Obwohl ein großformatiger Trinker vor dem Herrn, hatte er fast nie Bier daheim, damit ihn der Durst zwangsläufig immer wieder in die Kneipe treiben musste. Ein erwünschter Automatismus. Eine dezidiert kultivierte Symbiose aus Mensch und Ort. Und deshalb war es auch der Arschbär, der besonders territorial sein wollte und »sein« *Exquisit* niemals zurücklassen könnte und würde. Als er dort drüben Aussagen über sogenannte Asyltouristen aufgeschnappt hatte, war es genug und er erhob seinen mächtigen Körper und streifte, Bier in der Hand, herüber zum Flüssinger.

»Sag mal, Flüssinger, stört dich das nicht, was da hinter deinen Schultern abgeht? Was da ständig für Kommentare fallen?«, sagte er, ein bisschen zu laut, eher zu den Betroffenen als zu seinem vorgeblichen Gesprächspartner. Der Flüssinger reagierte mit einem verwirrten Achselzucken. Angesprochen worden war er lange nicht. Dann klemmte sich der Arschbär mit einem ungehobelten »Darf ich mal?« zwischen des Flüssingers Barhocker und den Kickertisch und testete mit seinem Bauch die Standhaftigkeit des Mobiliars und diverser Getränke zugleich. Er drängte sich möglichst umständlich hinter Flüssinger vorbei, um auf dessen andere Seite zu gelangen, wo er streng genommen nicht dringend hingemusst hätte. Als er aber schließlich Ingolf Oehl mit den erhobenen Ellenbogen am Rücken traf, unabsichtlich, aber eigentlich auch nicht, war der Spaß zu Ende: Albert Oehl versuchte, seinen Zwillingsbruder heldenhaft zu rächen und schubste den Arschbären ein wenig zurück. Dessen Bier schwappte über und traf Heiko Schuhknecht auffällig zielsicher im Gesicht. Dann tat der Arschbär wie ein Pingpongball und stieß sich rückwärts vom Tresen ab, stolperte rabiat durch die Zwillingsbrüder hindurch und landete auf dem Kickertisch.

Grimmige Schlangengesichter blickten auf den Arschbären hernieder. Er hatte erfolgreich das Kickern zerstört. Der Ärger war nun da. Er war komplett. Da war er nun.

15. Apfelige Kommentare

Borste knurrte - eine ungesunde Mischung aus Stolz und mütterlicher Sorge - und marschierte zielsicher durch die Bar, an den Tischen vorbei. Hätten dort Menschen gesessen, hätte der knallende Bewegungswind sie von ihren Stühlen gefegt. Ohne zu zögern, rumpelte sie in die Menschentraube hinein, packte den wirbelnden Arschbären an seinem tollpatschigen Ohr und zog den voluminösen Körper davon. Kleine weiße Bälle, Bierfilze und Gläser flirrten über den Boden.

Meinungen überschlugen sich, chaotischer Aufruhr. Die zischelnden Schlangenstimmen der Gebrüder Oehl zuckten um den tief wummernden Bass herum, der aus Heiko Schuhknechts massivem Körper dröhnte. Der Arschbär quiekte nur hilflos, weil sein Ohr gezogen wurde. Tom Peter blickte sich innerlich zerissen um. Einerseits wünschte er von ganzem Herzen, dass sich die Situation beruhigen möge und man wieder zurück käme auf das liebevolle Gesprächsniveau von vor wenigen Stunden. Auf der anderen Seite wollte er, dass die Guten gewännen. Happy-End-Style. Der Krieger in ihm wünschte sich so sehr, dass Enno und Borste nun herübersausten und mit diversen Kung-Fu-Aktionen

Klarschiff machten in der Kneipe. Dass endlich Ruhe wäre. Der Krieger in Tom Peter war ein kleiner, kleiner Mann. Vom anderen Ende des Tresens konnte er nun Geschmacklosigkeiten ausmachen, wie »Scheiß-Emanze«, »Mannweib« und »Schwule ins Gefängnis, wie anderswo!«

Und dann flog also mit viel *Pampam* eine melonengroße Faust zwischen den Gesichtern entlang und schob sich grazil zwischen Heiko Schuhknechts Nasenflügel.

Heiko verlor die Balance und ging zu Boden. Der andere glatzköpfige Brockenmann starrte nur ungläubig, die Oehls hingegen versuchten, Borste und den Arschbären zu packen.

»Das ist ein Militärgriff. Da kommt ihr nicht raus, und wenn ihr's versucht, tut das nur weh«, zischte es von einem der Brüder.

»Jawohl, Herr Oberstfeldwebel«, lachte der Arschbär, selbst in drahtigen Armen und Fingern eingewickelt stets gut gelaunt.

Borste und der Arschbär waren im Feindesland gefangen. Sie hatten Schaden angerichtet, doch den Gegner damit nur angestachelt. Es war klar, dass die Lage eskaliert war, dass es kein Zurück mehr gab zu gemütlichem Kennenlernen und den schnapsigen Schlauheiten, die Enno großherzig von sich gab, die man oberflächlich ignorierte, die aber Tage später erst richtig fruchten würden und von denen auf lange Sicht alle profitieren würden. Eben diese Weisheiten, die oberflächlich allzu leicht wie Blödquatsch aussahen. Weisheiten wie: »Militär! Militär! Sandsäcke machen im Notstand! Das ist doch Militär! Helfen, wo zu helfen ist! Was macht ihr? Leute beschimpfen und Leute packen.«

Enno hatte sich bewaffnet.

Eine Flasche Apfelschnaps segelte durch den Raum.

Frank Leupesch schloss die Augen.

16. Wenn zwei Welpen aufeinanderprallen

»Rechtsradikale Sau-Gestalten!«

Ennos fliegende Flasche war mit viel Rabatz gegen die Wand geprallt. Leupesch schüttelte perplex den Kopf. Sein schlaksiger Körper formte mehr noch als sonst ein großes Fragezeichen. Was man damit denn bitte habe erreichen wollen, hätte er gerne gewusst. Die Verwunderung war groß, selbst die Aggressoren aus der Kickerecke hatten mit einem derart exzentrischen Angriff nicht gerechnet. Nur der Flüssinger zuckte mit keiner Wimper, immer noch seltsam fähig, alles und jeden auszublenden. Dieser Konflikt war nicht Teil seines eigenen, persönlichen Projekts. Dabei war die Flasche gar nicht weit an seinem Ohr vorbeigesegelt. Wo sie eigentlich hätte hinsegeln sollen, das würde auf ewig das Geheimnis von Enno und den wabernden Nebelhexen in seinem Kopf bleiben.

Lina kam aus der Küche gerast. Ihr dampfender Schädel verkündete, dass sie genug hatte, dass die Lunte nun abgebrannt war und der Schabernack ein Ende haben würde. So ungefähr waren ihre Worte, allerdings zu hektisch und aufgebracht hintereinander verschraubt, als dass man sie Stück für Stück hätte identifizieren können. Sie zappelte, fuchtelte, wirbelte und gab, zu Tom Peters großer Erleichterung, einzig, allein und lediglich den Kickermenschen die Schuld. Während Leupesch hinterm Tresen zurückblieb, schaffte es Lina Rundchen mit ihrem eindringlichen Redeschwall, wie ein Eishagel, wie ein Hurrikan die Gemüter einzufrieren, indem sie sie alle ablenkte von dem, was passiert war. Indem sie den kickertischbadenden Arschbären und die fliegende Flasche noch an poetischer Dramatik übertraf. Die Oehls ließen verblüfft von Borste und Arschbär ab. Man konnte sich schlichtweg nicht mehr auf zornige Handlungen konzentrieren ob des übermütigen Ablenkmanövers der Wirtin. Arschbär und Borste griffen sich ihre Nacken und Hüften, drehten sich wieder gerade, diverse Gelenke knackten. Am Marmortisch pochte Tom Peters Puls, in seiner Peripherie bekam er mit, wie eine zusammengekehrte, herumgescheuchte Meute aufgebrachter Männer ihre Jacken packte und ein paar Scheine auf den Tresen fallen ließ. Und ging.

Lina hatte erfolgreich aufgeräumt. Ein Kraftakt. Eine Wahnsinnsleistung. Ohne sich groß etwas drauf einzubilden, setzte sie sich an den Marmortisch, ließ erleichtert alle Anspannung fallen und nahm eine erschöpfte Sackhaltung ein, die Ennos, einen Stuhl weiter, spiegelte.

»Das ist doch klar, dass das eskalieren muss. Wenn zwei Welpen aufeinanderprallen.«

»Enno? Enno! Zwei Welpen? Zwei *Welpen*!?«

»Ich weiß schon, was ich sage. Der süße linke Säufer

ist der eine Welpe. Der fiese grimmige Mann ist der andere Welpe. Beide Welpen sprinten los, im saftigen Grün der Wiese, die windigen Schnauzen nass und immer voraus. Hechelnd, wild, spielerisch. Die Naivität felliger Jugend im Gesicht. Dumm und zielstrebig. Sausend, tobend, aber immer der feuchten Nase nach. Und ohne Voraussicht. Und ohne Können. Und ohne Geschick. Und dann: *batz!* Zwei Welpen prallen aufeinander.«

Man prustete los.

Nur des Arschbären Blick blieb ernst und finster und wanderte durch das Kneipenfenster hinaus, wo ein Pulk dunkler Gestalten stand. Immer noch da. Da draußen waren sie unaufgeräumt. Unruhig, sich beratend.

17. Gesten

Tom Peter grübelte. Er sah an des Arschbären Blick, dass das Problem zitronenfrisch und alles andere als gelöst war. Dass sich die »Kickerer« die ganze Zeit über als Bösewichte, Unholde, als das Schlimme, das Ungewollte klassifiziert sahen. Dass es die Guten gab und die Bösen. Dass die Guten an einem Marmortisch am Eingang versammelt waren, miteinander lachten, Albernheiten verkündeten, komisches Gerede zur Tugend erklärten, nicht nüchtern waren, aber kreativ und klug.

Und dann gab es die Anderen. Die eher Giftigen, die immer unerwünscht waren. Man erwartete von ihnen Ärger und den brachten sie dann auch mit. Diese Art von Schwarz-Weiß-Denken machte vieles leichter. Star Wars. Superheldencomics. Kriegserklärungen. Die komplexe soziale Situation im *Café Exquisit*. So war es leicht zu verstehen, sobald man sich ein Gut und ein Böse gesucht hatte. Tom Peter wusste das. Tom Peter mochte Superheldencomics. Aber in echt war es doch irgendwie anders. Tom Peter wusste, dass Gut und Böse unterkomplexe und vereinfachende Kategorien waren und dass die Vereinfachung als solche ein gefährliches Spiel war, das nur zu gut von den Anderen beherrscht wurde. Perfektioniert wurde, konnte man sagen.

Die Flüchtlingsflut. Eine Masse. Keine Individuen.

Alles Asyltouristen und Wirtschaftsflüchtlinge.

Die wollen alle unsere Kultur mit ihrer (Nicht-)Kultur austauschen.

Die haben alle keine Werte und greifen damit unsere Werte an.

Die sind alle kriminell.

Und alle gleich.

Am Arsch lecken konnte diese Argumentation den Klarinettisten. Ja, es wurde ihm ganz eindeutig schlecht davon. Aber dann war da eben das Problem, dass er das gerade ähnlich machte. Das mit dem Vereinfachen. Diese Leute waren ja nun in Wirklichkeit auch Individuen. Menschen mit echten Ängsten. Oder nicht? Realen Ängsten. Um den Arbeitsplatz, die Sicherheit des eigenen Leibes und des sozialen Systems. Vor Überfällen. Tom Peter wusste, dass die Zusammenhänge und Kausalitäten, die da benutzt wurden, um aus diesen Sorgen eine xenophobe Grundhaltung zu machen, einfach nicht schönzureden waren. Einfach nicht gelten durften. Aber er konnte nicht umhin, eine kleine Portion Mitgefühl zu empfinden für die vier, die da gerade aus der Kneipe geschmissen worden waren. Das sollte Tom Peter binnen weniger Stunden verlernen.

Dann fragte er sich, wo eigentlich dieser Bernd Schulzensen geblieben war. Der war gar nicht mehr vom

Rauchen zurückgekommen und sein Bier stand halb leer und mutterseelenallein da. Tom Peters innerer Monolog zu einer besseren Welt geriet ins Stocken, als er das vereinsamte Getränk entdeckte, das im Kneipenlicht wie ein goldener Leuchtturm strahlte, glänzte. Kleine Wasserperlen glitten an seiner durchsichtigen Glashülle entlang. Wo war Bernd Schulzensen geblieben? Gedankenverloren spähte Tom Peter in die Nacht hinaus, dort wo der Arschbär die ominöse Männerrunde gesehen hatte. Da standen sie, beratschlagten sich, wollten wohl nicht recht verschwinden. Dann schien es Tom Peter plötzlich, als hätte er Augenkontakt mit einem der Oehl-Zwillinge aufgenommen. Unfreiwillig. Er hatte nicht danach gesucht, er konnte sich im abendlichen Halbdunkel auch nicht ganz sicher sein, doch er glaubte, den niederträchtigen Blick getroffen zu haben.

Die Gestalt auf dem Bürgersteig schien den Blickwechsel auch gespürt zu haben und setzte sich sofort in Bewegung. Viel schneller als Tom Peter realisieren konnte, was ihm da angetan wurde, setzte der drahtige Mann eine Serie von Gesten ab, die Tom Peter wie ein Kanonenfeuerhagel trafen: Zunge raus. Zunge zwischen den gespreizten Fingern. Mittelfinger hoch. Zwei Mittelfinger hoch. Masturbationsgeste. Fickbewegung. Hitlergruß. Daumen an der Kehle entlang.

Choreografiert.

18. Achtzehn

»Sag mal, habt ihr auch das Gefühl, dass das immer mehr Autos werden, da draußen?«, fürchtete Tom Peter, eher Aussage als Frage. Die Anspannung am Marmortisch war wieder exorbitant gestiegen, die Kickerer waren nun draußen, aber nichts war besser. Sie lauerten. Sie wollten nicht gehen. Und nun schien es, als hätten sie dort draußen eine regelrechte Versammlung angezettelt. Drei unnötig große Wagen waren schon vorbeigefahren, hatten ihre Geschwindigkeit vorm *Exquisit* gedrosselt und waren zum Stillstand gekommen, ganz in der Nähe der kleinen Menschentraube, wo die Oehls, Schuhknecht und der namenlose Vierte standen, ganz klar mit dem *Café Exquisit* auf der anderen Straßenseite im Fokus ihrer bösen Blicke. Die Hälse reckten sich immer wieder herüber, Finger wurden gezeigt, scheinbar Pläne geschmiedet. Enno und der Arschbär spähten paranoid durchs Fenster in die dunkelblaue Abendstimmung hinaus. Da sauste von rechts ein Vögelchen heran und schwang sich ganz dicht am Fenster vorbei. Der Arschbär fiel fast rückwärts um. Mit strenger Stärke hielt Borste ihn aufrecht. Dann schlürfte sie wieder sorgenvoll schmollend an ihrem Kaltgetränk.

Enno murmelte betrunken: »Es ist beeindruckend, wie das menschliche Auge nicht in der Lage ist, aber wenn man ganz lange guckt, schon.«

»Was faselst du?«, brummte Borste genervt.

»Die Autokennzeichen!«, bedeutete Enno. Ein wenig Stolz stand ihm ins Gesicht geschrieben, ob der Beobachtungsgabe, die trotz aller Schwankhaftigkeit noch da war. »Die Zahlencodes.«

»Was ist mit den Autokennzeichen?«, fragte Tom Peter verwirrt.

»Rechtsradikale Zahlencodes.«

»Was?«

»Hier ne 18, da ne 88, da drüben ist ein HH.«

»Und?«

»Zahlencodes. Damit sie sich heimlich unterhalten können. Es gibt noch viele mehr. Es gibt viel zu viele. Alles krallen sie sich! Die Swastika, die ursprünglich mal ein echt okayes antikes Symbol gewesen ist. Für irgendwas Okayes. Frieden oder so. Und die Farbe Braun. Und Schwarz-Weiß-Rot. Und dann 18 für Adolf H und 88 für Heil H - *Nein, ich spreche es nicht aus!!* - und dann sogar ... äh ... 74 für Großdeutschland und so. 444 für Deutschland. Es ist so albern.«

»Wie die Kinder«, warf Borste ein.

»Oh Gott, sie sind echt wie Kinder.«

»Was beraten sie da?«

»Ja, was beraten sie da? Hörst du, was sie reden?«

»Wie soll ich hören, was sie reden? Da ist ne Kneipenwand und ne ganze Straße dazwischen, oder? Oder!? Zwischen denen und meinem Ohr, oder etwa nicht!?«

Bissigkeit. Stress.

Die Menschentraube wurde größer. Einige hatten lange Gegenstände in den Händen. Man konnte vom Café-Fenster aus nicht recht ausmachen, was es für Gegenstände waren. Doch sie wurden munter durch die Luft geschwungen. Letztlich konnte man ja jeden langen Gegenstand zum Prügeln verwenden. Das sah nicht gut aus. Ein Mann im Mantel stieß nun dazu und schien das Gespräch sogleich mit Befehlen und Gesten an sich zu reißen.

»Wusstet ihr, dass der Ulmer Kichturm, der höchste der Welt übrigens, 161 Meter hoch ist? 161, das ist AFA, das ist Antifa. Der eine gehört uns«, murmelte Borste, galgenamüsiert. Sie schien gar nicht aktiv raussehen zu wollen. Lange konnte sie sich aber nicht ablenken. Der Mann im Mantel war Bernd Schulzensen. Und er machte nun seinen Weg über die Straße zum *Café Exquisit.*

19. Der Geleckte

Der Mann im Mantel trat ein. Er hatte eine Präsenz, eine Aura, die er vorher nicht hatte, vielleicht weil er die meiste Zeit gesessen hatte, Zeitung gelesen hatte. Von Lesenden geht wenig Bedrohung aus. Nun aber blies seine Anwesenheit wie ein starker Sturm durch den Raum. Er lächelte, doch es war ein finsteres Lächeln, das Lächeln eines Siegers, der unlautere Mittel verwendet hatte, um zu gewinnen, und nun mit dem Pokal in der Hand herumstolzierte. Er sah plötzlich so gar nicht mehr wie ein Sportlehrer aus. Eiskalt und blond. Rutger Hauer? Rutger Hauer hätte ihn spielen können.

»Ah, ganz schön kalt geworden jetzt. Und so schade, Frank Leupesch, dass heute so ein ruhiger Abend ist. Niemand dazugekommen.«

»Kann ja noch werden.« Leupeschs Stimme flatterte im Sturm.

Schulzensen prustete übertrieben los, musste sich vor Lachen krümmen, sein Mantel warf Falten, die über seiner zuckenden Rückenmuskulatur hin und her hopsten. Ein Lachen wie ein Irrer. Dann erhob er sich wieder, streckte seinen Hals und seine Arme aus, als wolle er den ganzen Raum umfassen, sah sich um.

Sein halbleeres Bier, das er zurückgelassen hatte, erwartete ihn dort. Wie ein Raubtier stürzte er sich durch den Raum und zu seinem Glas. Sogar der Flüssinger sah nun kurz auf und beobachtete das Tier, wie es das Bier in einem Schluck herunterzog, aufsprang und einen Fünfer auf den Tresen knallte. Der Geldschein landete direkt neben Flüssinger, der, wie von einer langen Trance erwacht, zuckte, schnell ausweichen wollte, dann seinen Hocker demütig ein wenig von Schulzensen wegrückte. Der schaute nur herabwertend, angeekelt auf ihn herab.

»Das sind Schlagstöcke. Die haben Schlagstöcke und Baseballschläger«, flüsterte der Arschbär in die Runde. Er war als einziger noch am Fenster kleben geblieben.

Der Mann im Mantel fuhr sich durch die glatten kurzen Haare. Geleckt sah er aus. Geleckt von der großen Höllenzunge. Einmal quer drüber. Neben dem Flüssinger wirkte das noch mehr, auf eine merkwürdige Art, dachte Tom Peter, waren beide auf ihre Art fettig und schmierig. Der eine fettig und schmierig wie einer, dessen Dusche nicht funktioniert. Der andere fettig und schmierig wie einer, dessen Seele nicht funktioniert. Wie ein Geleckter.

»… Geleckter.«

Tom Peter erschrak. Er war sich nicht sicher, konnte nicht mehr nachverfolgen, ob er den letzten Teil laut gesagt hatte. Er sah sich um, versuchte, an den Reaktionen am Marmortisch abzulesen, was geschehen war. Doch die Frage wurde ihm von woanders her beantwortet.

»*Lauter!* Was hast du gesagt? Ah. Der Neue!«

Tom Peter war in etwas hereingeraten, das er nicht vertragen konnte. Er war kein mutiger Mann, er wusste das. Er war in Stresssituationen einfach schnell überfordert, konnte kaum Courage finden, wenn es nötig war, musste sich immer wieder Stunden später zu Hause über sein Verhalten oder sein mangelndes Verhalten ärgern, musste mit sich selbst leben, permanent, mit der eigenen Feigheit. Eine enorme Hemmung, schnelle Entscheidungen zu treffen, ging damit einher und hatte ihn in dieser seiner jetzigen Lage hier im Café gehalten. Bisher. Doch nun, da er auch noch persönlich angesprochen wurde, von einem Raubtiermann im Mantel, dessen Kollegen und Freunde offenbar schon draußen wie die Geier den Kadaver umkreisten, nun war es zu viel. Nun langte es auch. Nun zitterte sich Tom Peter an der Stuhllehne hoch, griff sich den ledernen Instrumentenkoffer vom Stuhl neben ihm und wollte rüber zur Garderobe stürzen. In halbem Flug hielt ihn eine herrische Stimme auf.

»Na, na. Bleib doch, das interessiert mich jetzt. Was ist denn in dem schicken Köfferchen da?« Und dann drehte sich Bernd Schulzensen nonchalant zu der versammelten Runde am Marmortisch und sagte: »Achso, ihr kommt hier heute nicht mehr raus, übrigens.«

20. Crescendo

Tom Peter schwitzte, wie damals, als ihn der Sportlehrer Hagemann vor versammelter Schulklasse heruntergeputzt hatte. Als hätte er bereits irgendwelche Erwartungen enttäuscht. Ein Gefühl, nicht wie vor dem großen Date oder vor dem großen Konzert, ein Gefühl, so als hätte man bereits versagt. Es war gar nicht mehr daran zu denken, eine Leistung zu erbringen, die die vergangene Niederlage ausgleichen könnte, dennoch war da die verbleibende Bange, dass man jetzt, mit dieser Niederlage in den Knochen, nicht einmal mehr in der Lage sein würde, je wieder normal weiterzuexistieren. Dass einem das komplette Leben entgleiten würde und banale Dinge wie Körperbewegungen, Sprache und Gedanken zu unüberwindbaren Hindernissen mutieren würden. Wegen der vermasselten Sache. Sportlehrer Hagemann hatte Tom Peter dieses Gefühl nicht selten eingeimpft. Er war gut darin gewesen, geübt, ein geübter Sadist. Vielleicht die perfekte Voraussetzung, um Sportlehrer zu werden, hatte Tom Peter einmal gedacht und durchaus Vergleiche ziehen können mit diversen Ensembleleitern, denen er in seiner Karriere begegnet war. Autorität korrumpiert, wusste

Tom Peter nun. Und er hatte über die Jahre gelernt, ein bisschen stabiler zu sein in seinen Knien. Und nicht mehr jede Konfrontation schwitzend zu durchleben, unsicher, ob er danach jemals wieder als vollwertiger Mensch, geschweige denn als Klarinettist funktionieren würde. Tom Peter war ein stärkerer Tom Peter geworden. Und würde er heutzutage einen lautstarken Einlauf bekommen, wie damals von Sportlehrer Hagemann, wenn er als einziger Schüler die Metallstange nicht hinaufklettern konnte, Tom Peter hätte womöglich die Kraft, einfach wegzugehen. Mit geradem Rücken vielleicht sogar. Aber Bernd Schulzensen war ein anderer Sportlehrer. Ein anderes Kaliber. Bernd Schulzensen brachte all das mit, was Tom Peter fürchtete, und steigerte es exponentiell. Bernd Schulzensen mit seinem riesenhaften Mantel, der in diesem Moment einen alles verschlingenden Schatten zu werfen schien, mit seinem dämonischen Grinsen, mit seiner korrumpierenden Autorität, die er von Anfang an auf den Raum auszustrahlen vermochte, brachte all diese Erinnerungen zurück. Brachte das Gefühl zurück. Brachte Tom Peters Schweißdrüsen in nostalgische Wallung. Wie früher. Als er klein war, ganz ganz klein.

Der Dämon tapste näher. Fies grinsend beugte er sich vornüber und griff nach der Ledertasche, in der Tom Peters Klarinette wohlbehütet ruhte. Alles war erweicht. Tom Peters Knie schlotterten, seine Fußgelenke schlotterten mit, sein Stand war kein fester. Seine Hüfte war weich, man hätte ihn mit einem leichten Stoß umschmeißen können. Die Muskeln in seinen Armen und Händen waren nicht in der Lage, das heißgeliebte Instrument festzuhalten. Es entglitt in Bernd Schulzensens Hände. Der öffnete den Koffer, stets den vergiftenden Blick auf Tom Peter gerichtet.

Denn der Wolf konnte das ängstliche Lämmlein riechen.

Bernd Schulzensen sprach zynische Worte über das Instrument, die Künstlerzunft als solche, er fragte bissige Fragen, doch Tom Peter war nicht anwesend – sein Blut durchblutete irgendwen, aber nicht ihn. Er konnte sich weder bewegen noch wirklich zuhören, der Saft war ihm entschwunden, wo war er hin? Er schloss die Augen und versuchte, an Dinge zu denken, die ihn beruhigten: Die Farbe Türkis. Eine Schüssel Nachos mit Käse. Serviert von der tanzenden Lina Rundchen. Tom Peter öffnete seine Augen wieder, um vielleicht eine tanzende Lina Rundchen zu sehen. Um sich vielleicht zu retten aus seiner still pochenden Panikattacke.

Er sah Lina und Frank Leupesch, hinterm Tresen, beide mit geschlagener Miene. Frank Leupeschs Buckel schien riesig, schien fast an die Decke anzustoßen, allerdings nicht in einer Weise, die Würde oder Bedrohlichkeit ausstrahlte. Das war ganz Bernd Schulzensens Spiel. Das war ganz bei ihm. Die beiden traurigen Hunde hinterm Tresen reichten Bernd widerwillig ein Bier. (Hatte er eins bestellt? Tom Peter konnte es nicht wissen.)

Mit einem markerschütternden *Plop* stieß Bernd Schulzensen den kleinen Metalldeckel vom gläsernen Flaschenhals. Als Öffner benutzte er dazu unbekümmert ein längliches ... ach so, die Klarinette.

Das legte einen Schalter um.

21. Minigolf

Heiko hatte den Golfschläger von Bernd Schulzensen überreicht bekommen. Geadelt sah Heiko die neidenden Blicke der Oehl-Brüder und der anderen Neuankömmlinge. Sollten sie neiden. Denn er war nicht nur Träger des Golfschlägers: er war Träger von Verantwortung. Verantwortung, die nur er, Heiko Schuhknecht, bis zum Ende tragen konnte. Verantwortung, direkt übertragen vom Oberhaupt, vom Chef, vom Leitwolf. Bernd Schulzensen. Verantwortung als Golfschläger. Er hatte Heiko aufgetragen, reinzukommen, wenn er denke, dass die Lage eskaliere. Und er solle derweil bedrohlich mit dem Schläger in der Hand auf und ab laufen.

Heiko hatte nicht genau verstanden, warum gegen die Stammgäste vom *Café Exquisit* getrommelt worden war. Warum so viele seiner Bekannten und Kollegen jetzt hatten anrücken sollen. Wieso sie sich versammeln mussten und Bernd Schulzensen den Befehl gab zu lauern. Draußen Stimmung zu machen. Und sie nicht rauszulassen. Diese Borste war eine eklige Lesbe, das wusste er. Und ein paar von denen waren auf jeden Fall auch so ekelhafte Gutmenschen-Typen. Und dieser Enno war ihm negativ aufgefallen, weil er was gesagt hatte, im Radio, über den Fußballclub. Er und die Mannschaft hatten sich gefreut und zusammen eingeschaltet, als sie von einem kommenden Beitrag über den Club gehört hatten. Der lokale Sender würde sie erwähnen. Das war ein großes Ding gewesen für Heiko und die Jungs. Und dann ging es plötzlich nur um irgendwelche »rechten Tendenzen« im Club und »bedenkliche Personalien« und »fragwürdige Lieder, die gesungen wurden«. Das hatte Heiko maßlos geärgert. Seitdem war Enno für Heiko kein gutes Gesicht mehr. Aber noch vor wenigen Augenblicken war es doch ein einfaches Kickerspiel gewesen. Dafür war das *Exquisit* eigentlich gut: Einfach mal kickern und die linken Fotzen würden schon ihre Schnauze halten. So was wie heute war noch nicht passiert. So eine Aktion.

Er steckte sich nachdenklich eine an. Den Golfschläger musste er sich dazu wie einen Regenschirm unter den Arm klemmen. Und dann rauchte er, der große, der gefährliche Brockenmann, er rauchte, lässig wie ein Privatdetektiv, wie ein echt harter Typ. Mit einem Golfschläger unterm Arm. Und seiner Verantwortung.

Er erinnerte sich, dass er Frank Leupesch und Lina Rundchen zuletzt beim Einkaufen gesehen hatte. In der Schnapsabteilung. Da hatten sie sich angeregt unterhalten. Er hatte nur, wie immer, irgendwo mittig ins Regal gegriffen, dorthin, wo er schon immer hingegriffen hatte, wo die Zahlen nicht so hoch waren. Und dann hatte er sie draußen am Parkplatz gesehen. Wie sie in ihr Auto einstiegen, mit ein paar Flaschen, verschiedenen Flaschen, in der Tüte drin. Das Auto war ein Mini. Da stiegen sie ein und fuhren, ja, wahrscheinlich, hatte Heiko gedacht, zur Kneipe direkt. Wo sie halt Schnaps verkaufen würden oder ausprobieren oder so. Heiko zählte Eins und Eins zusammen und wusste nun, wem der schwarze Mini gehörte, der vorm *Exquisit* geparkt war.

Und dann nahm Heiko Schuhknecht seinen Golfschläger in beide Fäuste und streckte ihn gen Himmel und posierte damit herum wie ein großer Affe, der zum ersten Mal sein Werkzeug benutzt hat und den anderen Affen seine neue Entdeckung mit Autorität – *Autorität!* – präsentieren kann, und bedeutete den Männern auf der anderen Straßenseite, die da im Dunkeln standen und bedrohlich aussehen sollten, dass sie hersehen sollten, dass es jetzt was anzusehen gäbe. Die Heiko-und-der-Golfschläger-Show. Und er zeigte bedeutungsschwanger auf den Schläger und dann auf den geparkten Mini vorm *Exquisit*. Und dann stapfte er langsam und schwer den Gehweg entlang, bis er auf der Höhe des Minis stand. Den Blickkontakt nach drinnen hatte er jetzt nicht mehr. Er konnte von hier aus nicht sehen, was drinnen passierte, wo immer noch Bernd Schulzensen war und Bescheid geben wollte, dass sie da drinnen jetzt sozusagen unter feindlicher Belagerung standen. Das letzte, was Heiko gesehen hatte, war Bernd Schulzensen mit einer Ledertasche in der Hand. Keine Ahnung. Aber hatte alles normal ausgesehen, unter Kontrolle.

Heiko hob den Schläger an und schielte auf den Mini herab. Er hatte Golf im Fernsehen gesehen, ein-, zweimal, zufällig. Und er hatte gesehen, wie die immer wieder den Schläger langsam schwangen, so als würden sie Maß nehmen, so als würden sie zielen oder so. Und das machte er jetzt über dem Mini, über den Frontscheinwerfern. Und er strahlte zu seinen Männern rüber, denn das war seine Show. Und er wollte wissen, ob sie die Show auch genießen würden. Und dann sah er, wie sie ihm mehr oder weniger erschrocken eindringlich mit ausgestreckten Fingern bedeuteten, er solle mal lieber reinsehen, ins Café.

22. Tornado Exquisit

Wie ein Kreisel tobte, tollte, ruderte und rollte Tom Peter durch den Raum. Arme weit von sich gestreckt, wild kreisend, Augen geschlossen. Einen Stapel Zeitschriften mähte er um und verwandelte ihn in einen flirrend bunten Vogelschwarm. Jacken riss er von der Garderobe, Gläser fielen.

Der Arschbär, Enno und Borste fanden ihre Kinnladen nach unten geklappt auf dem Kneipenboden, ob der chaotischen Szenerie. Frank und Lina gingen hinterm Tresen in Deckung. Sogar Schulzensen war ein wenig überrascht von der allergischen Reaktion des Klarinettisten. Schnell legte er das missbrauchte Instrument beiseite auf den Tresen.

Enno, vielleicht weil es in seinem Verstand ähnlich kreiselte wie Tom Peter durch den Raum, reagierte am schnellsten. »Obacht!« rufend sprang er vom Stuhl. Seine Knochen und Gelenke passten sich aber nicht der Geschwindigkeit seines aufblitzenden Verstandes an und ließen ihn im Stich. Er wand sich noch in eine elegante Kung-Fu-Pose, bevor er kerzengerade zwischen Schulzensen und Tom Peter hindurchfiel.

Das Rumpeln, gefolgt von Ennos übertriebenen Schmerzensschreien, drang aber durch zu Tom Peter. Langsam kam der Tornado zum Stehen. Tom Peter beruhigte sich. Seine Arme legte er wieder am Körper an, wenn auch noch verkrampft. Er stand da, gekrümmt und angespannt, mit hochrotem Kopf, schnaufend wie ein Blasebalg. Seine Eskalation hatte nur wenige Sekunden gedauert, aber niemand würde je wieder Tom Peters Klarinette berühren. Huiuiui.

Diesen Leuten war nicht mehr zu helfen, das galt ganz klar auch für den Neuen, wusste Bernd Schulzensen nun. Enno sprang wieder aus seinem deliriösen Kung-Fu-Koma auf, fuchtelte wilde Handkanten vor Schulzensens Gesicht und stolperte dabei erneut über die eigenen Füße.

»Oha. Und was ist das? Karate? Enno?«

»Ungebildeter! Das ist Kung Fu! *Ich bin ein Drunken Master!!*«

»Meisterhaft betrunken sicherlich, haha. Enno, bitte, nimm die Finger runter jetzt.«

»Du … *du* … du hast echt keinen Respekt. *Keinen Respekt!* Vor dieser Kneipe und den liebenswerten Menschen, die sie führen.« Enno zeigte auf die obere Hälfte der Köpfe von Frank und Lina, die hinterm Tresen hervorlugten. »Keinen Respekt vor Klarinetten. Klassischen Blasinstrumenten, Bernd! *Blasinstrumenten!* Keinen Respekt vor den uralten Traditionen des fernen Ostens! Kung Fu, Bernd! Meine Güte, Bernd! Hast du Kinder? Jesusch, wie grausig wäre das, wenn du auch noch Kinder hast. Wie sollen die aufwachsen, ohne Kung Fu?«

»Zwei Jungs, Enno. Du hast keine, nehme ich an.« Und hier wurde er ganz ernst, ernsthaft bemitleidend. »Du weiß ja nicht, was du verpasst.«

»Du weißt ja nicht, was *du* verpasst. Jeden Abend gehe ich besoffen ins Bett. Ich meine, wenn ich will, wann immer ich will, gehe ich besoffen ins Bett.«

Torkelnd, schwankend wedelten halbgare Kampfsportposen durch Bernd Schulzensens Gesicht. Es war ein Duell der Körper, der Geister und der Lebensphilosophien. Ein episches Gegenüber zweier Männer, die sich so sicher waren, recht zu haben, die sich so sicher waren, die Wahrheit zu kennen, die sich so sicher waren, ein gutes Leben zu führen, *das* gute Leben. Der Sportlehrer und der Säufer. Sie berührten sich nicht.

»Ich tu, was ich will, Bernd. Immer! Und ich schlafe so gut, soo gut, weil ich mir nie Gedanken mache, ob es okay ist, mehr Menschlein in diese furchtbare Welt zu pflanzen, die wir haben. Und bei dir ist das ja sogar ein Sonderfall. Weil du Teil der Furchtbarkeit bist. Du bist ja das Problem. Wie sollen deine Kids jemals nicht Teil des Problems werden? Die werden ja so scheiße wie du, und dann ist die Gesamtzahl … die Gesamtmasse an Scheiße auf der Welt ja viel größer als vorher.«

Heiko Schuhknecht polterte herein. Ein Gesicht wie ein Schaufelbagger. In der Hand hielt er einen silbern glänzenden Golfschläger.

»Was heißt das jetzt?«, fragte der Arschbär.

23. Gefährliche Kreaturen

Frank Leupeschs schweißnasser Hemdkragen klebte seinen Adamsapfel fast in einen Stillstand, während dieser eigentlich mit großen Sprüngen in seinem Hals auf und ab hüpfen wollte. Er nahm seinen ganzen Mut zusammen und erinnerte Bernd Schulzensen und Heiko Schuhknecht höflich an die zahlreichen Überwachungskameras, die Lina angebracht hatte, nachdem ein paar Betrunkene es eines Nachts vollbracht hatten, durch die Fensterscheibe zu stürzen und den Whiskeyvorrat zu plündern. Dass die Kameras noch nicht wirklich angeschlossen waren, weil Lina nach der Devise lebte: »Bloß nicht zu schnell arbeiten, sonst hat man am Ende wieder zu schnell gearbeitet«, verheimlichte er. Er hatte sich oft geärgert, dass Lina diese Lebensphilosophie für gewöhnlich nur an sich selbst richtete und nicht mal in die Nähe ihrer Beurteilung lassen wollte, wenn Frank nicht genügend Limo geholt hatte oder die falschen Nachos oder die Kassenabrechnung schleifen ließ. Diese kleinen Querelen gehörten aber seit jeher in den grundsätzlich sehr harmonischen Alltag des Paares und führten nur äußerst selten zu echten Auseinandersetzungen. Das lag einerseits daran, dass beide eine relativ auseinandersetzungsarme Jugend als Einzelkinder genießen durften, andererseits hatten sie sich über die Jahrzehnte natürlich auch die verbliebenen Aggressionspotentiale und Adrenalinpumpen aus dem Hirn gekifft und waren daher mittlerweile grundsätzlich überfordert mit der aggressionsschwangeren Lage in ihrer Kneipe zu diesem Zeitpunkt, mit der Stange Dynamit, die das *Café Exquisit* geworden war.

Bernd Schulzensen stand im Schatten des haarlosen Bären Heiko Schuhknecht, der wie ein Hügel über dem weiten Tal voller Betrunkener thronte und bedrohlich mit dem Golfschläger gestikulierte, und grinste eiskalt. Draußen waren mittlerweile bestimmt ein Dutzend finstere Gestalten postiert, die sich allmählich so über die Straße und Bürgersteige verteilten, dass es fast nach Strategie und Taktik aussah, wie einige hinter ihren abgestellten Sportwagen lauerten, während andere, Schlagwerk schwingend, im Licht von angelassenen Scheinwerfern auf und ab gingen. Auf den schwankenden Enno wirkte alles wie ein Hinterhalt im wilden Westen, ein Postkutschenüberfall. Borste dachte an eine Burgbelagerung. Der Arschbär erinnerte sich an das eine Mal, vor vielen Monden, als ihn seine weniger zart besaiteten Freunde zum Paintballspiel hatten überreden können. Niemand hatte groß Lust, da rauszugehen. Sie waren umringt. Umzingelt. Blockiert. Barrikadiert. Scheiße.

Tom Peter schüttelte sich wach, als der fiese Mann, der bitterböse Mann ihn ansah.

»Und hier, der weiche Künstlertyp. Höchstwahrscheinlich ein Jude, oder? Sieht aus wie einer. Es ist ja ein alter Hut. Die Unterwanderung unserer völkischen Kunst …«

Borste wollte Bernd ins Gesicht springen, der Riese Heiko Schuhknecht gab ihr dabei überhaupt keine zusätzlichen Bedenken, in wenigen Sekunden wäre sie nahe genug gewesen, um Bernd Schulzensen in ihren tätowierten Armen zu zerquetschen. Der Arschbär hielt seine gute Freundin aber mit einem liebevollen Schwitzkasten von der vorsätzlichen Straftat und dem sehr wahrscheinlich folgenden Golfschläger in ihrem Kiefer ab.

Sie wand sich in seinen haarigen Armen und spuckte in Bernds Richtung. »Komm, sag als nächstes was über türkischstämmige Lesben, Bernd. Sag was, Bernd!«

»Ja, genau, provozier ruhig rum, gut. Ihr seid sowieso alle erledigt. Keiner von euch ist ein echter Teil unserer Stadt. Unseres Volkes. Keiner von euch hat die Privilegien verdient, die unsere deutsche Kultur mit sich bringt … Und das klären wir heute! Heute misten wir aus!«

Das sollten seine letzten Worte sein, sein großer Abgang, sein Schlag in die Magengegend. Verzweifelt wollte er sie zurücklassen, dort in ihrer Bärenfalle.

»Nur zwei Prozent der Weltbevölkerung sind blond, Bernd! Nur zwei Prozent!«

»Psst. Borste!« Frank Leupesch bestand firm auf einer Befriedung des Raumes, obwohl Bernd schon gehetzt nach draußen stolperte und, mit den Armen rudernd, Heiko vor sich her trieb und durch die Tür stopfte.

Da waren sie nun: Tom Peter mit seiner ortsfremden Überforderung, Enno Brotschmier in seinem absinthoiden Wahn, der Arschbär und Borste mit dem festen Vorhaben, den großen Ärger nicht spurlos vorbeidampfen zu lassen, ihre jeweiligen Augenbrauen hart verkrampft, Flüssinger in stoischer Lethargie, Lina und Frank in der großen Furcht, Verantwortung für ein anstehendes Blutbad übernehmen zu müssen.

»Diese Typen sind gefährliche Kreaturen!«, zischte Lina.

»Wir sind alle gefährliche Kreaturen«, bäumte Borste sich noch einmal auf.

24. Inferneto

Und so brachte Frank Leupesch das Einzige an, was er anbringen konnte, an diesen nach rechts hin schiefen Nagel, der in dem ehemals so schönen Abend steckte. Er zückte die einzige Waffe, die sein behütetes Lämmleinleben ihm gelassen hatte.

»Schnapsrunde«, verkündete er in bedrückter Feierlichkeit.

»Was begehren die werten Gäste?«, unterstützte ihn Lina gekünstelt.

Sie schwang ein leeres Tablett durch den Raum und warf dem Arschbären einen wissenden Blick zu. Den Arschbären hatte dieses spezielle Geschenk durchaus am meisten überrascht und mitgenommen, war er es doch, der seit jeher ein ganz besonderes Verhältnis zur Freigiebigkeit seiner Stammkneipe aufgebaut hatte: er war ja fast jeden Abend da, lebte, was den auswärtigen Getränkekonsum anging, also weit über seinen Mitteln und feierte sich selbst für die Gabe, für einen großen Suff wenig Geld auszugeben. Dann einmal hatte er sich zu lautstark gefeiert und Lina fing an, geistig nachzuzählen, an wie vielen Tagen sie ihrem treuen Gast dieses Jahr schon Geburtstagsschnäpse ausgegeben hatte.

Wie viele Todestage seine geliebte Großmama schon gehabt hatte. Voll überlisteter Scham versprach sie dem Arschbären und sich selbst, fortan eine härtere Kante zu fahren gegenüber Freigetränken. Die neuen Regulierungen wurden mit Frank Leupesch diskutiert, penibel durchgeführt und führten in den kommenden Monaten bei zahlreichen Gästen zu Verärgerung. Es wurde kein Hehl daraus gemacht, wessen unsolidarischer Umgang mit der Bezahlpolitik des Wirtshauses verantwortlich war für das überarbeitete Regelwerk, und der Arschbär genoss fortan einen eher durchwachsenen Ruf bei seinen Saufkumpanen. Mit diesem schuldigen Wissen war der Arschbär nun jahrelang weiterhin ins *Café Exquisit* gegangen, bei den allermeisten schwächte die Zeit den Unmut ab - das Trinkerhirn ist kein Elefantenhirn - jedoch wusste er, dass die neuen, gesonderten Bedingungen für Freigetränke nicht so einfach zu erfüllen wären.

Sorgenvoll sah er Lina in die Augen. Sie wussten es beide. Die Sache war ernst.

Die Meinungen drifteten auseinander, eine Diskussion über Schnaps ist eine Diskussion über das Leben. Und in diesem Falle eine willkommene Ablenkung.

»Wenn wir davon sprechen, uns Stärke anzutrinken, dann kommt eigentlich nur echte Medizin in Frage. Echte Medizin aus Mailand. Der Fernet-Branca ist der Kräuter der Wahl«, brummte der Arschbär forsch voran.

»Boah. Ich kräuter nicht jetzt!«

»Hockst du immer noch im Absinth, lieber Enno? Da bin ich leider ganz und gar raus, das überleben meine Prostatatierchen nicht.«

»Ja, aber Fernet? Fernet löst in mir nur einen inneren Endzustand aus. Der macht mir den Garaus.«

»Ein Fernet-Inferno. Quasi. Inferneto.«

»Inferneto.«

Tom Peter sprang auf den Tisch und brüllte: »Inferneto!«

Damit war der Beschluss zustande gekommen. Schließlich war jemand auf den Tisch gesprungen. Lina benetzte eine Armee kleiner Gläser, sogar der Flüssinger, noch immer stumm und regungslos, wurde ungefragt mit eingerechnet. Brauner Heilkräuterduft umtanzte die Nasen. Das spirituelle Ritual ließ den wachsenden Albtraum kurzzeitig von vor der Kneipentür und aus den Köpfen verschwinden. Der Schmerz, der die Kehle herunterfuhr, ließ den Arschbären für eine Sekunde glauben, er sei unverwundbar. Tom Peter fragte sich, ob er jemals wieder Klarinette spielen könne, angesichts seines innerlich zerfetzten Halses. Lina, Frank und Borste schütteten regungslos, professionell.

Nur Enno war noch nicht zufriedengestellt. Irgendwie hatte er sich die Absinthflasche gekrallt, hielt sie sanft umschlossen in seinen Armen wie einen Säugling und flüsterte Tom Peter zu: »Ist dir klar, wie viel wir alle opfern, eigentlich? Wie viel Hirn und wie viel Libido wir mutwillig draufgehen lassen? Nur um diesen Saufkreislauf aufrechtzuerhalten?«

Tom Peter folgte beschwipst seinen in Schleifen gestikulierenden Fingern.

»Es ist eine wahre Freude, ist es nicht?«

25. Stillleben

Die endlich gänzlich versinkende Sonne gab der dunkelblauen Stadt mit ihren letzten Strahlen eine goldrote Rahmung. Es war eine winterlich kalte Nacht, aber nicht unschön. Nur das entfernte Rattern eines alten Zuges deutete auf ein Leben im Ort hin, ein Leben jenseits der Menschenansammlung vorm *Café Exquisit*. Ein paar Nachbarn und Spaziergänger mit Hund hatten die finstere Männermeute bemerkt, die verdächtig angespannt und Schlagwaffen schwingend auf beiden Straßenseiten des Vorplatzes lauerte, hatten sich allerdings schnell wieder hinter ihren Vorhängen und Straßenecken verzogen. Ärger wollte man hier keinen, egal ob er längst da war.

Wo man im Fenster des *Café Exquisit* augenscheinlich eine gemütliche Schnapsrunde beobachten konnte, wusste Bernd Schulzensen, dass in Wirklichkeit ein Akt der großen Hoffnungslosigkeit vorgeführt wurde. Er genoss das Schauspiel. Nahezu ein Dutzend seiner Männer hatte sich versammelt, viele waren mit Schlägern und Hämmern angerückt, die Autoscheinwerfer sollten noch eine Weile bedrohliche Schemen und

Schatten ins Lager der verhassten Linken lenken. Damit sie sich endlich einmal so richtig in die Hose scheißen würden. Verdient hatten sie es. Als er sich eine Zigarette ansteckte, um sich die Finger zu wärmen, überkam ihn ein überfälliges Gefühl von Stolz und Triumph. Triumph über die ewiglich störenden Volksfeinde, aber auch über die ewiglich hindernde Untätigkeit, die ihn seit Jahren gequält hatte. Endlich wurde hier nicht weiter geduldet und geduldet, endlich wurde hier gehandelt und angepackt. Er musste lachen, wie er seine Kameraden so dastehen sah, treu und ohne Zögern waren sie gekommen. Die schlangenhaften Stimmbänder der Gebrüder Oehl krächzten durch die Nacht, dass ein Packen Supermarktbier nun geöffnet würde und man rüberkommen solle zum Wagen. Damit war Bernd Schulzensen weniger einverstanden, er wollte seine Mannen nüchtern und bei scharfem Verstand. Aber er war auch ein verständnisvoller Kommandant. Wenn sie so bei Laune bleiben würden, sollten sie halt saufen.

Heiko Schuhknecht joggte an ihm vorbei, um ein plastikumwickeltes Gesöff zu ergattern. Dieses dümmliche Lächeln im Gesicht. Wie ein Kind, wie ein dummes Kind, ein riesiges dummes Kind, dachte Schulzensen. Er lächelte zurück und murmelte: »Prost.« In einigem Abstand zur schluckenden, jauchzenden Menschentraube schob er seine Stirnfalten zusammen und beobachtete weiter, wie ein Raubvogel die Beute. Da. Zwei, drei Ratten huschten an ihm vorbei durch die Nacht. Der kalte Wind ließ seinen langen Mantel flattern, er bemerkte, dass er seinen Atem auch sehen konnte, wenn er nicht an der Zigarette zog. Die da drinnen hatten es warm. Aber die waren auch weich, weiche Menschen. Nicht stabil. Nicht hart wie er und seine Kameraden. Er konnte die Ratten riechen. Eine Ratte rannte ihm nun zwischen den Beinen hindurch, durch den flatternden Mantel, wollte rüber zu den Männern, die johlten, tranken und sich gegenseitig auf die Schulter klopften.

Ein Wagen bog mit leuchtenden Scheinwerfern in die kalte Straße ein. Es erfreute Bernd Schulzensen immens, zu sehen, wie schnell seine Männer auf dem Posten waren. Plastikflaschen wurden weggestellt auf Autodächer, Schlagwerk wurde gegriffen, Körperspannung wurde eingenommen, Hälse gedreht, Arme angespannt, in Formation wurde langsam und breitbeinig auf den unerwünschten Ankömmling zugeschlichen, bis dieser, ängstlich, erschrocken, zum Stehen kam, gehetzt den Rückwärtsgang einlegte, wieder um die Straßenecke verschwand, hinter der er sich hervorgetraut hatte. Schulzensen konnte zufrieden sein. Er hatte seine Hunde gut abgerichtet. Da durften sie auch Bier trinken. Da durften sie auch dümmlich sein. Denn am Ende würden sie stärker sein. Stärker als die Volksfeinde. Stärker als die linksversifften Gutmenschen. Stärker als die Emanze und das Schwein von der Lügenpresse. Keine Schnapsrunden, keine Argumente, keine Polizeirufe, keine Selbstverteidigungskurse: Nichts würde ihnen helfen.

Bernd Schulzensen hob seinen schweren Stiefel vom Boden und begutachtete das zermatschte Tier. Der klebrige Brei aus Blut und Fell zog sich zäh zwischen seiner Sohle und dem Asphalt entlang. Er war glücklich. Das Neonlicht des *Café Exquisit* schien auf ihn herab, vermengte sich mit dem Sonnenuntergang und tauchte seine ledrigen Sportlerwangen in das rotgoldene Licht der Hölle.

26. Einer hat noch nicht getrunken

Tom Waits säuselte leise, aber niemand tanzte mehr. Sorgenvolle Gesichter warfen sich gespielte Mundwinkelbewegungen zu. Der Flüssinger hatte alles bemerkt. Er hatte alles gesehen, alles gehört. Nichts gesagt, sich nicht gerührt. Es hatte ihn nicht wahnsinnig interessiert und er wollte um nichts in der Welt in irgendetwas verwickelt werden. Diese Leute waren nicht wichtig für ihn. Mit all der Gewalt eines Halbschlaftrinkers bemühte er sich, einfach nur ins Stillleben zu passen. Er fühlte sich mehr im Einklang mit dem Mobiliar als mit dem Gemensche um ihn herum. Nur das Nachdenken reichte ihm, sich nämlich im Kreis drehen, immer wieder im Gedankenkreis, weil er dann nicht irgendwohin musste, weil er dann nicht zu einem Ziel oder Ergebnis kommen müsste mit seinen Gedanken, einem Ergebnis, das ihn aus seiner Lethargie reißen würde, das Forderungen an ihn stellen würde und Pflichten und Handlungen bedeuten würde. Veränderung. Es war ihm zuwider. Es war ihm zu anstrengend. In seinem Kopf ruderte es vor und zurück, ein dunkler Wasserstrudel hatte das Boot fest im Griff, er machte keine Anstalten davonzukommen.

Er starrte auf den Tresen. Drei Dinge starrten da zurück.

Man hatte ihm einen Schnaps hingetan. War das ein Fernet-Branca? Braun. Beißender Kräuterduft. Ätzend. Bitter. »Life is bitter« war der Slogan gewesen. Flüssinger hatte die Werbetafeln oft auf dem Nachhauseweg von der Arbeit lesen können. Am Bahnhof. Dort war eine ganze Galerie Schnapswerbung angebracht gewesen. In der Zeit. Damals. Als Flüssinger noch vom Bau nach Hause schlich und gebückten Hauptes, mit Schmerzen in Rücken und Händen die Gleise entlangtrottete. Dreckige Bahnhofswände, dreckiger Bahnhofsboden, Blaumann. Er grüßte immer die Kollegen Blaumänner, die dort für Sauberkeit, Ordnung, Instandhaltung zuständig waren. Nie grüßte einer zurück. Flüssinger fing an, seinen Kopf tiefer hängen zu lassen, es wurde ihm egaler. Irgendwann war es vorbei. Er trottete nicht mehr. Er hatte keinen Weg mehr zu gehen. Er hatte den Chef verärgert, er hatte sich aufgeplustert und dumme Kommentare gemacht. So gar nicht seine Art. Er war eigentlich immer ein Stiller gewesen. Ein stiller Leidender. Aber da war er halt besoffen gewesen. Besoffen auf der Arbeit. Und der Chef, der hatte das gar nicht gemocht. Und das war's dann gewesen. Zu Hause hatte ihn dann Lea angeschnauzt, natürlich.

»Was hast du denn wieder gemacht!?«, hatte sie gerufen.

»Hab halt Bier getrunken.«

Das Bier auf dem Tresen, neben dem Schnapsglas, es stand schon länger da und füllte sich immer automatisch auf. Das Bier hatte für den Flüssinger eine gewohnte Textur, Form und Farbe, mehr als der Schnaps allemal. Das lag ihm gut in der Hand, das kannte er. Das hatte er anfangs schon genossen, abends in der Kneipe, vor Lea. Und dann später, wenn Lea mal weg gewesen war. Familie besuchen. Und dann hatte er überlegt, er könnte auch mal in die Kneipe gehen, obwohl Lea da war. Vielleicht mochte sie ja auch mal eine Pause von ihm. Und schon hatte die Kneipe eine solche strukturelle Relevanz für ihn gewonnen, dass er Lea sogar mitnehmen wollte. Er schlug es vor. Sie sagte ja.

Das ging nicht lange gut für ihn, denn er war viel geübter und bequemer damit, allein zu trinken. Trinken im *Exquisit*. Und dann eben auch auf Arbeit. Und dann war er ohne Arbeit. Mehr Zeit zum Saufen. Und dann nahmen sie ihm den Führerschein ab, und so viel Geld für den ganzen Mist, die Strafe, die Prüfung, das Auto, da gab es ja auch viel zu reparieren. Lea war noch da, aber es war nicht mehr schön, nicht mehr einfach. Aber er hatte ja noch Ersparnisse, die konnte er ja vielleicht noch versaufen. Geärgert hatte er sich, als er nicht mehr anschreiben konnte im *Exquisit*.

Diese Kickerer, die waren ihm auch schon übel aufgestoßen, wenn sie ihn mal am Rücken erwischten, mit ihren zuckenden Armen, aber von denen ließ er sich doch nicht den Platz am Tresen nehmen. Den hatte er sich verdient. Und er war ja zuerst da gewesen. Und die Dinge prallten einfach an ihm ab. Er nahm einen Schluck und ließ den herbwürzigen, goldenen Teppich auf seiner Zunge rotieren. Das war sein Ding, diesen Fernet beäugte er skeptisch. Stocksteif saß er am Tresenrand und sagte nichts und trank nur hin und wieder. Er wollte nicht in irgendetwas verwickelt werden. Er wollte seine Ruhe. Ruhe und seinetwegen leise Tom Waits, das war okay, das war gut, auch Lina zuliebe. Das waren die beiden Frauen in seinem Leben und beide fingen sie mit L an. Die eine hatte ihm viel gegeben, aber die andere gab ihm immer wieder Bier. Welche würde wohl länger bei ihm bleiben?, fragte er sich. Er griff sich den Fernet. Lea zuliebe, Lina zuliebe.

Fast so, als wäre sein ganzer Körper ungeübt, ein Getränk zu bedienen, welches kein Bier ist, schüttete er fast das Glas um, fast auf den Lottoschein. Der Lottoschein. Die dritte Sache, neben dem Schnapsglas und dem Bier, die ihn vom Tresen aus anstarrte. Der Lottoschein. Der mit den ziemlich genau richtigen Nummern drauf.

27. Das Realisieren einer bitteren Lage

»Manchen Leuten siehst du das auch einfach nicht an, was sie für schmierige, schlimme Leute sind. Das ist ja das Problem mit so Leuten wie Schulzensen. Der ist was? Sportlehrer? Und dann arbeitet er da irgendwo ganz normal – das wird ja kaum eine komplett rechtsradikale Schule sein, wo er da angestellt ist. Und, ja, Sportlehrer sind im Grunde allesamt Sadisten. Sadisten und Faschisten. Aber dann ist er da bestimmt auch mal nett zu irgendwelchen Eltern. Und dann sagen die so, ach, der Herr Schulzensen, das ist ein Guter. Und dann essen die beim Schulfest ne Bratwurst, die er gegrillt hat und die er ihnen mit so nem Lächeln ins Brötchen stopft. Und so kriegen sie dich dann halt. Dann hat er dich. Mit nem Lächeln und ner Bratwurst.« Enno lallte weise vor sich hin.

»So kriegt man mich schon auch«, grunzte der Arschbär.

»Heiko sieht aber dafür so aus, wie er ist.«

»Ja, manchen siehst du das gleich an.«

»Naja, das ist jetzt auch wieder Quatsch. Du siehst es eben nicht. Die siehst es nie. Nur weil Heiko dem optischen Klischee entspricht, heißt das noch lange nicht, dass er Nazi ist.«

»Ist er aber in dem Fall halt.«

»Ja, in dem Fall schon.«

»Also, wenn ich einen Film drehen würde und einen Nazi besetzen müsste, Heiko Schuhknecht wäre mein Mann.«

Der Galgenhumor zerbröselte in der Runde, weil alle beim Aussprechen des vollen Namens Heiko Schuhknecht zwanghaft zum Fenster raussehen mussten und ihnen allen wieder klar wurde, in was für einer misslichen, brandgefährlichen Lage sie sich befanden. Belagert, umzingelt, eingesperrt. Es schienen draußen immer mehr Autos anzukommen, immer mehr Schattengestalten, deren Glimmstängel viele kleine rote Leuchtsignale in die Nacht sendeten. Wie Glühwürmchen, aber solche, die dich halt vermöbeln könnten. Unsere sympathischen Kneipengesichter waren definitiv unterlegen, zahlenmäßig, und sowieso, was die Ernsthaftigkeit, Bedrohlichkeit und Klopperlaune anging. Das Realisieren einer bitteren Lage schlich voran, langsam bäumte sich das mulmige Gefühl auf und hörte nicht auf, hörte einfach nicht auf. Man würde hier heute verrecken. Man würde hier sein letztes Stündlein verbringen. Die Mundwinkel hingen schlaff und immer schlaffer nach unten, die sorgenvollen Stirnfalten folgten auf dem Fuß, und alle ulkenden, juxenden Kommentare nahmen eine verkrampfte, therapeutische Färbung an. Enno versuchte es hin und wieder, er war in dem Zustand, in dem er keine tickende Atombombe im Raum vollkommen hätte ernst nehmen können. Ein Substanzending. Aber selbst sein Witz hatte diese wissende Schwere.

Tom Peter hatte sich anfangs gedacht, dass der kotelettentragende Radiomoderator auch nüchtern so sein musste. Dass er bestimmt diesen bissigen, dunklen Witz hatte, eine Art Wiener Humor, und dass seine Sendung vielleicht eine hörenswerte sein könnte. Für einen Anspieltest müsste er natürlich lebendig und mit funktionierendem Hörkanal, unzerklopptem Schädel und ohne Trauma hier rauskommen. Irgendwann. Große Furcht rumorte in ihm. Er hatte sein Potential für wirbelnde Nervenzusammenbrüche schon gezeigt. Er fühlte sich schwindlig und kribblig. Er wollte hier raus. Aber er wollte auch nicht aufs Maul.

Eine kleine, wackelige, alte Schrumpelhexe trat plötzlich neben dem Flüssinger auf. Die beiden tauschten geflüsterte Worte am Tresen aus. Sie sahen dabei nicht aus, als würden sie sich gegenseitig schätzen oder Gutes wünschen, aber zu kennen schienen sie sich gut genug. Nachdem die fremde Information endlich Tom Peters Bewusstein erreicht hatte, zitterte und bebte einer seiner Finger in die Richtung.

»Wie kommt die hier rein? Wie kommt die hier rein??«

Panisch sah sich Tom Peter nach einem zerbrochenen Fenster oder einem geheimen Hintereingang um. Er sah aber auch, dass alle anderen im Raum unbeeindruckt blieben von der neuen Person.

»Die wohnt hier. Frau Drache wohnt hier. Einen Stock drüber. Um die Ecke hinterm Tresen geht's ins Treppenhaus.«

28. Marlene Drache

Die wackelige alte Frau winkte feuchtwarm, als Lina Rundchen ihren Namen sagte. »Guten Abend allerseits«, sagte sie freundlich, tatterig.

Lina Rundchen hatte den Telefonhörer in der Hand und verkündete mit eisernem Schwung in der Stimme: »Ich ruf jetzt jedenfalls die Polizei.«

»Oh, oh nein, was ist denn passiert?«, mutterte es besorgt von Frau Drache.

»Der Schulzensen und der Schuhknecht. Die sind mit irgendwas nicht einverstanden.«

Ein verständiger, merkwürdig finsterer Blick huschte über das zusammengefaltete Paviangesicht der alten Frau, als sie die Männermeute durchs Fenster sah. Mit kleinen Schritten ging sie um das Treseneck, näher an den Marmortisch. Tom Peter sah nun, dass ihre Wackeligkeit auch daher rührte, dass sie viel zu hohe Schuhe trug, auf denen sie wie auf Schlittschuhen herumstakste. Ob als modisches Statement oder für den Hauch zusätzlicher Körpergröße, die alte Dame nahm mit jedem mutigen Schritt in Kauf, dass ihr Leben ein ungalantes Sturzende finden könnte. Tom Peter hielt das für unvernünftig, wollte fast aufstehen und sie stützen, doch Enno

Brotschmier hielt ihn zurück. Frau Marlene Drache bohrte ihre Ellenbogen mit viel Mühe in den Holztresen hinein, lehnte sich ruckartig nach vorn, sodass ihre farblosen, hochgewellten Haare auf dem schrumpeligen Kopf herumrutschten, und versuchte, Lina Rundchen mit knochigen, schiefen Fingern zu beschwichtigen. Sie griffelte am Hörer herum, bis Lina ihn ihr wegzog.

»Na, jetzt warte doch mal mit der Polizei, Lina. Das lässt sich doch sicherlich klären, das sind doch gute Jungs da draußen.«

»Gute Jungs! Das sind rechte Schweine mit Knüppeln. Da klärt sich nix, da gibt's wenn dann Haue«, zischte der Arschbär.

Der auf einem hellrosa Pullunder angebrachte Schrumpfkopf sauste herum und stach mit messerscharfen Blicken um sich. Nicht sicher, wer gesprochen hatte, stakste Marlene Drache an den Tisch heran und nahm Borste, Arschbär, Enno und Tom gleichzeitig ins Visier.

»Was haben die euch denn getan? Das sind anständige Jungs, der Heiko, der Bernd, ganz Liebe sind die immer gewesen, gut zur Familie, immer höflich und zuvorkommend.«

Zwischen ihren Worten suppte eine merkwürdige Mischung aus Gift und Wärme herum. Tom Peter begann, die alte Frau mit Skepsis zu betrachten.

»Höflich und zuvorkommend vielleicht, wenn man zufällig im gleichen Land geboren ist, die gleiche Hautfarbe hat und sowieso die rechtskonservative Scheiß…« Borste unterbrach sich. Ihre Erziehung schaltete sich für eine Sekunde zwischen sie und die anschwemmende Tirade, den Schwall obszöner Beleidigungen, der, wenn es nach ihr gehen sollte, kein Ende zu finden bräuchte, der ihr aber zumindest im Beisein älterer Respektspersonen als unentschuldbar eingebläut worden war. Es dauerte eine Weile, bis sie sich innerlich von der Synapsenverknüpfung der Marlene Drache als Respektsperson loslösen konnte. Obschon Borste und die anderen wussten, dass Marlene Drache oben über der Kneipe wohnte und manchmal auf einen Gute-Nacht-Wein runterkam, hatten sie keine Ahnung gehabt, welcher Gesinnung die alte Frau war. Da hatte es erst diesen Mob gebraucht.

Die vom Leben verknorpelten Finger immer noch fest auf den Marmortisch gestützt, zischte Marlene Drache nun in völliger Freizügigkeit ebendiese Gesinnung hervor und Tom Peter musste sich fast auf den Pulli kotzen. Denn die kulturfremden Völker überfielen, afrikanisierten, orientalisierten, islamisierten unser schönes Land ja von allen Seiten her, da müsse man doch was tun, um den Volkstod zu verhindern. Da müsse man hart durchgreifen, aufräumen, ausmisten, entsorgen. Gruben ausheben, wie früher. Und Homosexuelle ins Gefängnis wie anderswo!

Am schlimmsten für Tom Peter war aber, dass er sah, dass der Drache Marlene erleichtert war, dass ein praller Luftballon geplatzt war, jetzt wo sie endlich mal frei gesprochen hatte über die Dinge, die ihr schon lange so schwer auf dem Herzen lagen. Auch Lina und Frank waren sichtlich geschockt von den Offenbarungen ihrer langjährigen Nachbarin.

Marlene Drache bestellte einen Wein.

29. Man muss auch alte Frauen hauen

Und dann gab es noch eine Auseinandersetzung. Noch was. Noch was dazu. Lina Rundchen verweigerte Marlene Drache ein Getränk. Der Reaktion der alten Dame nach zu urteilen, war es das erste Mal in einem behüteten, bemutterten, mit Kaviar eingeschmierten Leben, dass ihr ein Getränk verweigert wurde. Ihre ledrige Pavianhaut zog sich zu ihren Augenhöhlen hin zusammen. Bissig und keifig wurde sie, beleidigte und beschimpfte Lina und Frank, zappelte, giftete. Wand sich wie eine echauffierte Kobra durch den Raum.

»Dann werdet ihr heute Nacht eben mal was lernen! Und das wird diesem Ort auch mal guttun! Das ist die letzte Nacht fürs *Café Exquisit*! Zeit wird's!«, offenbarte sie einen unterschwelligen Hass, der nicht neu sein konnte, der evidenterweise schon lange da gewesen war, ein Hass für den Ort, der ihr immer wieder den Abendrausch reinzuschlubbern bereit gewesen war.

Der Arschbär war außer sich. Er sprang auf. Er konnte es nicht glauben, eine derartige Illoyalität mit einer Schenke. Freibier oder nicht, eine Schenke war doch immer ein Ort, wo Glückseligkeit in Gläsern gereicht wurde und deshalb überall in der Luft schwebte. Wo kleine Teilchen Glückseligkeit sich in der Luft verbreiteten, weil jeder sie zu sich nahm, wieder ausatmete, in den Raum pustete, prustete, ganz von allein, ohne es zu wollen. Wo einfach Glückseligkeit im Sauerstoff herumflog. Jahrelang hatte sie hier getrunken und nun stellte sie sich plötzlich gegen das Café? In der Zeit der größten Not? Klar und deutlich war Marlene Drache hier fehl am Platz.

»Raus!«

Ein Brummbär immensen Ausmaßes zog sich vor der kleinen alten Schrumpelfrau empor. Er überschattete sie, zweimal, dreimal so hoch, wie ein Hügel, es würde sie Tage kosten, eine Woche vielleicht, einen Gewaltmarsch, um den Hügel zu umwandern. Wo sie doch nicht so gut zu Fuß war. Wo sie doch rassistisch und langsam war, auf ihre alten Tage. Und mit dem Schuhwerk.

Die Ungleichheit des Duells war offenkundig, dabei wollte der Arschbär ihr ja gar nichts weiter tun. Es lag ihm fern, oh Gott, einer alten Dame ein körperliches Leid zuzufügen. Aber man konnte es niemandem verdenken, der den Anblick derart zu interpretieren gedachte. Der Turm und die kleine Alte. Der Arschbär war einfach eine eindrucksvolle Erscheinung, ein Prachtmonstrum, ein echtes.

Enno stolperte dazwischen. Courage. Ein Held. Ein Drunken Master. Die Alte sollte nicht aufs Maul bekommen, denn der Arschbär würde sich das nie verzeihen. Enno meinte es gut, als er wie ein Welt-Torhüter in des Arschbären Bauch hineinsprang und sich, halb in den Fettwulsten verschwindend, dort schützend anlehnte. Es war eine Glanzparade, die legendäre, historische Glanztat eines Keepers, aus einer starken Torhüternation noch dazu, Italien oder Ostblock, die immer und immer wieder in TV-Rückblicken wiederholt werden würde.

»Jetzt lass sie doch in Ruhe.«

»Ich mach ja nichts.«

»Jetzt lass sie doch!«

»Ich tu ja gar nichts, ich zeige ihr ja nur die Tür.«

»Rüpelhaft«, schaltete sich das Paviangesicht dazwischen.

»Nein, er hat schon recht. Wir passen heute nicht zusammen, Frau Drache. Die da draußen, die passen gut zu Ihnen. Und Sie passen zu denen«, scheuchte Lina Rundchen nun, sachlich und besonnen. Der Arschbär machte Platz. Enno fiel hin.

Die alte Rassistin schaute zornig. Giftgelbe Hassfahnen spritzten ihr aus den Augenlidern. Tom Peter musste darüber nachdenken, ob all die markanten Alterserscheinungen ihres Körpers vielleicht nur von einer hasserfüllten Seelenverkrampfung herrührten. Vielleicht war sie in Wirklichkeit eine junge Dame, ein Twen, jugendlich, aber so voller Boshaftigkeit, dass die Seele längst vertrocknet und verdorrt war.

Drache warf dem Flüssinger einen vielsagenden, enttäuschten Blick zu, dann ging sie kopfschüttelnd zur Tür hinaus. Nicht ins Treppenhaus, in ihre Wohnung hoch. Nein, sie ging hinaus und sprach mit Bernd Schulzensen.

30. Ein Griff zum Telefon

Es war eine untragbare Situation für eine jede Betreiberin eines jeglichen Etablissements, aber für Lina als friedliebende, konfliktscheue, basisdemokratische, musikbegeisterte, spirituelle Hippielady mit buddhistischen Vorlieben und linkspolitischem Stammpublikum erst recht. Da war ein blutrünstiger Mob vor ihrem Laden zusammengekommen. Da waren Leute, die sie gut kannte, denen sie Bier und Schnaps vor die Nase gestellt hatte, zu bitterbösen Schurken geworden, die sie bedrohten, sie und ihren Frank, ihren Leib und seinen, ihr Leben und seines, das *Café Exquisit,* die lieben Gäste, den lieben Umsatz, den guten Ruf und nicht zuletzt (es sah nun wirklich nicht danach aus, als dass sich die Situation in Bälde entspannen würde): ihren Feierabend. Ihren Schlaf. Ihren Kuschelbart, den sie im Bett neben sich so gerne knetete und schwurbelte, nach einer langen Schicht. Frank Leupesch würde das dann stets monieren und brummen, sie solle seinen Bart in Ruhe lassen, das wäre sein Bart und nicht ihrer. Das wäre seine lange, lange Lebensaufgabe gewesen, diesen Bart stehen zu haben, er habe Hingabe und Geduld und Konsequenz bewiesen und sich damit das unbestreitbare Recht erarbeitet, die Bestimmung und Kontrolle über sein Gesichtshaar zu behalten. Sie, Lina Rundchen, habe nichts getan, außer still und stumm zuzusehen, über Monate, wie dieser Bart wuchs und wuchs, sie habe es hingenommen, ja, sie habe es toleriert. Aber die eigentliche Arbeit habe er gemacht, Frank Leupesch, und deshalb solle sie jetzt die Finger wegnehmen und ihn in seinem Brummbart eingewickelt schlafen lassen. Natürlich wäre das alles nur Show, sie wusste, er mochte es eigentlich, und er mochte sie, und sie mochte ihn, und sie liebten sich und das Prozedere mit dem Bart und dem Beschweren wäre nur Teil ihres ganz eigenen verqueren Vorspiels. Sie würde ihn also weiterkraulen, und dann würde eines zum anderen führen, und so würde eine wunderbare Nacht beginnen, vielleicht aufgesext, vielleicht einfach gemütlich und schläfrig von einer langen, langen, gemeinsamen Schicht. So war das Los des Frank Leupesch und der Lina Rundchen, und es war ein ganz fabelhaftes Los, mit dem niemand hadern würde und das alle Beteiligten in vollen Zügen genießen konnten, jeden Abend, jede Schicht, immer. Bis auf heute.

Die Oehls waren ihr schon immer unliebsame Gäste gewesen. Nicht nett, nicht spendabel mit Worten und Trinkgeld. Zum Kickern da und sonst nicht groß angenehm dabei. Dafür mit einer gewissen Regelmäßigkeit am Ort, die Lina als Geschäftsfrau auch zu schätzen wusste. Bernd Schulzensen, den hatte sie anfangs ja sehr charismatisch gefunden. Der hatte auch mal gelächelt, geflirtet, nett dahergeredet. Der hatte immer viel Trinkgeld gegeben. Aber irgendwann hatte sie da auch Verdacht geschöpft, weil er immer so per Du und so eng und so verbandelt getan hatte mit den Kickerspielern, mit den unangenehmen Leuten. Und dann hatte sie irgendwann den doppelten Boden in seinem netten Lächeln entdeckt, diese eine Falte. Diese eine Falte, die bedeutete, dass das Schauspielerei war, dass da Machenschaften schlummerten und bald zum Vorschein treten würden. Da waren sie nun. Lina hatte es geahnt, ohne es wirklich zu ahnen.

Und während die anderen noch versuchten, einen nudeligen Enno vom Boden aufzukratzen, griff sie erneut zum Telefonhörer und wählte endlich.

»Lina Rundchen vom *Café Exquisit*. Ich würde gerne melden, dass ich hier in meiner Kneipe stehe, mit meinem Freund und ein paar Gästen, und außen steht ein wütender Mob, die bedrohen uns, die wollen uns nicht rauslassen. Wir haben Angst, bitte schicken Sie wen vorbei.«

Während sie sprach, verzog Lina keine Miene, blieb stark und starr und eiskalt, ihr Rücken verkrampft, die Stimme aufrecht und laut. Sie stemmte den Felsbrocken. Durch den Hörer hindurch. Nur äußerlich, nur äußerlich war sie stark, denn sie wusste, sie musste. Für Frank, gegen die Angst.

Ein stilles Raunen ging durch die Runde. »Polizei? Polizei.«

31. Ein Griff ins KKKlo

Lina Rundchen hörte eine nervöse junge Stimme am anderen Ende der Leitung. Stammeln. Flattern. Zu zögerlich, um in der brenzligen Lage zu helfen. Zu zögerlich für eine Polizeirufnummer.

»Da verbinde ich Sie mal mit Dienststellenleiter Bielefeld.«

Hier hätte sie eigentlich schon skeptisch werden müssen, dachte Lina später. Hier hätte sie es schon wissen sollen, schon einfach auflegen sollen.

»Joachim Bielefeld, Dienststellenleiter«, sabberte ein ohrenscheinlich aufgeblähtes, schwimmreifenartiges Lippenpaar in den Hörer.

Keine Stimme, die Sympathie und Vertrauen provozierte. Andere Gefühle wurden hingegen durchaus provoziert und Lina lief ein subtiler Ekelschauer durchs Rückenmark. In diesen Schwimmreifen würde sie sich nicht hineinlegen wollen. Lieber ersaufen, lieber von den Haien gefressen werden. Oder auf dem sinkenden Schiff mit den betrunkenen Piraten verweilen. Bleiben und anstoßen. Schallend feiern bis zuletzt. Alles besser als der Schwimmreifen. Dieser Schwimmreifen zählte nicht. Sie hätte es gleich wissen sollen, dachte sie sich nach dem Telefonat. Sie hätte es ahnen sollen.

»Ja, das *Café Exquisit*. Da gibt es also *mal wieder* ein Problem, ja? Nun, Sie als Bedienstete dort … Geschäftsführerin, ah, oder Geschäftsführerin halt, Sie werden ja wissen, dass wir in den letzten Wochen einen ganzen Haufen Beschwerden und Probleme hatten mit ihrem Etablissement. Dass da einiges nicht ganz richtig läuft. Das werden Sie ja wissen.«

»Ich weiß überhaupt nicht, was Sie meinen. Überhaupt keinen Ärger gab es in den letzten Wochen. Nicht seit Silvester, mit dem Herrn Brotschmier und dem Böller. Aber das haben wir ja klären …«

»Ja, ich sehe hier auf jeden Fall vor mir – *vor meinen Augen* – einen Stapel Akten, überall mit dem Vermerk *Café Exquisit, Café Exquisit, Café Exquisit*.«

»Das kann aber eigentlich nicht sein. Ganz eigentlich rede ich aber auch von einem akuten Problem, von heute …«

»Was ich Ihnen sagen will, Frau … äh … Rundchen, ist, dass wir uns nicht länger von Ihnen auf der Nase herumtanzen lassen, hier, ja? Wir haben genug zu tun in diesem Ort, an so einem Abend. Und wenn Sie hier meinen, Sie müssten uns Ärger machen mit der Beständigkeit einer alten Fliegerbombe, dann sagen wir auch einmal Nein. Wissen Sie? Das können wir auch mal sagen.«

»Sie wollen also sagen, dass Sie nichts unternehmen werden?«

»Da spricht doch das *Café Exquisit*?«

»Ja.«

»Dann haben Sie mich ganz richtig verstanden. Damit gehen wir heute nicht mehr übern Main, wie man so schön sagt. Der Schulzensen wird schon nach Hause gehen in ner halben Stunde, Stunde, werdense sehen.«

Lina Rundchens Augen verstarrten sich auf ein Foto am Schnapsregal hinterm Tresen, darauf war ein kanadisches Flusstal abgebildet und ein glücklich urlaubendes Pärchen, so fröhlich, so erleichtert, dass sie es nach anstrengender Reise geschafft hatten, das Boot festzumachen, am felsigen Ufer ihr Zelt zu errichten und einen selbst gefangenen Fisch zu braten. Auf einem Lagerfeuer. Es waren zwei grenzenlos erleichterte Gesichter, ein Frank und eine Lina, die sie da anstarrten. Zwei Gesichter aus der Vergangenheit, aus einer emotionalen Dimension, die ihr gerade unerreichbar schien. Nie wieder würde sie so lächeln können, mit einer Stadtpolizei wie dieser. Nie wieder. Wie sollte irgendwer jemals wieder lächeln können? Wenn alles so korrupt war?

Ihr angewinkelter Arm schraubte sich steif wie ein Wagenheber von ihrer Wange herunter und legte den Hörer ab. Metallisch drehte sie sich zu den anderen.

»Die wussten, dass es Bernd Schulzensen ist, ohne dass ich das erwähnt hab.«

»Und schicken sie wen? Schicken sie wen??«, krähte Tom Peter panisch.

»Nein, die machen nichts.«

32. Gleichbleibend nicht okay

Den allerliebsten Frank Leupesch packte sie sich, führte ihn am Arm den Tresen entlang und stopfte ihn zur Tür hinaus. Die nach außen immer friedliche, immer sachliche, immer ruhige, stoische Lina stampfte heraus und brüllte wie ein Hochofen.

»Bernd! *Bernd!* Was ist das? Hä? Was wollt ihr? Was kann ich tun, damit ihr einfach verschwindet? Ist euch nicht auf Dauer kalt da draußen!?«

»Ist euch nicht auf Dauer eng da drinnen?«

Die dämonenhafte Schattenfigur thronte im Lichtkranz eines Autoscheinwerfers, während dahinter kleingeistige Gehilfen rotierten, soffen, kicherten und wimmerten. Der große Antagonist war er. So viel war evident. Das hatte er immer sein wollen, jetzt stand er da, groß und übermächtig, der Befehlshaber einer kleinen beschickerten Armee, in einer Mission, einer überfälligen Mission, die größer war als sie alle zusammen. Der Ort sollte endlich gereinigt werden. Die sollten an ihrer Angst heute Nacht ersticken, da drin.

Lina konnte sich das nicht weiter bieten lassen, dass die sich von Angst ernährten. Von ihrer Angst, wie Blutegel oder Vampire.

»Das törnt euch an, ja? Scheißpack. Das *Exquisit* ist ein Ort ohne Angst, okay? Wo sich Leute einfach begegnen. Begegnen und Hallo sagen, und jeder gewinnt am Ende. Wenn man einfach nur mal ›Hallo‹ sagt. Statt ›fick dich‹. Das habt ihr nie verstanden! Mann, ich hätte den Kickertisch sofort auf den Müllhaufen werfen sollen, als ich gemerkt hab, dass ihr immer wieder kommt. Oehls! Die Oehl-Brüder! Wieso riecht das Klo immer wie Schimmel und Sperma, wenn ihr da seid? Kann mir das mal jemand verraten? Und wieso bringt ihr immer, immer so eine Laune in meinen Laden!? Wer gibt euch das Recht, eure verdammte schlechte Laune in meinen Laden zu schleppen, anstatt sie selber, eigenständig, wie erwachsene Menschen zu Hause auszubrüten? Das heute, ihr denkt vielleicht, das macht uns ganz viel Angst, das ist jetzt irgendwo der Höhepunkt eurer Bösartigkeit. Aber täuscht euch nicht! Wir wissen es schon lange. Wer ihr seid. Wir wissen Bescheid. Das hier heute ist nur … gleichbleibend nicht okay!«

Bei Heiko klingelte was im seitlichen Hinterkopf. Hatte sie ihn und seine Leute unerwachsen nennen wollen? Kindisch? Ein Kind war er nicht mehr, so viel wusste Heiko Schuhknecht, da legte er Wert drauf, und um das ordentlich zu präsentieren, zerdrückte er eine Plastikflasche, warf sie sauer weg und bäumte sich auf. Mit seiner ganzen Körpermasse, zusammengepresst in einen riesig langen Schatten, schlurfte er auf den Lichtkegel zu, in dem er Bernd und Lina und Frank ausmachte. Angst und Schrecken: seine ewigen

Begleiter. Er schwang sein Sportgerät und suchte sich Lina aus. Die war am lautesten gewesen. Die durfte jetzt büßen.

Bernd bemerkte den herbeischleichenden Hünen zuerst, zuckte mit den Augäpfeln kurz rüber, sorgenvoll, väterlich, aber ihm war klar, es gab kein Zurück mehr. Sollte der kleine Heiko sich doch ein bisschen austoben. Bernd tat nichts, als Heikos riesiger Schatten sich über Lina und Frank ausbreitete und sein großer, schwerer Arm den Golfschläger gen Himmel reckte.

Der Boden war Lava. Die Straße ein wilder Ozean, gefährliches Terrain. Nicht zu betreten. Kein lippenförmiger Schwimmreifen würde angetrieben kommen, kein Martinshorn ertönen, keine Rettung war in Sicht. Frank umschloss seine Liebste mit seinen langen Armen. Mehrfach herum wickelte er sie ein, versuchte sie vor all dem bösen Wasser zu schützen, und das böse Wasser vor ihr. Ein dünner, harter Metallgegenstand peitschte ihm auf den Buckel.

33. Mittelaltermarktmenschen

Als ein gebückter, stöhnender Frank Leupesch und eine ihn stützende Lina durch die Tür zurück ins Café bretterten, wurden sie von geschockten Gesichtern begrüßt. Franks Schmerzen zogen sich von der Buckelspitze hinunter durchs komplette Nervenkostüm, der lange Spaghettimann krümmte sich und musste all seine Spaghettikraft aufwenden, um nicht längs auf den Flur zu knallen. Stattdessen stemmte er sein wackeliges Gewicht auf Lina Rundchen, deren Oberschenkelmuskulatur über sich hinauswuchs und den geliebten Verletzten heldenhaft aufrecht hielt.

Der Arschbär schäumte vor Wut, wollte sofort hinausstieben und Heiko Schuhknecht in einen nimmermehr endenden Würgegriff nehmen, um ihm die letzte rechtsradikale Luft aus dem Körper zu drücken. Er stoppte sich, als er sah, dass seine Seelenverwandte nicht bei ihm war, sondern vielmehr sorgsam fokussiert auf das Wohlergehen der beiden Gastgeber. Borste stürmte als zweite Stütze für den gepeinigten Frank Leupesch heran.

Enno wabbelte hilflos auf seinem Stuhl hin und her. Er hatte die Absinthflasche ja intensiv danach durchsucht, aber jetzt merkte er, dass auch er keine Kontrolle über seinen Kontrollverlust mehr hatte. Er war genau da, wo er sein wollte, aber dann noch ein Stückchen zu weit. Enno konnte sich nicht sicher sein, ob Frank Leupesch in dem Universum, das er selbst gerade bewohnte, überhaupt Rückenschmerzen hatte. Das würden sie nicht verstehen.

Der Flüssinger beobachtete still und tat nichts, selbst als die drei wackeligen Menschen im Türrahmen nicht mehr stehen konnten und der Länge nach auf den Kneipenboden klatschten, um sich mühsam und ineinander verdreht, unter Ekelsbekundungen seitens Enno Brotschmier, wieder aufzurappelten.

»Boah, nicht auf den ekligen Boden. Iieeh.«

»Wahnsinnig hilfreich, Enno«, giftete Borste.

Der Arschbär reichte ihr seine Hand, nicht weil er sie am liebsten hatte, sondern weil sie ihm am nächsten lag. Aber er hatte sie natürlich am liebsten. Borste verliebte sich zwar in die Geste, ignorierte aber die haarige Bärenhand zugunsten einer dezenten Rache an dem radiomachenden Alkoholgespenst. Sie lehnte sich mit all ihrer kräftigen Schwere auf Ennos Knie, um sich hochzuhieven. Enno blubberte überrascht und verschmerzte die Situation dann verständig still. Enno und die Wirklichkeit. Die Wirklichkeit und Enno. Ein Spannungsfeld.

»Du hast da ordentlich was abbekommen.« Lina tupfte den blutigen Striemen auf Franks Rücken ab. Die einzigartige Buckelanatomie des Leupesch'schen Gestells hatte vermutlich Schlimmeres verhindern können, einen minder rückenlastigen Mann hätte der Schlag tiefer, mortaler getroffen. Franks innere Organe waren relativ unbeschadet geblieben, beschützt von seinem heldenhaften Höcker.

»Ja, das merk ich. Das kann ich spüren, Lina. Dass ich ordentlich was abbekommen hab.« Sofort bereute er seine schmerzmotivierte Gehässigkeit und ruderte zurück, vor der Liebe seines Lebens. »Tschuldige, Lina, ich bedanke mich ehrlich und aufrichtig für das Versorgen meiner Wunde. Du bist ein wunderbarer Mensch. Aber der große Fehler, der Riesenfehler, war, da rauszugehen. Die sind da draußen, wir sind hier drinnen. Sicher. Und rausgehen. Das war nämlich der Fehler. Und solche Fehler begehen wir heute lieber keine mehr. Sollte ich hier als Gastgeber und Kneipenwirt irgendwas zu sagen haben, dann sage ich: Wir gehen da nicht mehr raus! Wir bleiben hier. Und wir bleiben zusammen. Hier drin sind wir sicher. Und warm. Und hell.«

»Und Alkohol!«, schmiss Enno feierlich dazwischen.

»Denen da draußen wird das irgendwann zu doof, zu kalt und zu dunkel werden. Die werden verschwinden. Die halten das nicht lange aus.«

»Und das ist jetzt der Plan?« Lina wirkte unruhig verloren.

»Das ist jetzt der Plan.« Frank wollte eine Geste machen, die mit einer entschlossenen Faust auf dem Tisch ihren Höhepunkt hätte finden sollen, aber sein blutiger Rücken machte dem den Garaus. Er zuckte nur schmerzlich.

Tom Peter konnte hören, wie Borste dem Arschbären zuflüsterte: »Die halten das aus. Die haben harte Hunde, Fußballer und Mittelaltermarktmenschen.«

34. Nimm mal vom Rauchmelder die Batterien raus

»Also wir gehen ab jetzt gar nicht mehr raus?«

»Richtig.«

»Du hast ja gesehen was passiert. Draußen.«

»Wir bleiben hier drin.«

»Gut. Alkoholistisch gesehen sind wir ja versorgt. Bis die Sonne aufgeht. Bis der Hahn kräht. Der Hahn ist ein linksradikaler, vor dem werden sie Angst haben, da draußen. Vor dem werden sie wegrennen«, krähte Enno.

»Übernachten? Hier übernachten?«

»Übernachten ist nur, wenn man zwischenrein schläft.«

»In Zeiten der Krise, wenn es zwischen Lina und Frank mal scheppert, ist das alles schon passiert. Hab ich recht, Frank? Ich hab dich doch gesehen. Ich hab dich doch hier schon schlafen gesehen.«

»Du bist doch selber hier schon eingeschlafen und hast mir auf den Boden gespuckt, bis das Taxi gekommen ist, Enno!«

»Mir macht das gar nix. Ich will nicht raus in das Schwimmbecken voller Haie da draußen, ich bleib hier schön im Warmen, nehm mir noch einen Absinthikus, mit eurer Erlaubnis selbstverständlich, Lina, Frank. Sie nicken. Gut, sie nicken. Ich schütte mir ein. Mir macht das nix, hier übernachten. Es wird die reinste Feierlichkeit, wer trinkt einen mit?«

»Das muss man auch erstmal aushalten. Mit Enno länger in einem Raum. In einem Rausch.«

»Und mit dem Flüssinger.«

»Ach, der, der sagt ja nix. Der tut nix. Aber sag mal, Frank.«

»Argh. Ja?«

»Frank, wenn wir jetzt drinnen bleiben.«

»Ja?«

»Hier drinnen.«

»Ja.«

»Auf *deine Anweisung*.«

»Naja …«

»In deinem Laden hier.«

»Hm.«

»Weil *du* es gesagt hast.«

»Ach herrje.«

»Dürfenwirdanndrinnenrauchen?«

Ein wissendes Grinsen in den Gesichtern offenbarte Tom Peter die eklatante Geschichtsträchtigkeit in dieser Nachfrage. Die Diskussion hatte es wohl schon gegeben.

»Sag was, Frank.«

»Ich weiß ehrlich gesagt nicht, wie das mit den neuen Rauchmeldern ist.«

»Wie soll das sein mit den Rauchmeldern? Gehen die von ein paar Fluppen schon los?«

»Ich hab keine Ahnung, weißt du das, Lina?«

»Ne, keine Ahnung. Ich hab schon in Kneipen gearbeitet, da war das egal. Aber damals war die Technik vielleicht auch noch nicht so weit, waren vielleicht noch andere Modelle.«

»Habt ihr ne Leiter? Bring mir mal ne Leiter.«

»Arschbär, hol mal ne Leiter.«

»Wo soll ich denn jetzt ne Leiter …?«

»Küche, neben Stromkasten.«

»Vielleicht, wenn der Feuermelder losgeht und die Feuerwehr anrückt, vielleicht erschrecken sie sich dann da draußen und hauen ab!«

»Das ist doch keine hypermoderne James-Bond-Scheiße, die das gleich an die Feuerwehr weiterleitet. Das piepst nur aggressiv. Piepst und piepst. Und ich sag euch, das ist das schlimmste Geräusch von allen. Viel schlimmer als ein Feuer.«

»Arschbär, steig mal auf die Leiter.«

»Okay …«

»Schick doch nicht den Dicksten da hoch.«

»Halt's Maul, Borste, ich bin ein astreiner Leitermann.«

»Und jetzt?«

»Arschbär, nimm mal die Batterien raus.«

»Okay. Hier, bitte, Enno.«

35. Tom Peter belügt sich

Enno nahm die Batterien von einem mühevoll balancierenden Arschbären entgegen, der auf der wackeligen Holzleiter einen unpassenden Anblick bot. Wie ein großes Brathähnchen am Stiel verhielt er sich zur Raumgeometrie und stellte mit seiner aus dem Hellacopters-Shirt hervorstechenden Wampe Grundgesetze der Statik infrage. Niemand wackelte an der Leiter. Aber es hielt sie auch niemand fest.

»*Eingesperrt im Café Exquisit*. Ein Konzeptalbum. Oder Memoiren. Gruppenmemoiren, haha.« Enno steckte die Batterien in ein kleines Aufnahmegerät, das er aus seinem Mantel hervorgezogen hatte. »Jetzt können wir uns wenigstens verewigen. Unsere letzten Stunden. Damit die Archäologen historische Zeugnisse zu finden haben. Herr Tom Peter. Als Außenstehender, der jetzt plötzlich ganz innen steht und nicht mehr rauskommt, wie fühlen Sie sich hier? Hm?«

Enno reckte Tom Peter das Diktiergerät ins Gesicht. Und so reckte die eine Unzurechnungsfähigkeit der anderen Unzurechnungsfähigkeit die Frage entgegen.

Tom Peter stieß sich nervös und holprig von seinem Stuhl ab.

»Oha, ganz ruhig, mein Lieber. Ist kein echtes Interview, übrigens. Rauch erstmal eine.«

Der Arschbär, immer noch auf der Leiter stehend, fummelte sich umständlich ein Zippo aus der Hosentasche.

»Ich mach das. Ich mach das auch hier oben. Und ich sehe niemanden, der dagegen spricht«, murmelte er undeutlich durch die bereits zwischen seinen Lippen platzierte Fluppe.

Tom Peter hatte einen ungalanten Ausfallschritt getan, doch der investigative Apparatus in Ennos Hand verfolgte ihn unnachgiebig.

»Das wird uns alle gut beruhigen können. Dass man jetzt drinnen rauchen darf. Verneigung an die Kneipenwirte. Geschickter Schachzug. Ja, das wird uns alle gut beruhigen können. Einfach ne Fluppe. Ne Fluppe hat ne Macht. Was sagen Sie dazu, Tom Peter?«

»Ich rauche nicht!«, krächzte es hilflos überschlagen aus dem Halse des Klarinettisten hervor, der auf der Suche nach seinen Nerven herumstolperte, sich die Beine verhedderte und natürlich an die Leiter stieß.

Der von den diversen Luftröhren gemeinsam in Wallung gehaltene Sauerstoffstrom im Café stockte wie ein alter Motor im Winter, als alle kurz das Atmen vergaßen. Die vier dünnen Beinchen des Stufengestells tanzten hin und her, schleuderten den kugelrunden Mann propellerhaft herum, entfachten dadurch eine zusätzliche Fliehkraft, die unmenschliche Quietschlaute aus dem dicken Korpus des Arschbären hervordrückte. Alle guckten und hofften stocksteif, dass die voluminöse Masse Mensch oben bleiben würde. Man ging in Deckung, duckte sich, drehte sich, in nervöser Antizipation, wenn der Schatten über den eigenen Platz schweifte. Doch es fiel nur das Zippo, ein kleines Wunder, es fiel nur das Zippo.

In Ennos Absinthglas.

Der Kiefer des Arschbären fiel geschockt fast hinterher, doch dann musste er sich wieder konzentrieren, sich ordentlich festklammern und austarieren, die schwingende und schwankende Leiter zum Stehen bringen. Enno drehte sich besorgt zu seinem Herzensgetränk und wurde von einer grellen Stichflamme erwischt. Seine Koteletten in züngelnde Flämmchen getaucht, stürmte er durch die Klotür, legte seinen Kopf geistesgegenwärtig unter den Wasserhahn und spritzte sich nass. Binnen Sekunden war alles vorbei. Schwitzend legte der Arschbär seine schweren Arme auf der Leiter ab. Der Geruch versengter Haare beendete das absurde Schauspiel mit einer toxischen Note.

Tom Peter rollte sich unter den Tresen und flüsterte: »Die Feuerwehr. Die Polizei. Jemand wird kommen.«

Lina sah besorgt zu ihm herunter, da klingelte das Telefon.

36. Ein gruseliger Anruf

Lina hörte bedrohliches Atmen durch den Hörer. Das Schnaufen eines Tieres. Eines Dämons.

Eigentlich wollte sie Franks Wunde behutsam pflegen und ihrem verletzten Lieben sanfte Energien zufließen lassen, jetzt hielt sie sich an seinem Buckel fest wie an einer Rettungsboje.

»Ich will nur klarstellen, dass ihr euch nicht bemühen müsst. Die Behörden wissen Bescheid. Niemand wird kommen.«

Er sprach mit vertrauter Böswilligkeit und Linas Angst wuchs. »Die Behörden wissen Bescheid« sollte fortan nur noch eine ganz bestimmte Konnotation für Lina haben.

»Ich bin nicht anfällig für deine Psychospielchen, Bernd«, log sie sich vor. »Was willst du denn eigentlich? Was wollt ihr denn eigentlich?«

»Oh, ich bin gerade ganz glücklich«, schnarrte sein ekelhaftes Lachen durch die Leitung.

Lina ging um den Tresen herum, durchs Fenster konnte sie im Scheinwerferlicht die Gestalt mit Handy am Ohr sehen. Eine teuflische Autorität ging von der schwarzen Silhouette aus. Der unaufgeräumte Haufen dahinter hatte eher die Bedrohlichkeit einer Junggesellenparty. Affige Bewegungen, gekontert von affigeren Bewegungen. Es ist nicht eure Stadt, dachte sich Lina. Wie könnte es eure Stadt sein? Selbst eure Silhouetten sind die Silhouetten von Idioten. Selbst durch die diesige Dunkelheit konnte sie die infantilen Geister erkennen, die dort versuchten, sich groß aufzublasen. Bernd Schulzensen aber hingegen. Vielleicht war es seine Stadt. Es könnte seine Stadt sein, wenn er mit den Fingern schnippen würde. Der Dämon.

Der Dämon winkte durch die Scheibe.

Lina ließ den Telefonhörer sinken. Sie wusste nicht recht, wieso sie zurückwinken musste. Ein gedankenloser Reflex. Ein kleiner Teil in ihr wollte immer noch kämpferisch dagegenhalten. Dem Dämon nicht die Genugtuung geben, nicht die Einschüchterung durchgehen lassen. Nicht die Hoheit über die Gesten überlassen. Paroli geben. Schüchtern. Aber schüchtern kämpfen war immer noch kämpfen. Hilflos kämpfen war immer noch kämpfen. Lina Rundchen hielt sich an der kleinen Kämpferin in ihr fest. Und an Franks Buckel.

Der Hörer hob sich wieder an ihr Ohr, wer ihn dorthin steuerte, war Lina nicht recht klar. Sie fing an zu sprechen, doch sie wusste nicht, woher die Worte kamen. Sie ließ es einfach passieren, sie wehrte sich nicht. Es passierte und sie hörte zu, wie man einem Hörspiel zuhört, unbeteiligt, den Dämon vor dem Fenster ganz fest im Auge, jede Reaktion, jede Bewegung fixiert. Ein gegenseitiges Auflauern.

»Bernd. Noch dran?«

»Ich bin noch dran, Lina.«

»Wo ziehst du eigentlich die zeitliche Grenze?«

»Bitte?«

»Naja, wann muss denn eine Ausländerfamilie aus dem Ausland gekommen sein, um noch Ausländer zu sein? Hundert Jahre? Hundertfünfzig? Oder muss es so aktuell sein, dass du es selber in den Nachrichten mitverfolgen kannst? Weißt schon, die Frage, die man den rassistischen Amerikanern stellen will. Die ja bekanntermaßen alle eingewandert sind. Irgendwann.«

»Was?«

»Wo ist die zeitliche Grenze, Bernd? Das musst du mir schon genau sagen. Frank und ich können dann nämlich mal recherchieren für dich. Wann das genau alles passiert ist mit unseren ungarischen Vorfahren. Ich versuche ja nur, die Wissenschaft zu verstehen, hinter eurem Bullshit.«

Der Dämon kratzte sich am Kinn. Das reichte ihr, sie sagte »Gute Nacht«, schmiss den Hörer davon und kehrte zurück zu Frank und seinen Buckelschmerzen.

37. Tom Peter glaubt sich nicht mehr

»Irgendwer wird kommen. Irgendwer wird kommen«, zitterte Tom Peter.

Borste und Arschbär fühlten Mitleid. Nicht nur verleugnete er den Umstand vollständig, dass die örtlichen Behörden mit im rechtsradikalen Morast steckten und im Falle des Falles eher zu Schulzensen und seinen Männern halten würden als zu den Insassen des *Café Exquisit*. Er schien Borste psychisch komplett instabil, ein leerer, in sich zusammengeschrumpelter Ballon, von seinen vorigen eskalativen Aufplusterungen nichts übrig.

Sie kniete sich zu ihm hinunter und versuchte, die längst versteinerten Lachmuskeln zu bewegen, die damals in der Ausbildung imstande gewesen waren, ihr so ein mütterliches Wesen ins Gesicht zu malen. Sie legte ihre Hand auf die dünne Klarinettistenschulter.

»Okay, beruhig dich. Wir haben's doch ganz gemütlich hier drin.«

»Ja, und wie lange noch? Wie lange noch??«

»Durch den Winter kommen wir«, lachte Frank Leupeschs Galgenhumor unter dem Buckel hervor, der von Lina sanft abgetupft wurde.

»Und wer sagt, dass die morgen früh weg sind? *Das sind keine Vampire!*«

Borste wurde laut und ernst, als sie die Klarinettistenschulter packen und hinunterdrücken musste, um einer weiteren eskalativen Phase des aufspringenden Musikers Einhalt zu gebieten.

»Unten bleiben. Hör mal zu, Tom Peter. Das sind keine Vampire. Sondern echte Menschen, ganz normale Menschen, Fußballer. Mittelaltermarktmenschen. Ich will nicht sagen, dass die was Besseres zu tun hätten, als uns hier für mehrere Tage –«

»*Mehrere Tage!?*«

»... für länger festzuhalten. Wahrscheinlich haben die wirklich nichts Besseres zu tun. Arbeitslos, keine Hobbys, keine Freunde. Wahrscheinlich könnten die hier ewig bleiben, und niemand würde sie vermissen, und ich wette mit dir, das ist sogar das, was sie gerade noch denken vorzuhaben. Ewig, open end, da draußen auf uns lauern.«

»Ohgottohgott.«

»*Aber.* Und jetzt hör mir mal gut zu. Das sind Schwachmaten, Tom. Das sind keine ernstzunehmenden Gegner. Du weißt doch, was die glauben. Was die allen Ernstes denken. Oder, Tom?«

»... dass Ausländer weniger wert sind?«

»Ausländer. Schwule. Lesben. Alles, was sie nicht kennen. Und du weißt doch auch, das weiß ja jedes Kind, dass das nur Angst ist. Angst vor dem Anderen, vor dem Fremden. So viel Angst. So viel Angst, Tom. Das ist ganz schön viel Angst. Das ist wirklich extrem ängstlich, oder? Hast du etwa Angst vor fremden Leuten?«

»Hm. Nein.«

»Nein. Sonst wärst du ja nicht in eine fremde Kneipe gekommen, heute Abend, oder? Und hast du etwa Angst vor fremden Kulturen?«

»Hm. Nein.«

»Und hast du Angst vor mir?«

»Vor dir? Naja, ein bisschen vielleicht.«

Tom Peter konnte lächeln. Borstes schwere Hand auf seiner Schulter und die strenge Belehrung hatten ihn zumindest abgelenkt. Ablenkung von der Panik. Vielleicht war das ja ohnehin der einzige Weg im Leben. Ablenkung.

Borste stand auf und holte den schicken Lederkoffer. Sie kniete sich hin und überreichte Tom Peter feierlich sein Instrument. Ablenkung.

38. Jeder tut, was er am besten kann

Mit treudoofen Augen nahm Tom Peter das vertraute Instrument entgegen, nervöse Finger klammerten sich an das bekannte Holz. Der Geruch, die Haptik, Formen und Hebel, das waren Dinge aus der alten Welt, der Welt da draußen, von der Tom Peter gekommen war, in diese Zwischenhölle. Er konnte sich erinnern. Klarinette spielen. Das machte er gern und gut. Mit guten Menschen und schlechten Menschen zusammen, mit Anfängern und Leuten, von denen er selbst noch viel lernen konnte. Mit unmenschlichen Orchesterleitenden und netten, freundlichen ... Freunden. Es war im Grunde egal. Im Orchestergraben, in der verrauchten Jazzkneipe. In Stille, im Zimmer zu Hause, auf dem Balkon, im Winter und im Sommer und wenn ganz leise Tom Waits dazu lief. Die Klarinette als Freund, als Anker, konnte ihn symbioseartig beruhigen. Hatte sie immer gekonnt. Er blies einmal kurz hinein und strahlte wie ein frisches Hundebaby.

Borstes Plan ging auf. Dabei hatte sie sich im Grunde selbst therapieren wollen. Die große Furchtlosigkeit, die ihr nachgesagt wurde, war nur die Gabe, sich die große Furcht auszureden.

Schon war Tom Peter aufgesprungen und jazzte durch den Raum, erst machte er einen kurzen Schritt, dann einen weiteren, plötzlich groovte sein unsportlicher Körper am Tresen entlang, plötzlich war das *Café Exquisit* seine Bühne. Plötzlich harmonierte er mit Tom Waits. Tom Peter und Tom Waits. Zwei Helden des Moments. Ein klitzekleines Konzert brach aus und niemand konnte es stoppen. Lina grinste zu Frank hinüber, der, halbnackt blutend, vorsichtig mitschnippte. Borste und der Arschbär hängten sich hinternwackelnd an den jungen Musiker und bildeten eine Art Polonaise. Aber stilvoll. Ginge gar nicht anders an dem Ort, in dem Moment. Der Arschbär nahm Tom Peter huckepack und zeremonierte ihn durch den Raum, dann setzte er ihn auf dem Tresen ab, wo er blies und blies und ganz rot wurde im Gesicht. Borste zerzauste dem Flüssinger die Haare, der duckte sich schnell weg. Alle waren erleichtert, dass er noch nicht mumifiziert war und noch Lebenszeichen von sich gab. Ablenkung.

Bis Marlene Drache finster ans Fenster klopfte und den Kopf schüttelte. Und wieder dran erinnerte, was draußen passierte. Die Reflexe der spießigen Nachbarschaft waren trotz ungewöhnlicher Abendentwicklung nicht aus der alten Frau zu kriegen. Es war ihr zu laut. Es war ihr ernsthaft zu laut, als wäre das ein ernsthaftes, echtes Problem in dieser Nacht. Die Belegschaft im *Exquisit* musste berstend loslachen. Tom Peter wurde zum Helden, denn er zeigte ihr den Finger und spielte einhändig weiter.

»Kommt die hier eigentlich nicht rein?«, flüsterte der Arschbär.

»Ist eigentlich abgesperrt?«, fügte Borste hinzu.

»Vorne ist abgesperrt. Hinten durchs Treppenhaus kommt sie immer rein, aber da sperr ich auch mal eben die Kneipe ab«, konnte Frank beruhigen.

Tom Peter konnte sie nicht hören, er schlitterte durch den Vortex seines Jazz-Solos.

»Sollten wir vorher noch Leute anrufen? Große Einladung zum Konzert? Haha«, brummte der Arschbär.

»Aber im Ernst, ne kleine Armee zusammenstellen, wie die da draußen? Mir fallen schon ein paar Leute ein, die Heiko Schuhknecht gerne boxen würden«, meinte Borste halbernst. Beim Wort »Armee« war es ihr ein bisschen hochgekommen.

»Ich will da eigentlich niemanden mit reinziehen«, meinte Frank nüchtern und standhaft, worauf die anderen nur mit »Hm« zustimmen konnten.

»Kunstbanausen. Hören gar nicht zu«, beendete Tom Peter das Konzert, sprang vom Tresen und landete auf neu erstarkten Beinen. Was sollte man sich Sorgen machen, wenn man Musik hatte? Die da draußen hatten keine Musik. Und wenn doch, würde Marlene Drache einschreiten.

Enno Brotschmier hatte indes die Party verpasst, er saß mit dampfendem Backenbart auf der Keramik, eine wackelige Faust hielt mit letzter Kraft sein Kinn aufrecht. In der anderen Hand hielt er das Aufnahmegerät und nuschelte hinein.

39. NEUE IDEE 1.WAV

»Okay, Idee für ein Drehbuch. Oder Roman. Aufnahmegerät, hörst du mich? Aufnahmegerät? Bist du an? Gut. Los geht's. Der Titel ist ›Die Furchtlosigkeit des Eishockeytorwarts‹ oder so ähnlich. Und wir fangen an mit einem Gespräch zwischen einem Boxer und seinem alten Coach. Die beiden sitzen in einer Kneipe, vor dem großen Kampf. Die Nacht vor dem großen Kampf. Sie sollten vielleicht nicht in einer Kneipe sitzen, vor dem großen Kampf. Aber sie sitzen in einer Kneipe. Weil sie solche Typen sind, harte Loser. Loser, aber hart. Hart im Nehmen. Mit allen Wassern gewaschen. Blablabla. Und der Coach erzählt dem jungen Boxer was. Junger Boxer. Naja, vielleicht nicht jung, vielleicht auch schon abgehalftert. Vielleicht auch schon ein älteres Kaliber. Krumme Nase, Blumenkohlohren und all so was. Sich seine Tracht Prügel vom Leben schon abgeholt. Und der Coach sagt so was wie: ›Hab ich dir eigentlich mal erzählt, dass ich früher Eishockeytorwart war?‹ Und der Boxer sagt: ›Aha, hast du da so gut einstecken gelernt?‹ Und der Coach wird ganz ernst und liest ihm die Leviten, dass nämlich Eishockeytorwart sein was mit absoluter Furchtlosigkeit zu tun hat und dass so ein fliegender Puck viel heimtückischer ist als eine fliegende Faust. Dass du da wirklich was lernen kannst. Mit Angst umzugehen. Sich nicht wegzuducken, sondern die Dinge zu nehmen, wie sie kommen. Und so Käse eben. Und der Boxer hört erst ganz gespannt zu, beide trinken ein bisschen zu viel – so wie ich heute, hohohoho – und dann fangen sie an zu streiten. Weil der Boxer schon lange nicht mehr glücklich ist mit dem Coach, weil der Coach vielleicht sogar in krumme Geschäfte verwickelt ist und der Boxer, ein Heiliger, damit nichts am Hut haben will. Und weil der Coach die Geliebte des Boxers manchmal ein bisschen anflirtet und sie auf jeden Fall auch zu nahe ranbringt an die krummen Geschäfte und die krummen Typen. Das ängstigt den Boxer, denn der Boxer liebt seine Geliebte. Weil sie ist seine Geliebte und seine Geliebte liebt er sehr. Sehr liebt er sie! Sehr. Und deswegen sagt der Boxer dem Coach beiläufig, dass sie sich vielleicht beruflich trennen sollten. Und dann streiten sie sich. Und dann gehen sie vor die Tür, weil sie Kerle sind. Harte Kerle. Harte Loser. Weil sie nie gelernt haben, ordentlich mit Konflikten umzugehen. Weil sie beide viel besser darin sind, wenn die harten Schläge sichtbar kommen, von Fäusten oder Pucks, und nicht unsichtbar, transzendent, metaphorisch. Also reden sie nicht. Also hauen sie sich lieber. Und dann sagt der Boxer irgendwann: ›Hey, stopp. Morgen ist mein großer Kampf.‹ Und das sieht sogar der Coach ein, dass das jetzt nicht so weitergehen kann. Dass sie jetzt lieber aufhören, sich kaputt zu hauen, weil der Boxer ja morgen noch was leisten muss. Und sie trennen sich, aber es ist nicht schön. Der Boxer gewinnt den großen Kampf, aber es geht lang, es geht hart zu. Er ist am Ende. Er liegt in der Kabine und blutet rum. Blutet alles voll, Handtücher, den Boden, seine Geliebte. Der Coach kommt rein. Der Boxer ist zu benommen, um noch wirklich böse zu sein. Der Coach gratuliert ihm, sie umarmen sich. Da stellt sich raus, dass draußen Gangster warten. Mehrere Gangster. Mit Maschinenpistolen und all so was. Vielleicht spielt das ganze ja in einer Zeit, wo Gangster noch Charme hatten und ›Maschinenpistolen‹. Wo man das noch sagen konnte. ›Maschinenpistolen.‹ Wo man die noch offen herumtragen konnte, hinten in den Umkleidekabinen der Sportarena, die einem ja vielleicht sowieso gehört, als Mafioso, der man ist, wenn man einer ist. Na, jedenfalls stehen die da. Und wollen irgendwas. Vom Coach. Von allen. Die fühlen sich gelinkt. Vielleicht hätte der Coach dem Boxer nahebringen sollen, dass er den Kampf doch bitte verlieren soll, und er hat das einfach nicht getan. Weil er das Beste will für seinen Boxer. Klassiker. Klassische Story. Ziemlich geklaut so weit. Ist egal, da stehen jedenfalls die Gangster. Und einer kommt rein. Der Head Honcho. Und der spricht, vielleicht einfach ohne blöden italienischen Akzent und ohne blöde Klischees, davon, dass sie sie jetzt umnieten müssen. Das ist natürlich ein blödes Klischee. Aber Drama, Baby, Drama. Der Head Honcho hat natürlich keine Maschinenpistole, so was Schweres und Klobiges tragen nur die Handlanger, die dürfen schwer tragen. Der Head Honcho hat Würde und Stil und eine kleine Handpistole, und die richtet er jetzt auf … Auf …

Auf jemanden. Auf die Geliebte? Das würde die Lage für unseren Helden, unseren zerkloppten, blutenden Boxer ziemlich verschärfen. Der kann vielleicht gar nicht viel machen, der liegt nur da und blutet und kriegt alles nur so halb mit. Oder die Pistole auf den Coach, das würde mehr Sinn machen. Aber wenn der Boxer zerkloppt und blutend alles nur so halb mitbekommt, vielleicht sieht er einfach gar nicht genau, wohin die Knarre zielt. Auf wen der Lauf zeigt. So oder so, es besteht Handlungsbedarf. In dem Raum befinden sich starke Persönlichkeiten und starke Persönlichkeiten nehmen das doch so nicht hin, dass einfach jemand kommt und mit einer Waffe rumfuchtelt. Soweit mal.«

40. NEUE IDEE 2.WAV

»Das wäre also die Grundsituation, meinetwegen Kapitel 1. Im nächsten Kapitel, ich nenne es mal, weil ich so ein Fuchs von einem Autor bin und so eine gut aussehende Radiopersönlichkeit obendrein, Kapitel 2. Im nächsten Kapitel also lernen wir den Boxer näher kennen. Na klar, wir wollen ihn ja lieben, wir wollen ihn kennen wie unseren Teddybären, mit einem genauso fiktiven Lebenslauf, kann man sagen. Wir wollen heulen, wenn ihm was passiert und all so was. Wir wollen das Beste für ihn wollen. Ein ganzer Sympath. Aber auch mit dunklen Seiten. Auch schwierige Phasen und Entscheidungen und so. Aber ein strahlender Held. Aber mit Flecken auf der Rüstung. Aber die Flecken lieben wir auch. Der Aufbau wäre dann so, dass wir in jeder Runde des Boxkampfes, des großen Kampfes, wir bewegen uns also wieder ein Stündchen zurück in der Zeit, einen besonderen Schlag herausheben. Einen Treffer. Im Gesicht unseres Boxers. In jeder Runde muss er einmal richtig einstecken, kriegt richtig einen ab. Da muss ich noch verschiedene Boxtechniken und Gesichtsschmerzen recherchieren, damit da Abwechslung herrscht. Sagen wir mal: acht Runden, acht

Schläge, acht Schicksalsschläge. Wir verknüpfen jede Runde, jeden Hieb mit einer Epoche, einer Lebensphase des Boxers. Und in jeder Lebensphase passiert ihm was Schlimmes, also der metaphorische Hieb ins Gesicht, passend zum echten Hieb ins Gesicht. Und so spulen wir das Leben des Boxers dann ab, in acht Kapiteln mit acht doofen Dingen, die ihm passieren. So. Als Kind, Runde 1, ding ding ding, als Kind wird er halt gemobbt, oder? In der Schule. Ne, anders, wir lassen erst seinen Papa sterben. Ganz früh, da ist er noch ganz jung. Das ist Runde 1. Dann ist von vornherein was verkehrt. Dann hat er auch Motiv und Vorbelastung für Runde 2, das Mobbing. Mobbing in der Schule und als Reaktion halt ganz viele Prügeleien, er natürlich schon damals wie ein Tier, verbissen, unnachgiebig, und deshalb gegen größere Gruppen auch mal überlegen. Dann kriegt er Ärger, muss von der Schule gehen. Eieiei, das läuft nicht rund in der Kindheit unseres Boxers. Runde 3, er findet Spaß und Gefallen an irgendwas. Ein Hobby. Ein Instrument. Boom! Lass es Klarinette sein. Zu Ehren unseres Ehrengastes Tom Motherfucking Peter da draußen. Mein Gott, ich glaub ich höre ihn spielen. Das muss göttliche Vorsehung sein, ein Omen, dass das Buch ein Erfolg wird. Oder der Film. Oder der Eishockeytorwart. Unser Boxer aber hat keinen Erfolg, er haut sich die Hand an, in einer, wie könnte es anders sein, Schlägerei. Tut er sich weh. Die Hand ist bisschen krüppelig fortan und er kann die Finger nicht mehr richtig filigran bewegen und die Klarinette ist passé! Scheiße, das Einzige, was ihm ein klein wenig Freude bereitet hat im Leben. Runde 4, die erste Liebe. Dass es da aufs Maul gibt, brauchen wir nicht näher ausführen. Liebe tut immer scheiße weh, schluchz, aber beim ersten Mal … Ich denke, an dieser Stelle geht unser Boxermann mal kurz auf die Matte, wird angezählt. Aber er rappelt sich ja wieder auf. Meine Güte, er ist ja ein Harter. Ein harter Loser. Runde 5, jetzt ist er einsam und fängt mit dem Boxen an. Mehr, um Aggressionen abzubauen. Die sagen ihm aber, dass das nix wird mit ihm. Keine große Karriere. Runde 6, Ärger im Job, er wird gefeuert. Runde 7, er ist ne Weile obdachlos. Das macht ihn aber zu einem noch härteren Loser. Er lernt den Coach kennen. Es ist Liebe auf den ersten Jab oder Punch oder Haken oder wie man sagt. Der Coach holt ihn von der Straße, er macht aus ihm einen Winnertypen und es läuft gut für die beiden, endlich, endlich, denn er hat es ja so verdient. Weil's natürlich immer gut läuft, wenn's grad gut läuft, lernt er seine Geliebte kennen. Die verliebt sich ja sowieso nur in ihn, die kann sich ja nur in ihn verlieben, weil er zum ersten Mal das Zeug mitbringt, das man braucht, damit sich in einen verliebt wird: ein bisschen reine Happiness. Oder? Oder was? Da läuft grad ne Kakerlake vorbei, das ist nicht das erste Mal, liebes *Café Exquisit*, das muss ich mal anmerken, in einer normaleren Nacht, wo normalere Gehirne normaleren Platz haben für solche Späße. Heute aber ist es vielleicht eine magische Kakerlake und die erste Kritikerin meiner Buchidee. Drehbuchidee. Filmidee. Was sagst du, Kakerlake? Wie findest du's? Würdest du ins Kino gehen? Nein, es ist nicht politisch. Nein, es wird dein Hirn nicht zum Drehen bringen und Special Effects gibt's quasi auch nicht. Aber so als Rahmen für eine gewisse Portion Movie Magic? Oder, wie sagt man, Zauber? Zauber halt? Zauber? Kakerlake? Wie isses?«

41. NEUE IDEE 3.WAV

»Jetzt ist natürlich schon witzig, und beabsichtigt witzig, dass das Werk ›Die Furchtlosigkeit des Eishockeytorwarts‹ oder so heißt und es überhaupt nicht, bis auf den ersten kleinen Dialog, um Eishockey geht. Null. Es geht um Boxen. Es geht um Menschen. Um Liebe und Gewalt. Knarren und Crime. Zwischenmenschliches. Befindlichkeiten. Fehler. Und Haue. Aber nicht um Eishockey. Also, ich find das witzig. Humor ist auch Zauber und Zauber ist Humor. Du als Kakerlake weißt das sicher. Sind Kakerlaken Tiere des Humors? Wie Paviane? Ich glaube, du verstehst den Humor. Besser als die Hampelmänner vor unserer Cafétüre jedenfalls. Die sind ja ganz grässlich humorlos, wie man weiß. Na, jedenfalls steht jetzt der Mafiamann mit dem Revolver – Colt? Knarre? Pistole? Schießeisen? – da im Raum mit den anderen. Und tut, was er am besten kann. Bedrohen. Notiz: Mafiamann und Geliebte dürfen natürlich auf keinen Fall eindimensional sein, dürfen auch mal überraschen. Boxer und Coach? Allerhöchstens zweidimensional. Eher weniger. Machomänner halt, im Grunde. Alphatierchen. Beide denken natürlich sofort daran, die Waffe zu entfernen. Und den Mann. Die

Bedrohung. Mit roher Gewalt dagegen losgehen. Aber der Boxer blutet und sieht nicht gut. Er liegt außerdem herum, oder sitzt mittlerweile, aber seine müden Beine könnten auf keinen Fall seinen schweren, zerhauenen Muskelkörper aufhieven, schneller als ein Schuss fallen würde. Der Coach steht schon, er blutet nicht, er sieht einigermaßen gut, er ist in besserer Startposition. Und nun, der Knackpunkt, den er auch in seinem sterbenden Schwanenlied nochmals erwähnen wird: Er war ja Eishockeytorwart. Und das ist mehr wert als Boxer sein. In dem Regelbuch dieses speziellen Werks jetzt. Das soll gar nicht in Wirklichkeit irgendwelche wirklichen Boxer*innen beleidigen. Die machen alle einen tollen Job. Die sind wahrscheinlich alle zu einem gewissen Grade furchtlos. Das hab ich jetzt halt so beschlossen. Dass der Eishockeytorwart, auch weil er ein absurderer Typ ist, ein besserer Typ ist. Dass man sich im Zweifel für den Eishockeytorwart entscheiden sollte. Weil so einen Puck in die Fresse zu kriegen und danach zu sagen: ›Hey, Eishockeytorwart, das ist mein Ding, das könnte ich öfter machen‹, das ist schon eine ganz spezielle Furchtlosigkeit. Ich schreib echt mein bestes Zeug auf Absinth. Es ist so komisch, dass ich hier sitze und das alles diktiere und meine Haare unglaublich versengt riechen und mich diese Stichflamme vielleicht überhaupt wieder aufgeweckt hat und mich in einen Zustand versetzt hat, so einen deliriösen Kreativitätsflow. Ich kann gar nicht aufhören. Aufhören zu reden. Kakerlake, willst du auch mal was sagen? Ich halt dir das Gerät hin. Ganz nah, du bist ja ein leises Tier. Wie findest du diese Sportlerromantik? Und den Krimithriller-Aspekt?

Irgendwelche Ideen? Ist das ausgelutscht? Zu viele Knarren und Boxer? Was ist das, woher kommt das? Warum mögen wir solche Leute so gern? Wo sie doch evidenterweise besonders blöde sind? Sich freiwillig immer die Schnauze einhauen zu lassen. Ist das der Clou? Dass dumm und furchtlos nicht nur nah beieinander liegen, sondern eigentlich komplett ein und dasselbe sind? Dass es keinen Unterschied gibt? Das wäre gar nicht vielversprechend, denn ich weiß aus zuverlässiger Quelle, dass das vor der Kneipentüre exorbitante Neandertaler sind. Und ich bin ja schon eher der ängstliche Typ. Weil ich so ein schlauer Fuchs bin. Hab ich etwa nicht eben begeistern können mit einem Redeschwall, der den größten Hollywoodfilm des Jahrhunderts begründen wird? Hat das nicht überzeugt? Vierzehn Oscars wird es mir einbringen! Einfach nur mal aufm Klo zu sitzen mit glühendem Backenbart und ein bisschen zu sinnieren. Wenn du möchtest, mach ich dich zum Co-Producer. Oder Co-Executive Producer. Oder Producer. Oder Produced by? Huch. Was war das für ein Knall? Hast du den Knall gehört? Kakerlake? Den Knall, hast du den Knall gehört? Schau mich nicht so blöde an. Den Knall. Da war doch ein Knall. Was sind das für Ohren, die Kakerlaken haben. Keine? Fühler? Funktionieren die? Kriegst du überhaupt was mit? Umso – Knall Nummer zwei. Hui, ich bin froh, dass ich das Projekt noch verewigen konnte, bevor wir heute Nacht leider alle sterben müssen. Für die Nachwelt. Und jetzt: meine Memoiren. Ich vermache meinen Deckel beim *Café Exquisit* dem Arschbären. Gezeichnet, Enno Brotschmier. Zukünftiger Weltautor.«

42. Sprechende Tiere im Café Exquisit

Enno unterbrach seine Tonaufnahme, um wieder in die andere Welt zu schlüpfen, in das Universum, das er nicht mit einer Kakerlake und einer brillanten Filmidee teilte. Das Universum, das besiedelt war von guten Leuten in der Kneipe und bösen Leute vor der Kneipe.

»Heh, alles gut da draußen?«

»Alles gut da drinnen? Du bist schon ganz schön lange weg, Enno.«

»Ich bin geschäftlich hier. Was war das für ein Knall? Knalls? Knalle? Knälle?«

»Ich glaube, die wollen uns nur erschrecken. Ich glaube, das sind Böller. Die böllern«, konnte Borste mit Sicherheit in der Stimme beruhigen. Enno spürte ihre wohltuende Autorität durch die Klotür. »Wie geht's deiner Gesichtsbehaarung? Noch dran? Ist dein Gesicht noch dran?«

»Nur ein bisschen heiß. Wie immer.«

»Okay, dann lass ich dich mal weiter telefonieren. Oder was immer du machst.«

»Ja. Telefonieren. Genau. Mit meinem Verleger. Kakerlake. Verlakerlake.«

Enno war glücklich, so ein unverwüstliches, unkaputtbares Tier an seiner Seite zu haben. Die Apokalypse konnte kommen. Kommen konnte sie. Das Schabentier mit seinen eckigen, zackigen Bewegungen erinnerte Enno bei genauerem Hinsehen an eine bestimmte Ex-Freundin und deren hackstockartige Bewegungen, doch das musste einer professionellen Beziehung ja nicht im Wege stehen, nun wirklich nicht.

»Was siehst du mich so an, Enno?«, fragte das Tier.

»Du erinnerst mich ein bisschen an eine Ex-Freundin, entschuldige.«

»Ich hoffe, ihr habt euch im Guten getrennt?«

»Nein. Wir haben uns im Schlechten getrennt.«

»Nun ja, Gutes und Schlechtes sind auch nur zwei Seiten der Medaille.«

»Oh Gott, bist du so eine? So eine Kakerlake? Bist du so ein imaginäres Tier, das einem blöde Kalendersprüche erzählt? Die man in jedem Kalender mit Kalendersprüchen drin findet?«

»Vielleicht bin ich so ein Tier. Das wäre mir ein bisschen unangenehm. Es ist eigentlich deine Entscheidung, was ich für ein Tier bin, Enno.«

»Wieso?«

»Enno. Wie oft ist dir denn hier im *Café Exquisit* schon eine sprechende Kakerlake untergekommen?«

»Zwei-, dreimal vielleicht.«

»Herrje. Und wie oft war sie real? Wie oft haben andere Leute bestätigt, dass du nicht halluzinierst?«

»Ja, ich verstehe. Es ist eher ein innerer Monolog.«

»Du kannst dir ein bisschen aussuchen, was ich dir erzähle. Wahrscheinlich erzähle ich dir nur, was du eh schon weißt.«

»Jedenfalls brauche ich keine Kalendersprüche von dir. Wenn ich Kalendersprüche brauche, dringend brauche, dann kaufe ich mir einen Kalender mit Kalendersprüchen drin. Oder Glückskekse. Sind das eigentlich dieselben Leute, die das schreiben? Und was verdient man?«

»Zu wenig, Enno. Zu wenig.«

»Da haben wir doch den Salat. Die Ungerechtigkeit der Welt. Ein fauliger, ganz fauliger Salat, im Grunde. Die einen verdienen zu wenig, obwohl sie die Last der Welt tragen und unsere wichtigsten Dinge produzieren: Kalendersprüche! Meine Güte, es sind die Philosophen der Moderne. Andere kriegen gar keinen Job, keine Ausbildung, kein Dach über dem Kopf, kein fließend Wasser. Und dann erdreisten sich die Arschlöcher vor der Tür …«

»Erzähl mir von den Arschlöchern draußen vor der Tür.«

»Rechte. Oder Rechtsradikale. Oder wie rechts auch immer die sich eben fühlen. Kesseln uns hier ein. Lassen uns nicht raus.«

»Wenn die draußen sind. Und aber auch rechts. Dann geh doch einfach nach drinnen links.«

»Ja, das leuchtet ein.«

43. Eine Antiquität wird gefunden

»Also, Kakerlake, da ist schon so eine innere Mulmigkeit. Wie soll ich das beschreiben. Es ist wie in dem Film mit dem Oktopus. Diese Doku. Wo der Oktopus von einer Schar Haien angegriffen wird. Oder belagert wird eben. Die da draußen sind Haie, Raubfische. Ohne Gewissen, ohne Erbarmen. Ich bin zwar gerade sicher in meiner Höhle, aber da ist eben diese Schar Raubfische vor meiner Höhle.«

»Und du bist der Oktopus?«

»Naja. Vielleicht bin ich ein Arm vom Oktopus. Und das *Exquisit* ist der Oktopus. So als Konzept, als Ideal, als Metapher. Oder so.«

»Und die anderen Arme des Oktopus sind …«

»Lina, Frank, Arschbär, Borste, Flüssinger, … Tom Peter, der Trompeter.«

»Klarinettist.«

»Ja doch.«

»Fehlt einer.«

»Was?«

»*Okto!!*«

»Ach so.«

»Wer ist der achte Arm, Enno? Wer ist der achte Arm?«

»Ja, wer ist der achte Arm?«

»Wer, Enno? Wer??«

»Der Zapfhahn!«

»Der Zapfhahn. Also gut. In dem Film, Enno, da zeigt der Oktopus doch viele, viele Taktiken, intelligente Taktiken, um dem Angriff zu entgehen, richtig? Ich meine, er ändert seine Farbe, er tarnt sich. Er rollt sich in Wasserpflanzen ein. Er rollt sich in Muscheln und Steine ein. Er stopft sich tief in eine Höhle. Er geht sogar an Land. Er setzt sich sogar auf den Rücken des Hais, der ihn attackiert, wo der ihn nicht finden kann. Alles ganz schön schlau, Enno.«

»Ja. Alles ganz schön schlau.«

»Ist da irgendwas dabei, Enno? Irgendeine Hilfe? Irgendwas, was ihr lernen könnt, vom Verhalten des Oktopus?«

»Na, ich kann mich ja schlecht auf den Rücken von Heiko Schuhknecht setzen und dableiben. Oder kann ich? Ach je. Absinth, Absinth, du himmlisches Kind.«

»Enno! Konzentrier dich. Wir versuchen, eine Lösung zu finden. Wir versuchen, den Oktopus von den Nazis zu befreien.«

»Ich meine … ich bin doch nur der Mann mit dem Durst. Was soll ich schon ausrichten? Ohne eine Waffe oder so?«

»Ist es nicht vielleicht eine Waffe, dass ihr, wie du sagst, ein einziger Organismus seid, ein Wesen mit mehreren Armen? Zusammenarbeitend? Teamwork?«

»Ja, blabla, ich meine schon ne echte Waffe.«

»So eine dann etwa?«

»Was ist das? Wo kommt das her? Ist das eine Muskete …?«

»Eine Muskete?«

»Ja, oder so eine alte Piratenknarre eben. Wie heißen die Dinger denn? Du hast das Ding einfach so … hervorgezaubert. Schabe, du musst doch wissen, wie man das nennt. Wo kommt das Ding her? Was ist hier los?«

»Lag hier rum.«

»Das erscheint mir etwas zufällig, dass hier im Kneipenklo eine antike Waffe herumliegt.«

»Ja, ziemlich merkwürdig, oder?«

44. Die Furchtlosigkeit der Radio Personality

Enno griff nach der antiken Knarre, umschloss sie fest mit fragilen Radiofingern, hielt seine Nase an den Lauf. Seemannsromantik roch er da, Salz und Ungeheuer, Möwen und wilde Geschichten. Eine Stärke und Männlichkeit erfüllte ihn, die er von seinem Beruf, seinem Leben nicht kannte. Er hatte in seiner Sendung hin und wieder über die schwierigen politischen Tendenzen der Stadt berichtet, aber vom sicheren Kanister seines Tonstudios aus, wo ihm nichts passieren konnte. Ein Türcode verschloss dort die massive Stahltür zwischen ihm und denen, die ihm vielleicht an die Gurgel wollten wegen seiner etwas aufreibenderen Beiträge. Eigentlich war er aber ja ein Kulturmann, eigentlich war seine einzige wirkliche Mission, sein Beitrag für eine bessere Welt der nicht enden wollende Kampf gegen schlechte Musik. Unechte Musik. Musik, die in sich verriet, dass sie nichts aussagen wollte, nichts ändern wollte, außer die Geldbeutel der beteiligten Krachmachenden. Musik, deren Wirkung nonexistent oder schnellverpuffend angelegt war, die keine neuen Synapsen im Hirn des Hörenden schuf, eher vielleicht auf dem Weg welche kaputt pochte. Musik für die Verdummung. Musik, die Eigenständigkeit und Charakter und Persönlichkeit gar nicht erst versuchte. Nicht einmal versuchte. Enno konnte dabei, mit großer Lust und fantastischem Enthusiasmus, zynisch, böse und vernichtend urteilen. Es bereitete ihm Freude und auch seinen Hörenden. Mit der Waffe in der Hand versuchte er sich nun zu erinnern, wie mit solchen Erzfeinden der guten Kultur umzugehen war. Wie er dieses Feindbild abzuknallen wusste.

Über den Umweg eines Rechtsrockfestivals in der näheren bäuerlichen Umgebung hatte er einst sein Lieblingsfeindbild gefunden. Nicht nur auf intellektuell-sadistischer Ebene musste er dringend gegen solch banalen Klopfkrach vorgehen. Als er die Veranstaltung zum Thema erklärte, genoss er plötzlich eine komplett neue Wichtigkeit in den Augen der Stadt (und griff Fördergelder ab für seine Show), in den Augen seiner Verwandtschaft (und erzählte seinen Neffen von der Schädlichkeit des rechten Gedankenguts, und plusterte sich dabei auf als Experte des Lebens), aber, noch viel wichtiger, in den Augen seiner politisch aktiven Saufkumpane. Arschbär und Borste hatten ihn plötzlich ernster genommen. Man hörte plötzlich seine Sendung mit wachen Ohren und tauschte sich tags darauf besoffen darüber aus. Enno Brotschmier war plötzlich jemand im regionalen Widerstand geworden. Ein Name. Enno Brotschmier.

Er richtete die Waffe auf die Schabe. Obwohl er sich nicht sicher sein konnte, ob das eine oder das andere, die Waffe, die Schabe, wirklich da waren, lächelte er wie der dreckige Hund aus einem Cowboyfilm, dem gerade der Sheriff vor die Flinte gelaufen ist.

»Funktioniert die denn?«

»Was richtest du die Waffe auf mich? Mich kannst du nicht killen. Ich bin eine Kakerlake, Mann. Unverwundbar bin ich! Ich sterbe niemals! Es ist ein einsames Leben, ich sag es dir. All deine Freunde, alle die du liebst. Verlassen dich. Hinterlassen dich. Ich bewundere die Menschen für ihre Sterblichkeit.«

»Aber sind nicht alle, die du liebst, auch Kakerlaken, vielleicht?«

»Was ich sagen will, Enno: Nimm die Waffe mit. Nimm sie mit nach draußen. Benutze sie als Stabilisator, damit eure Beine nicht mehr ängstlich schlottern. Benutze sie als Druckmittel.«

»Wie die Atombombe?«

»Wie die Atombombe.«

»Aber, ich meine, die war ja nun echt. Und wirklich. Und historisch. Und das Ding hier. Ist das überhaupt wirklich da? Bist du überhaupt wirklich da?«

»Du fragst mich, ob du wirklich eine Waffe hast, vor der man Angst haben muss?«

»Naja. Ja.«

»Frag dich, ob die da draußen wirklich eine Waffe haben, vor der man Angst haben muss.«

Enno dachte viel zu lange darüber nach. Seine Koteletten hatten aufgehört zu dampfen. Schließlich nickte er verständig, stand von der Keramik auf, stopfte sich die Kakerlake in den Mund, weil er Appetit bekommen hatte. Die Knarre steckte er sich hinten überm Gesäß in die Hose und ging kauend durch die Klotür wieder zu den anderen.

45. Zu viele Sportmetaphern

»Enno, wo warst du denn so lange? Was kaust du da?«

»Nichts.« Er streckte die Zunge raus und präsentierte die Leere seines Gaumens. »Lina, kannst du mal den säuselnden Tom Waits ausmachen!?«

Lina zeigte sich schockiert. Noch nie hatte jemand ihre Waits-Playlist kritisiert, schon gar nicht Enno, den sie als Mann von erlesenem Geschmack kannte.

»Aber wir lieben ihn doch. Du liebst ihn doch auch, Enno.«

Enno lächelte ein überlegenes Lächeln. Es war viel passiert. Den Drehbuchoscar hatte er eingeheimst, neue Freunde gemacht, neue Freunde gegessen, ein mächtiges Artefakt bekommen. Im Grunde hatte er auf dem Kneipenklo ein ganzes Leben gelebt und keiner wusste Bescheid.

»Das ist das Problem. Es ist nicht die Zeit für Liebe. Es ist nicht die Zeit, uns weichzukochen. Die Musik gaukelt mir vor, alles wäre okay. Die Musik gaukelt mir vor, es wäre ein normaler, schöner Abend im *Café Exquisit*. Mit guten Leuten. Aber schau da raus. Die guten Leute sind in der Unterzahl. Das ist nicht die Zeit für Tom Waits. Tom Waits macht mein Herz froh und faul. Wir müssen uns aber warmhassen! Wir müssen schlechter Stimmung sein! Unbequem! Angespannt! Wir dürfen nicht vergessen, in was für einer Lage wir sind!«

»Unbequem willst du sein, Enno? Schlechter Stimmung? Dann räum ich den Absinth mal weg.«

»Haha ... Nein, bitte nicht.«

Ennos Blick klammerte sich an die elegante Flasche, wie sich keine tausend Füße eines Tausendfüßlers an einen Zweig hätten klammern können. Manche Sachen hatten sich halt nicht verändert. Lina stoppte die Musik. Alle fielen in das aufklaffende Loch von Stille. Enno breitete seine Beine und sein Ego in der Mitte des Raumes aus. Er war sich sicher, mit der neuen Waffe, die er noch geheim halten wollte für den maximalen Effekt, wäre er nun der Cowboy der Gruppe. Einen Cowboy hatte die Gruppe bitter nötig, vielleicht schon seit Jahren. Doch ein Cowboy war nun mal nicht leicht zu finden inmitten weichgekochter Hippies, dicker Säufer, politisierter Punks und Radiomoderatoren, deren Klappen berufsbedingt größer waren als ihre Fäuste. Enno wollte damit nun aufräumen. Enno war entschlossen, der Held der Stadt zu werden, Captain Absinth, die grüne Fackel der Gerechtigkeit. Er zog sich die Schuhe aus und fummelte sich noch einen Schluck die Kehle hinunter. Dann taumelte er kurz, musste sich festhalten, zog sich einen Schuh wieder an.

»Woher die neue Härte, Enno?«, lachte Borste.

»Eine Epiphanie.«

»Aufm Scheißhaus. Ganz normal. Passiert. Ganz normaler Ort dafür«, grunze der Arschbär.

Mit einem nackten Fuß stimmte Enno endlich an, seine napoleonische Cowboyrede zu halten.

»*Die da draußen!*«, fing er an. Die gesammelten Ohren spitzten sich. Enno setzte allen Pathos ein, der leberwärts durch sein System spülte.

»Die da draußen. Die denken doch ... Rasse gegen Rasse. Das Recht der stärkeren Rasse. Wolf und Schafe. Wir die Schafe. Die die Wölfe. Und als Schafe sind wir zu nichts nutze. Halten die Gesellschaft zurück, machen ›das Volk‹ schwächer. Weil wir schwach sind. Und deshalb müssen die uns ausrotten, damit ›das Volk‹ wieder stark ist. Im Allgemeinen. Zusammengezählt. Also in der Addition. Der Stärke. Vom Volk. Schafe schlecht. Wölfe gut. Die denken also, die tun was Gutes, oder? Aber ich frage euch! Ich frage euch, meine werten Co-Trinker und Co-Trinkerinnen. Sind wir nicht eigentlich in der Lage, was Besseres zu sein? Hilft ein Tropfen Bier konsumiert vom Arschbär hier ...« Der Arschbär hob triumphierend seine haarigen Arme, weil er sich freute, Teil der napoleonischen Cowboyrede zu sein. »... nicht viel mehr als das ganze Lebenswerk von Heiko Motherfucking Schuhknecht? Ich mein, schau dir den an. Mit dem Plastikbier in der Hand. Als wüsste er, was er tut. Als hätte sein Gehabe irgendeine Art von Relevanz. Mit dem Golfschläger in der Hand. Als wüsste der überhaupt die Regeln von Golf. Lächerlich.«

»Weißt du denn die Regeln von ...«

»Jeder weiß die Regeln von Golf! Es ist wie Polo ohne Pferd und ohne Torwart!«

»Wie Wasserball im Gras!«, amüsierte sich der Arschbär. Stolz wie ein Turnschuh.

»Ich will sagen: Wir müssen kämpfen lernen, meine friedvollen Schafe. Wir müssen wie …«

»Wölfe sein?«

»Nein, auf keinen Fall! Wir müssen bessere Schafe sein! Ich meine so ein Schaf, das so einen Wolf mit einem Tombstone Piledriver in die Ecke vom Ring rüberficken kann! So ein Schaf bin ich.«

46. Der Flüssinger sagt was

Der Flüssinger starrte gebannt auf den Lottoschein mit den ziemlich genau richtigen Nummern drauf. Es hatte keinen Grund für ihn gegeben, sich einzumischen. Er hatte gegrübelt und gegraben, in seiner Vergangenheit, in seiner Sache mit Lea, in der Sache mit dem Job und dem Auto, damit er bloß nicht in die Zukunft hinein hätte grübeln und graben müssen. Wie die Sache mit dem Lottoschein weitergehen sollte. Wie die Sache mit Lea weitergehen sollte. Was um ihn herum passierte, mit den Leuten da draußen, Bernd und Marlene und Heiko, das ging ihn eigentlich nichts an, er wollte ja gar nicht weg von seinem Platz am Tresen. Er wäre sowieso dageblieben, solange es eben gegangen wäre. Solange Lina und Frank ihn erduldet hätten. Jetzt ging es automatisch ein bisschen länger, wer weiß wie lang, vielleicht die ganze Nacht. Das machte dem Flüssinger nichts, gar nichts aus. Er ließ sich nicht in so einen emotionalen Sturm hineintreiben wie der panische Klarinettist oder die aggressive Borste oder der lächerlich herumstolzierende Enno. Wobei es ihm schon irgendwie gefiel, wie viel Gewicht und Großartigkeit der besoffene Radiomoderator auf einmal auf seinen Schultern umherzuwuchten glaubte. Wie der hackenstramme Kerl den Zampano mimte. Das amüsierte den Flüssinger ein bisschen, das war für ihn ein kleiner Höhepunkt, ein Ding zum dran anknüpfen, weil der Flüssinger, früher zumindest, was übrig gehabt hatte für Filme. So Filme mit Helden. So Heldenfilme. Über Filmhelden. Die alten Sachen, die waren ja sogar mal witzig synchronisiert worden. Und so sagte der Flüssinger ein Gedicht auf. Besser gesagt, er murmelte es. Kaum hörbar war es eigentlich, für die Ohren Normalsterblicher. Aber weil man ja nun einige Stunden im überschaubaren Personenkreis miteinander verbracht hatte und auch die Positionen im Raum im Grunde relativ gleich geblieben waren und Tom Waits auf einmal fehlte, spitzten alle die Ohren, als sie eine neue Stimmfrequenz und Färbung aus einer neuen Ecke der Kneipe wahrnahmen.

»Zwei Typen latschen mit staksigem Gang ausm Saloon. Und stellen sich einander gegenüber auf. Die langen Kartoffelgreifer hängen lässig runter. Als Variante könnte einer mit gespreizten Beinen dastehen. Ein paar rumhängende Geigen machen den Verschwindikofski. Und in der Ferne bläst irgendein Sympathisant auf seinem hohlen Knochen einen Trauermarsch.«

Das war alles. Was er sagte. In Erinnerung an altes Kulturgut, das durch sein Hirn sauste, wo es lange nicht mehr durchgesaust war. Weil Enno ein bisschen den Westernhelden gespielt hatte. Das fand er halt nett, der Flüssinger. Dann war es ihm aber schnell unangenehm, weil er mehr Aufmerksamkeit hatte, als ihm lieb war, und er blickte beschämt zurück in sein Bier.

»Mein Gott, Flüssinger. Hast du gerade … ich meine, war das …?«

»War das aus *Nobody ist der Größte*? Terence Hill?« Franks Augen waren groß.

»Uff. Reine Poesie, als deutsche Synchro noch ein kreativer Kraftakt war«, sinnierte Enno.

Flüssingers Poem aus einer anderen Zeit hatte alle ins Schwelgen gebracht, wie ein magischer Sonnenaufgang. Wässrig wurden die schwipsigen Augen. Der Flüssinger hatte was gesagt. Deutsche Synchro war mal gut gewesen. Diese beiden Sachverhalte waren für sich stehend schon genug, einen rasenden Lastwagen voller Sorgen auf der Ladefläche abrupt zum Stehen zu bringen. Aber zusammengenommen, auf einen Schlag: Der Flüssinger hatte was gesagt *und* deutsche Synchro war mal gut gewesen. Jetzt war alles möglich. Mut und Hoffnung. Rührung. Und erstarkte Mittelfinger. Enno, Borste und der Arschbär, mit besoffenen Augen voller nostalgischem Pipi, brachten sie wieder hervor: Sie hatten sie ruhen lassen, Stunde um Stunde war vorüber gekrochen, der Stand-off war unangenehm erkaltet und verkrustet und hatte keinerlei Antrieb mehr gegeben, wütende Gesten hin und her zu schmeißen durch die Glasscheiben der Kneipe. Aber jetzt, wo der Flüssinger was gesagt hatte, schossen sie wieder nach oben, die Mittelfinger, die Dreieinigkeit der Mittelfinger, und sie schossen durchs Fenster nach draußen und sie trafen in die Menge der rechten Besatzer wie Feuerkatapulte. Und sie richteten einen Schaden an wie Feuerkatapulte, in der Moral der besatzenden Mächte. Zumindest wollten die drei Mittelfingerhochstemmenden das gerne so glauben.

Frank Leupesch beugte sich durch die wabernde Wolke der Erinnerung an bessere Zeiten hindurch rüber zum Flüssinger und sprach in romantischem Singsang: »Das war eine Zeit, oder? Damals konnte man auch noch auf die Autobahnen, ohne große Todesangst. Aber heutzutage …«

Der Flüssinger starrte auf seinen Lottoschein und sagte: »Alles Arschlöcher überall.«

47. Marlene und Lea

Lea Händle stieg aus ihrem eckigen VW Passat und betrat das Schlachtfeld. Sie trug einen großen Totenkopf auf ihrem schwarzen Shirt, ob der aber im Zusammenhang mit einer speziellen Musikkombo oder einer Marvel-Comicverfilmung stand, das hätte ihr auf die Schnelle nur Enno Brotschmier vorsermonieren können. Dass sie über diesen Totenkopf auf ihrem Shirt nicht weiter nachgedacht hatte und auch weiterhin vorhatte, nicht groß darüber nachzudenken, das unterschied Lea von den Leuten, die aktuell im Café festsaßen. Zwischen Plastikbieren und Testosteronwolken schwamm sie mit steifem Schritt voran, durch die Menge teils bekannter, teils unbekannter Gesichter dieser merkwürdigen, spontanen Besatzungsmacht. Ihren Blick gönnte sie keinem der Schnapsleichen und Macho-Brüllaffen länger als nötig, während die ihre rechten Parolen auf der Straße vorm Café schwangen oder oft schon eher als zähe Flüssigkeit auf ihre glatten Kinne sabberten. Lea bemühte sich um eine gewisse Zielstrebigkeit, obwohl sie nicht recht wusste, was sie hier eigentlich zu suchen hatte. Die Gesellschaft gefiel ihr nicht besonders. Sie sah sich um nach dem

Flüssinger, konnte ihn aber zwischen all den lautstarken Besoffenen nicht sehen. Eine bekannte Gestalt erkannte sie aber in der Dunkelheit, zitternd, bebend, vor Kälte oder vor zurückgehaltener Wut oder vor beidem. Marlene Drache hatte sie angerufen. Mit Heiko Schuhknechts Handy und Heiko Schuhknechts technischem Beistand. Schnell kommen müsse sie, hatte Marlene Drache gesagt. Die beiden kannten sich flüchtig, aus der Kneipe, vom Einkaufen. Aber Lea hatte niemals eine große Liebe aufbauen können. Sie war kein Mensch großer Worte oder großer Taten oder großer Gesten oder auch nur kleiner Gesichtsausdrücke. Lea lächelte nicht viel und redete nicht viel. Sie hatte nicht viel zu lächeln und zu reden, mit Marlene bemühte sie sich jedoch hin und wieder um normale Konversation, vielleicht war es ein gewisses töchterliches Interesse an ihrer Altersweisheit. Die einzige Person, die es aber wahrhaftig in Leas Leben geschafft hatte, durch konsequente Präsenz und eine spiegelartige Zurschaustellung von Leas eigenen Unsicherheiten, war der Flüssinger gewesen. Eine Zuneigung, die von gegenseitigem Mitleid kaum zu unterscheiden war. Aber eine starke Zuneigung trotzdem. Die gemeinsamen Abende im *Café Exquisit* – nicht reden, nur lauschen – waren für Lea eine kurze Zeit lang eine Wohltat gewesen. Eine kurze Zeit lang. Dann hatte der Flüssinger alles vermasselt. Komplett alles gegen die Wand gefahren. Und nun gab es offenbar großen Ärger, es finde etwas statt am *Café Exquisit*, hatte Marlene Drache am Telefon gesagt. Ihre alte, tatterige, aber finster zischelnde Stimme am Hörer zu vernehmen, hatte Lea als spätabendliche Überraschung schon gereicht. Späte Abende hatten für Lea selten Abwechslung zu bieten, höchstens im Fernsehprogramm. Doch nun hatte Marlene Drache angerufen und gesagt, der Flüssinger sei in irgendetwas verwickelt. Eine Krise. Er sitze auf der falschen Seite der Front. Und Lea müsse sofort kommen. Und die größte Überraschung von allen war eigentlich, dass sie tatsächlich kam.

Lea verstand auch ohne Marlenes Begrüßungsfloskeln schnell, was vor sich ging. Ihr Blick wanderte zum gelben Neonschild des Cafès, das die Dunkelheit durchbiss. Diese Borste hatte ihr einmal ins Gesicht gesagt, sie finde sie zwar »heiß, aber hohl«. Oder nicht ins Gesicht, aber laut genug hatte sie es gesagt, zu ihrem Kumpel, dem Arschbären, sodass Lea es von ihrem Tresenplatz aus hatte hören können. Das war der Anfang vom Ende gewesen, sie konnte sich bald darauf nicht mehr wohl fühlen, nicht mehr aufhalten im *Exquisit*. Die anderen, die Typen am Kickertisch, die mochte sie ein bisschen leiden. Heiko war so ein süßer, großer Teddy und die Oehl-Brüder einfach witzige kleine Gestalten. Aber wenn sie alle zusammen waren, was getrunken hatten und vor allem wenn dieser Schulzensen auch dabei war, dann hatte das Ganze etwas Beängstigendes, was Lea nicht mehr gefiel. Diese Gruppendynamik hatte sie schnell bemerkt. Dem Flüssinger war es immer egal gewesen.

Dann sah sie ihn da drinnen sitzen. Einsam. Starrend. Wie sie ihn kannte. Hatte er da was gesagt? Da gerade? Wahrscheinlich nicht.

»Der gehört da nicht rein, der ist doch mit uns«, zischelte Marlene Drache.

Plötzlich sausten mehrere Mittelfinger durchs Fensterbild und erzürnten die Gemüter des besoffenen Mobs um Lea herum. Alles wurde zu Geschrei. Affen plusterten sich auf.

48. Es fliegt ein weiterer Getränkebehälter

Wer sollte von ihnen erwarten, dass sie ruhig und stet ihr Schicksal hinnehmen? Nein. Ein Enno, der eine neue, wilde Breitbeinigkeit in sich gefunden hatte. Eine Borste, die seit ihrer Jugend gegen jede Form von Strammdenkerei anzukämpfen gedachte, daher jede Urform von Vorurteil und Konservativismus auszumerzen suchte, ihr ganzes Wesen, ihre ganze Identität hin ausrichtete nach dem Ideal des bewertungsfreien Zusammenlebens und des einstürzenden Patriarchats. Ein Arschbär, der einerseits zutiefst politische Weltschmerzen in seiner großen Brust fühlte, andererseits einer zutiefst liebgewonnenen Borste niemals widersprach. Sie würden es nicht hinnehmen. Sie waren gefangen hier, doch sie würden es nicht hinnehmen. Und so ließen sie die Provokationen fliegen, und die Gegenprovokationen flogen zurück. Mittelfinger. Daumen, die an Kehlen vorbeizischten. Fäuste, die imaginäre Galgenstricke gen Himmel zogen. Hässlichkeiten.

Enno Brotschmier war es letztendlich, der sich erinnerte, dass man ja Dinge werfen konnte, der mit einer neu gefundenen Wut und einem neu gefundenen Mut das leere Schnapsglas nahm, an dem kurz zuvor noch sein niemals müder Kiefer schlürfend geklebt hatte, und mit diesem Schnapsglas in seiner Hand wie mit einem Wurfball herumalberte. Das Objekt des Spiels, wurde in Ennos Hand langsam, aber stetig zu einem gefährlichen Geschoss. Es lud sich, herumgewürfelt, abgewogen, getestet und zelebriert, in seiner Handfläche auf mit kinetischer Energie. Mit Zielstrebigkeit. Mit Statements. Oh, ein bedeutungssschwangeres kleines Ding war es. Ein schnelles, zischendes, furchtbar schnell fliegendes, kleines Ding.

Den Schlüssel wusste er an einem Nagel der gegenüberliegenden Wand zu finden. Enno öffnete die Kneipentür einen Spalt. Während Borste und Arschbär ihre Mittelfinger nach draußen dröhnten und die Aufmerksamkeit der Belagerungstruppen auf sich hielten, war es ihm gelungen, einen gewissen Bernd Schulzensen in der Dunkelheit anzuvisieren, einen Bernd Schulzensen, der sich nicht auf die kindischen Gestikspielchen einlassen wollte, der bedacht war darauf, die Situation unter Kontrolle, seiner Kontrolle zu halten, und einen kühlen, taktischen Verstand gebrauchte, wo andere ungehaltene Wikinger sein wollten. Bernd Schulzensen mit seinem kühlen Verstand, seinem schützenden Mantel, seiner aufgeblasenen Unverwundbarkeit, seiner altblonden Autorität, seinem ledrigen Charme, seinem schattigen Kalkül wurde hart am Schädel getroffen. Ein bisschen Blut spritzte. Ennos Schnapsglas hatte seine raketenartige Mission erfüllt. Bumms.

Hinter Bernd Schulzensen, der fassungslos an seine blutende Stirn griff und nun drohte und fluchte und dabei die Würde des großen Admirals krampfhaft zu behalten versuchte, stand Lea. Erschrocken von der kleinen Blutfontäne, die durch die dunkelblaue Nacht auf den Bordstein stürzte, machte sie ein paar Schritte auf den verletzten Märtyrer zu, hinein in den Lichtkegel, den die Autoscheinwerfer der Dunkelheit entrissen. Da sah sie der Flüssinger. Und sie sah ihn. Zweifelsfreier Blickkontakt durch das Kneipenfenster, er hatte sie gesehen, so viel war sicher, denn seine gebückte Haltung wurde noch steifer und ungelenker als zuvor. Lea und der Flüssinger waren beide hier. Der Flüssinger und Lea.

Nur einer von beiden hatte einen Lottoschein in der Hand. Aber es war klar, dass beide viel zu bereden hätten.

49. Heiko Schuhknecht hat genug

Abwarten war nie Heikos Stärke gewesen. Er reagierte wie ein Haifisch, als er das Blut am Kopf seines geliebten und verehrten Bernd Schulzensen sah. Der war stets ein Guru, ein Mentor für ihn gewesen und hatte ihn ein entscheidendes Stück näher gebracht zu dem, was Heiko im Leben gefehlt hatte: Sinn, Richtung, Identität. In gewisser Weise rückte ihn auch die Blutfontäne aus Schulzensens Kopf nun einen entscheidenden Schritt näher an diese seine höchsteigene Identität, die er sich zurechtgelegt hatte, die er Tag für Tag wie ein Kostüm, wie eine sichtbare Aura überstreifte: der wütende Berserker, der unnahbare Haudraufmann, vor dem man nicht nur Respekt haben sollte, sondern instinktive, unmittelbare und ganz furchtbare Angst.

Er warf sein Bier davon und brüllte. Furcht und Schrecken zu treiben in die Herzen der linken Zecken da im Café, dafür war er hier. Alle waren sie weich, schwächlich, außer ihnen. Außer Bernd und Heiko. Bernd war ein Gigant des Kopfes, des Verstandes, Bernd konnte die Zusammenhänge sehen. Er, Heiko Schuhknecht, war ein Gigant der Muskelmasse und Härte. Körper und Geist, wie die Römer es wollten. Ein gesunder Geist in einem gesunden Körper. In diesem Fall brauchte es nun eben zwei Körper dafür, aber Heiko war bereit, Bernds Geist zu schützen, als wäre es der eigene. Mit Schaum vorm Mund würde er die Tür niedertreten und alle mit seinem Golfschläger verhauen. Er stapfte los, seine Schritte wie schwere Hämmer auf dem Zement.

Drohend schwang er den Golfschläger herum, die Waffe, die ihm anvertraut worden war von seinem Bernd Schulzensen. Ein heiliges Relikt. Doch der blutende Bernd, gekrümmt in der schattigen Nacht, hielt Heiko am Schläger fest.

»Halt, nicht so. Heiko, bleib hier.«

Doch Heiko sah nur das Blut, das Bernds Gesicht hinablief. Und er war wie ein Haifisch, wie ein Berserker. Und er ließ den Golfschläger fallen, denn seine Hände, seine Fäuste, waren ohnehin die schrecklicheren Waffen. Tiefe Krater würden sie hinterlassen in der Tür, den Wänden, den Gesichtern, dort drin im Lager der Feinde. Heiko ging wild voran.

»Enno, hast du wieder abgesperrt?«

Noch bevor Ennos überrolltes Gesicht verneinen konnte, war es der Arschbär, der schnell und geistesgegenwärtig seinen massiven Körper gegen die Eingangstür wälzte, sich auf dem Weg den Feuerlöscher aus der Ecke schnappte, wartete, bis Heiko an der Tür zog und ihm dann den schweren roten Zylinder gegen den beschissenen Schädel klonkte.

Mit einer Genugtuung, die sich jahrelang angestaut hatte, beobachtete der Arschbär den zurückfliegenden

Hünen mit der plattgeboxten Nase, verlor aber dann für den Bruchteil einer Sekunde den Halt am Gerät, und das schwere Metallstück flog ihm aus den Händen und Heiko hinterher. Der purzelte die wenigen Treppenstufen hinunter, zurück auf den Bordstein, konnte sich aber fangen, stand alsbald wieder aufrecht und fing sogar den massiven Feuerlöscher, der ihm hinterhergeflogen war, auf. Kein Blut. Heikos Birne war stabiler als die seines Feldherrn. Mit animalischem Grinsen betrachtete er den Arschbären und die erschrockenen Gesichter, die die Szenerie im Schutze von dessen voluminösem Leib beobachtet hatten, alle zu perplex, um mithalten zu können mit dem Haifisch, dem Berserker und dem merkwürdig adrenalinisierten heldenhaften Dickwanst.

Heiko hatte nun den Feuerlöscher. Heiko hatte nun die Oberhand, die Waffe. Bernd Schulzensens beschwichtigende Rufe konnte er nicht hören, er wollte nicht und er konnte nicht. Es gab kein Zurück mehr. Er würde sie eben niedermähen. Und er sprintete wieder auf das Café zu, den Feuerlöscher fest gepackt, kämpfend, das Ding zum Laufen zu bringen. Als Heiko die erste Treppenstufe erreicht hatte, hatten seine dicken Torwartfinger es geschafft, den Mechanismus des Geräts ausfindig zu machen, und eine grellweiße Schaumfontäne ergoss sich auf des Arschbären Bauch.

50. Dein Bauch hat uns alle gerettet

Der Eingangsbereich des *Café Exquisit* bestand im Grunde aus drei kleinen Stufen, die zusammengenommen genau die Fläche von drei kleinen Stufen einnahmen. Während die gesunde, sportliche Besucherin diesen Aufgang mit einem einzigen kernigen Hopps erklimmen mochte, brauchten einige kaputter gesoffene Stammkröten des Etablissements schon mal Hilfe für den Abstieg, schaukelten hin und her, fielen und krochen. Darüber lud das muntere Neonschild zur Besteigung dieses Gipfels der Saufkultur ein, Jung und Alt von nah und fern, alle und jeden sollte es willkommen heißen. Nach dem Aufstieg der drei Stufen wurde man von einer rustikalen Holztür in schicker Gammeloptik begrüßt, deren morsche Angeln offenkundig von der ein oder anderen Spinnwebe am Platz gehalten wurden. Nicht dass Lina und Frank putzfaul oder staubblind waren, nein, sie, wie auch einige ihrer gernstgesehenen Gäste, legten halt Wert auf einen gewissen altertümlichen Flair. Dass die Tür natürlich keinem Hurrikan standhalten würde, hatte bis heute Abend eigentlich nicht interessiert. In das alte Brett eingelassen war auf Augenhöhe eine leicht milchige

Fensterscheibe, etwa in der Größe eines Schachbretts. Dadurch konnte man nur schemenhaft sehen, aber schemenhaftes Sehen konnte ja ohne Weiteres als der gängige Modus Operandi der allermeisten Gäste gelten, die sich im *Café Exquisit* zu tummeln pflegten. Was sich am anderen Ende, am unteren Ende der Treppenstufen verbarg, sollte Lina den ahnungslosen Saufnasen alsbald offenbaren.

Hinter dem weitflächigen Mammutbauch des todesmutigen Arschbären konnten ebendiese Saufnasen, an vorderster Front Borste und Enno, ihre allermeisten Körperteile geschickt gegen den heranfliegenden, beißend-ätzenden Schaum abschirmen. Der Mann mit dem Bauch hatte nun auch wieder alle Sinne beisammen und knallte dem mit dem wild wirbelnden Schaumdunstgerät heransprintenden Heiko Schuhknecht die alte Holztür vor die Nase. Damit hatte er das Schlimmste abwenden können, und was sein haariger Frontschwabbel nicht auffangen konnte, klatschte an die Tür. Ebenso klatschte an die Tür ein großer, stark gebauter, wild gewordener Nazi. Der war natürlich in diesem Moment wild geworden genug, um sich nicht von einem morschen Brett stoppen zu lassen, und begann sogleich, mit dem schweren Metallgerät in seiner Hand gegen die Tür zu hämmern. Schon nach drei schnell aufeinanderfolgenden Schlägen hatte er ein etwa unterarmgroßes Loch direkt unter die eingelassene Fensterscheibe gepoltert und bemühte sich nun, den Feuerlöscher so zu drehen, dass er durch das Loch hindurchspritzen konnte, auf die immer noch viel zu nah an der Tür zur Bewegungsunfähigkeit erstarrten linken Ratten. Der Arschbär mit dem weiß vollgeschaumten Bauch hob schon abwehrend die Hände, doch alles, was kam, war ein kleiner Pups aus dem Schlauch, keine weitere Fontäne war in Sicht. Das Teil war leer. Leergespritzt binnen weniger Sekunden, wie es Feuerlöscher eben sind und auch wild gewordene Nazis. Heiko ging keuchend zu Boden, sackte auf den kleinen, steinernen Stufen vorm Café in sich zusammen. Schlagartig kam es ihm. Er hatte Bernd Schulzensens Warnungen ignoriert und fürchtete jetzt auf einmal, sich ein wenig zum Narren gemacht zu haben und wertvolle Aggressionsenergie ins Nichts geblasen zu haben. Das Gefühl war ihm vom Fußballfeld bekannt. Einige Meter entfernt sah er den Schatten von Bernd Schulzensen und bemühte sich herauszufinden, ob dieser enttäuscht mit dem Kopf schüttelte. Es schien ihm so.

Plötzlich ratterte von oben ein metallenes Gatter wie eine Gefängnistür herunter und sperrte den verwirrten Nazi auf den dünnen Treppenstufen ein. Heiko konnte gerade noch seine wuchtigen Beine einziehen. Ein Zwischenraum im Eingangsbereich war entstanden, nur die enge Treppe von etwa einem Quadratmeter bot Heiko nun Platz. Auf der einen Seite versperrte ihm das Metallgitter den Weg zurück zu seinen Kameraden. Zu Bernd. Auf der anderen Seite war es eine leicht beschädigte Holztür, deren Loch ihm Sicht bot auf die hämisch grinsenden Insassen dieses linken Rattenlochs. Der Schlüssel wurde im Schloss gedreht.

Der Arschbär drehte sich zu Lina um. Die nahm triumphierend den Finger vom Schalter. Die beiden tauschten einen schadenfrohen Blick aus: Jetzt hatten sie einen.

»Lina, du hast uns mal wieder gerettet«, brummte er galant, mit schaumverschmiertem Shirt.

»Dein Bauch hat uns alle gerettet.«

»Ja, schieb es nur wieder auf meinen Bauch und nicht auf mein enormes Gehirn.«

»Der ist halt wirklich enormer.«

»Und das wunderbare *Exquisit* ist schuld daran. Immer wenn ich hier bin, wächst der Bauch und schrumpft das Hirn.«

51. Ein Besuch im Zoo

Es dauerte nicht lange, bis Borste und der Arschbär eine neue Beschäftigung gefunden hatten. Eine neue Ablenkung, dem Höhlenkoller vorzubeugen. Sie triezten und ärgerten den Nazi im Käfig mit Sprüchen, mit Gesten, mit bloßer körperlicher Nähe. Der saß da und wusste nicht recht, was er tun sollte, ob er sich das gefallen lassen musste, und wie er seiner Schmach entgehen konnte, vielleicht durch den Boden, vielleicht einfach versinken. Da saß er, der große, mächtige, treue und stolze Schuhknecht, und ärgerte sich über sich selbst.

Bernd Schulzensen hatte sich indes zu seiner Gefolgschaft gedreht, bloß mit starrem Blick hatte er ihnen durch die Dunkelheit befohlen, die Bierbehälter und Gespräche für einen Moment beiseitezulassen. Der Blutfleck auf seiner Stirn machte seine Autorität nur ungeheuerlicher.

»Seht ihr, meine Freunde. So machen wir es nicht. Wie lange haben wir gelitten unter der linken Gutmenschenpräsenz hier in unserem Ort! Wie lange mussten wir es mit ansehen, mit anhören, die Unterdrückung erdulden? Tolerieren, was sie aus unserer schönen Stadt machen. Es geht darum, dass sie heute ebenso leiden. Lange leiden. Nicht die schnelle Attacke bringt uns an unser Ziel. Der psychologische Horror ist der gute Horror! Wir brauchen nur Geduld, mehr brauchen wir nicht zu haben. Lassen wir sie schmoren im eigenen Saft!« Allgemeine Zustimmung. Bernd Schulzensen ignorierte den Gedanken, dass die sich jegliche Kritikfähigkeit sowieso schon aus ihren beschränkten Bauernhirnen rausgebechert hatten. Auch Marlene Drache nickte beiständig, so als hätte sie verstanden, was »psychologischer Horror« bedeutete.

Enno Brotschmier wusste es aus den alten Klassikern des Horrorgenres, aus einer Zeit vor den Jumpscares und natürlich auch aus der echten Welt, den Nachrichten, den Konflikten und Problemen des Planeten und, speziell, brandaktuell, aus dieser Nacht im Café, dass psychologischer Horror der beste Horror war. Eine gewisse Langsamkeit macht alles schlimmer, pflegte er zu sagen. Und so beobachtete er mit sadistischer Freude, wie des Arschbären haarige Pranke langsam, ganz langsam herabwanderte durch das Loch in der Tür auf die kahle Schädelkuppe des eingesperrten Schuhknechts. Der starrte, den Kopf zwischen die muskulösen Hände gesteckt, unbeirrt nach geradeaus und bemerkte die herannahende Pranke erst, als es zu spät war: nach ihrer schleichenden, von heimlichem Kichern begleiteten Anreise von oben, streichelten ihm verhasste Finger über die Kopfhaut. Heiko zappelte und brüllte und schlug um sich, während der Arschbär seinen Arm wegzog und mit Borste zusammen in großes Gelächter explodierte. Sie hatten ein neues Spielzeug.

Frank machte sich Gedanken. Denn er verfolgte da, auf seiner eigenen Eingangstreppe, die Entmenschlichung einer urplötzlich mitleiderregenden Kreatur. Und er sah Borste und den Arschbären von ihrer hässlichsten Seite. Natürlich war die Kreatur wild und manisch und mit Schaum vorm Mund und Schaum aus dem Löscher auf ihn und seine Freunde zugerumpelt. Das war nun keine besonders menschliche Angelegenheit gewesen. Das war kreatürlich gewesen. Und auch die da draußen, die Meute, mit ihren Weltanschauungen. Die ihre Mitmenschen aufteilten in lebenswert und nicht lebenswert, stark und schwach, minderwertig und herrenrassisch. Das war nun auch nicht gerade, was Frank unter Menschlichkeit verbuchen würde. Es war ihm schleierhaft, wie derartige Respektlosigkeiten aus ein und derselben Evolution stammen sollten, wie auch er und die vielen vernunftbegabten Menschen des Universums. Hippies und Nazis. Aus demselben Ei geschlüpft, irgendwann einmal. Er zählte sie ungern und widerwillig zu seiner eigenen Spezies und bemühte sich, den Unterschied so groß wie nur irgend möglich zu denken. Tiere. Wilde Tiere waren das. Aber die wilden Tiere sahen von dort drinnen aus dem Café heraus aus wie Zoobesucher. Räumlich und intellektuell vollständig abgetrennt verstand sich der Zoobesucher ja zwangsläufig als bessere Variante des Lebewesens. Ansichtssache. Frank blickte hinaus in die nebulöse

Nacht, untermalt von den bösen Kommentaren von Borste und dem Arschbären. Alles sprach dagegen, dass überhaupt menschliche Menschen anwesend waren, im Umkreis vom Café. Und war das Heiko, der schluchzte?

Lina sah ihm die tiefen Gedanken an und machte sich gut gemeinte Sorgen um ihren schlaksigen Grübelkopf. Sie nahm seine Schulter. Ah, da ist ein Mensch, dachte Frank. Er sah ihr fragendes Gesicht und sagte mild: »Keine Sache.«

52. Nachos

Nachdem Heiko Schuhknecht seinen Mut und seine Lautstärke wiedergefunden hatte und auch der nervigen Flosse des Arschbären, die ihn wiederholt schelmisch am Kopf kraulen wollte, einen guten Bissabdruck hatte verpassen können, erhob er sich endlich aus der Haltung eines jammernden Kartoffelsacks und schnarrte nach draußen zu seinen Kameraden, lauthals aber doch schamvoll bemüht, seine Schallwellen an Bernd Schulzensen vorbeizubewegen, sie sollen ihn doch bitte endlich befreien, was da denn so lange dauern würde, wieso das nicht schon längst unternommen wurde. Ein kleines Batallion besoffener Schattengestalten eilte dann hurtig heran und stolperte an das Metallgitter, war aber selbst mit koordinierter Zugkraft nicht in der Lage, das Hindernis zu bewegen und Heiko aus seiner misslichen Lage hervorzuholen. Der Arschbär bewegte sich vorsichtshalber von der Tür weg, eine Horde Nazis war ihm doch zu heikle Gesellschaft. Nur eine löchrige Tür und ein Gitter, an dem feste und munter gezogen wurde, trennten die Fronten. Wie Moskitos, dachte er sich. Einen kann man ärgern, kann man klatschen. Aber ein ganzer Schwarm: lieber weg da. Und so hopselte er elegant ein paar Meterchen davon und kümmerte sich um die Schaumpfütze auf seinem Shirt. Borste blieb starr und standhaft, beäugte die Ankömmlinge böse. Nach einer Weile ergebnislosen Reißens und Stemmens orderte Bernd seine Mannen weg von der Tür. Es hatte keinen Sinn. Aussichtslos. Mit fiesem Schmunzeln ergänzte er, Heiko müsse das halt jetzt aushalten.

Frank Leupesch atmete laut aus und fragte seine Frage in die Runde: »Können *wir* ihn nicht da rauslassen?«

Die ruhige Anfrage wurde mit gesammelter Empörung begrüßt und sofort niedergeschossen.

Das gemütliche Wirtsgesicht war nicht geeignet für autoritäre Ansagen. Lina war die bessere Person in dieser Hinsicht, doch ihr sonst so freundliches Gesicht offenbarte eine Strenge, die ihm sagte, auch Lina hätte den Mann da gerne weiterhin gefangen gehalten.

»Frank, das Gitter runterzulassen war längst überfällig. Die werden immer mehr da draußen! Das Gitter bleibt unten. Auf jeden Fall. Machtwort. Kommt er halt nicht mehr nach draußen, kann er schon keinen Anlauf mehr nehmen und mit Wucht gegen die Eingangstür brettern. Ist mir recht.«

»Ja und … nach innen?«

Schon während Frank sprach, war ihm klar, wie zwecklos der Versuch war. Wie unwahrscheinlich es sein würde, dass auch nur einer der Menschen im Raum akzeptieren würde, dass der brutale Schlägertyp einfach so an ihnen vorbeispazierte.

»Ich würde ihm ja gerne Nachos füttern«, löste ein grinsender Arschbär die Anspannung.

Frank wusste, dass der Arschbär ihn nicht so füttern würde, wie er in seinem Café gerne menschliche Menschen essen sah. Er antwortete streng: »Ich mach das. Ähm, Heiko, hast du Hunger?«

»Moment mal, wieso ist er der Erste hier, der gefragt wird, ob er Hunger hat!?«, überschlug sich Enno.

»Weil er jetzt hier gefangen ...«

»Wir sind alle hier gefangen!!«

»Also gibt's jetzt endlich die Henkersmahlzeit, oder was?«, lüstete Borste.

Enno beugte sich rüber zu einem stillen Tom Peter. Wieder im Erzählermodus seines mannigfaltigen Suffs angelangt, versuchte er, seinen Freund mit einem weiteren historischen Abriss über den Ort ihres gemeinsamen Aufenthalts zu erfreuen. Tom Peter war ein leichtes und regungsloses Opfer.

»Weißt du, früher gab's hier richtige Küche. Im *Café Roberta*, als es noch *Roberta* hieß. Aber Lina und Frank haben eigentlich keine Genehmigung für Küche. Das Gesundheitsamt war mal da, da war es aus mit den Snacks, und wir mussten alle behaupten, wir hätten unsere identisch aussehenden Sandwiches ›von zu Hause mitgebracht‹. Haha. Goldene Zeiten. Seitdem gibt's Nachos. Weil Nachos sind ja kein Essen.«

»Nachos sind nur ne Notlösung«, sagte Lina, mit mehreren goldgelben Plastiktüten in der Hand. Lächelnde Schnurrbärte unter Sombreros verteilten sich im Raum.

53. Ein Haus aus Nachos

»Aaah. Gut genährt ist halb gekotzt. Ich sag immer: Nachos, mehr muss es gar nicht sein. Ich könnte – im Ernst – ich könnte Bier saufen mit Nachogeschmack. Kein Problem für mich. Und ab in die Mikrowelle, Käse drauf, oder auch ne Schwerwurst. Alles. Immer. Einfach so.«

»Ah, Mikrowelle. Nein, Nein.«

»Aber die Mikrowelle ist der Laptop des … Ofenmannes. Modern, klein und schnell. Zipp. Zapp. Ich sag's euch, ich könnte ein Nachohaus bauen. Ich würde sofort einziehen in ein Haus aus Nachos.«

»Wie ist das dann, Enno? Sind die Wände und alles aus Nachos? Ist alles komplett aus Nachos gebaut? Oder ist das einfach eine große Tüte, nicht aus Plastik, sondern … naja, Baumaterialien eben. Holz, Stein, Beton? Also eine große Tüte in Hausform eben, wo man oben Nachos reinkippt? Und gibt es Salsa aus dem Hahn?«

»Welcher Hahn?«

»Naja, der Wasserhahn? Salsahahn!«

»Nein, ich meine, welcher Hahn? Wo soll der sein? Ist doch kein Platz für einen Hahn, weil ja *alles voller Nachos* ist!«

»Steiger dich jetzt nicht so rein. Genieß lieber.«

»Ja, Enno, es tut uns natürlich leid, dass wir keine ›Schwerwurst‹ für dich haben.«

»Nein, so war das nicht gemeint, Schwerwurst ist natürlich kein Vergleich zu der Liebe, die ihr reinsteckt in eure Nachos. Nachos und Liebe. Kann mir gar nicht vorstellen, wie ihr das durch die Plastiktüte da durchkriegt. Liebe strömt rum, sobald man sie aufmacht. Da vermisst man keine Schwerwurst.«

»Mag noch jemand ein Bier, ein Bier mit Biergeschmack? Ganz ohne Nacho…eigenschaften.«

»So eins nehm ich.«

»Es ist so schön mit euch. Es ist wie das letzte Abendmahl. Mit Nachos.«

»In deinem Nachohaus, Enno. Sind dann Balken und Türrahmen und so aus Käse? Mit Schmelzkäse befestigt?«

»Nein. Alles Nachos.«

»Und sind die Regale aus Nachos? Die Möbel?«

»Wieso Regale? Wieso Möbel?«

»Naja, zum Lagern von …«

»Von Nachos! Ja eben! Da wären doch nur Nachos drin! Wozu Regale? In den Regalen alles Nachos. Außerhalb der Regale alles Nachos. Was machen die Regale für einen Sinn? Wozu Regale? Nimmt doch nur Platz weg! Platz für Nachos!«

»Ich bin froh, dass wir dieses leckere Zeug nicht verschwenden an unseren komischen Hausgast da vorne. Viel zu gut, viel zu gut für so eine rechte Zunge.«

»Und würdest du ein Auto aus Nachos fahren?«

»Wozu? Wohin? Wozu soll ich weg, aus dem Haus voller Nachos?«

»Und würdest du im Garten Nachomöbel und Nachopflanzen haben?«

»Nein, nur Nachos.«

»Haufen? Haufen von Nachos?«

»Haufen implizieren ein darüber, oder? Und ein daneben. Irgendwo hört der Haufen oben auf und die … Luft oder so fängt an. Das finde ich auch traurig. Ich will lieber keine Haufen von Nachos, nur Nachos. Einfach Nachos. Alles Nachos.«

Eine Stimme, die nicht dazugehörte, murrte leidend. »Haltet endlich euer Scheißmaul.«

»Ruhe, Rechtsradikaler! Du verstehst das nicht, das ist aus der Welt des Genießens!«

»Haha, ›euer Scheißmaul‹. So als hätten wir nur ein gemeinsames Gruppenmaul, das wir uns teilen.«

»Ist das nicht so? Irgendwie? Denkt mal drüber nach.«

»Ich bedanke mich bei unseren formidablen Gastgebern. Lina und Frank. Es ist ein reines Festmahl.«

»Das einzige Problem bei Nachos: Jetzt hab ich noch mehr Hunger.«

»Ist doch sicher noch was … nein?! Haben wir schon *alle Nachos* zerschlungen??«

»War halt kein ganzes Haus voll.«

»Ja, zu viel Platz hier drin wird von Sauerstoff aufgebraucht. Ist mir schon öfter aufgefallen. Einfach zu wenig Nachobility.«

»Können wir nicht was bestellen?«

»Oooooh, spannend! Können wir?«

54. Festmahl, zweites Kapitel

Die Versuchung war groß in ihnen allen, das Festmahl, die Henkersmahlzeit, in die Länge zu ziehen. Es ging gar nicht um Hunger, es ging um die gesunde Ablenkung von den schlimmen Umständen der Welt – da draußen –, die ein gemeinsames Essen mit sich bringen würde. Allein schon, um ein gemeinsames Projekt zu haben, einen mentalen Gruppentanz, zog Frank Leupesch aus einer Schublade das knittrige Leporello hervor.

»Pizzaflitzer«, sagte er, freundlich knurrend, und schon stürzte sich die hungrige Meute in wilde Diskussionen um bestellenswerte Dekadenzen. Aber wie sollte der so herbeigesehnte Pizzaflitzer nun zu ihnen gelangen? Das war ein Problem. Ein Planungskomitee aus Lina und Borste bastelte und spann einen narrensicheren Plan, eine Strategie, die keine blauen Augen oder schmerzenden Buckel aufseiten der Belagerten bedeuten würde. Die Kacknazis sollten nicht mal mitbekommen, dass eine kulinarische Belieferung vor sich ging, ahnungslos sollten sie bleiben, und es sollte der große Clou, der große Zaubertrick, die große Befriedigung und ein kleiner Sieg sein, für das *Café*

Exquisit und die hungrigen Saufnasen. Es würde ihnen noch besser schmecken, aus Trotz.

Während Enno sich anstrengte, mit besoffenen Fingern eine nachvollziehbare Bestellliste auf eine Serviette zu pinseln, und sich dabei zwischen gefühlsgeladenen metaphysischen Weisheiten über den zutiefst persönlichen Vorgang der Nahrungsaufnahme hinwegducken musste (»Das ist kein Salat! Salat ist grün!« – »Vegan ist, was einem schmeckt.« – »Im Sommer gab's da ne richtig prächtige Soße dazu.«), berichtete Lina also in sachlicher Vortragsweise, wie es aussehen könnte. Und Borste war ganz Ohr. Sie alle fühlten sich ein bisschen gut dabei, wie Verbrecher, Gauner und Ganoven.

»Hinter uns in der Parallelstraße ist Freddy's Sport Treff. Wir können also durch den Hintereingang vom Café raus in den Hof, wo Freddy's anschließt. In den Hinterhof von Freddy's Sport Treff kommen wir über die Mauer. Von da sollten wir eigentlich in den Keller reinkommen, der ist immer offen, und dann gibt's vorne ne kleine Hundetür.«

»Nicht dein Ernst. Freddy's Sport Treff? Ne kleine Hundetür?«

»Da passt ne Pizza durch. Oder ... was auch immer ihr eben bestellen wollt.«

»Salat muss grün sein!!«

»Vegan ist, was *mir* schmeckt!!«

»Wo ist denn diese prächtige Soße!? Siehst du diese prächtige Soße!?«

Tom Peter hatte indes stumm auf irgendwelche Zahlen des kleinen Flyers gedeutet, seine Gedanken waren anderswo. Er fragte sich, wie groß so eine Hundetür eigentlich war und wie sich sein eigener überschaubarer Bauchumfang in die Geometrie fügen würde, wenn er sich nur ordentlich verdrehen und drücken würde. Und ob es eigentlich verschiedene Hundetüren für verschiedene Hundegrößen gab oder ob es da universelle Normen gab. Aber Hunde waren ja auch nicht genormt. Hunde wuchsen ja frei, wie sie eben wuchsen. Und wenn Freddy's Sport Treff etwas auf sich hielt, war der Laden nicht nur für bestimmte Haushunde zugänglich, sondern ein barrierefreies Paradies, wo Hunde jeder Rasse, jedes Volumens, jeder Form und Farbe ein- und ausgehen konnten. Und einen Schäferhund oder einen von diesen pferdeförmigen Hunden könnte er sehr wohl imitieren, wenn er sich nur die Arme eng an den Körper legte und sich den Boden entlang wellenartig, schlangenartig, wurmartig oder robbenartig verhielt. So würde aus Tom Peter dann ein Hund werden, einer der durchs Hundetürchen schlüpfte und frei war. Ein freier Mann. Mannhund. Hundwurm.

Es war richtig finster geworden draußen, aber Tom Peter schnupperte neue Hoffnung.

55. Tom Peter rennt davon

Er rannte wild die Arme schwingend durch die stockdunkle Nacht. Die Stadt klapperte unter seinen umherschießenden Schuhen, die nur das eine Ziel zu verfolgen hatten: Tom Peter, ängstlich aber frei, schnellstmöglich aus dieser gottverdammten Misere herausbringen. Am Bahnhof abliefern. Erst zum Stehen kommen, wenn ein Zugfahrplan in Sichtweite war, dort nur kurz ausharren, bis der gewünschte Transport gefunden war, auf den es natürlich nicht Stunden zu warten galt, sondern lediglich wenige Minuten. In Kürze würde er dieser furchtbaren Nacht entkommen sein, das Gleis war gefunden, er beeilte sich dorthin. Durch den nächtlichen Bahnhof klatschten seine schwarzen Schuhe durch dünne Pfützen, die ein alter Schmelzschnee dort liegen gelassen hatte. Er schlürfte, schluchzte und rotzte sich durch das finstere Betongebäude, spärliche Lichtquellen warfen weite, expressionistische Schatten. Er erschrak vor seinen eigenen Bewegungen, doch es hielt ihn kaum zurück. Da, ein zuckender Ellbogen, doch es war nur sein eigener, von einem dünnen, stillstehenden Licht angestrahlt und zuckend nur, weil er selbst gezuckt hatte. Und dann machte er erschrocken schnelle Gesten und die Schatten das Gleiche und er erschrak sich noch mehr und so weiter. Besonders schreckhaft war er gerade, denn er war hier draußen natürlich ausgeliefert. Waren sie ihm gefolgt? War ihm jemand auf den Fersen? Hatten sie ihn nur gehen lassen, um ihm hier aufzulauern? Da, da war doch jemand. Eine Gestalt, ein Mann? Ein Schatten. Nur eine zerquetschte Ratte. Er drehte sich immer wieder um, seine wackeligen Beine wuchteten bleierne Füße über dunklen Asphalt und waren dabei wie Angelschnüre, die schwere Köder durchs Wasser zogen. Doch er näherte sich dem Gleis, er wusste es, es war nicht mehr weit. Bald würde er den sicheren Zug erklimmen. Der Zug würde Außenwände haben und diese Außenwände würden ihn schützen, vor den Nazis, vor diesem raubtierhaften Ort, diesem Ort, der ihm an den Kragen wollte. Er hatte diesem Ort nichts getan, er war doch nur ein kleiner Klarinettist. Schluchzen und schnaufen und rennen, Tom Peter. Schluchzen und schnaufen und rennen. Bis zum Bahngleis.

Dann sah er zwei Männer mit Glatze stehen und sich unterhalten. Er stoppte sich, so als wäre er gegen eine unsichtbare Wand gelaufen. Er stoppte so schnell, seine inneren Organe schienen die physische Information erst Zentimeter zu spät zu erhalten und drehten und würgten sich in ihm herum, ihm wurde übel. Seine Hand krampfte sich um den geliebten Instrumentenkoffer, der im schlimmsten Fall zur Waffe werden könnte, die er im schlimmsten Fall einem oder zwei der Glatzen mit Schnelligkeit und Wucht entgegenführen müsste, denn nach so einem vergessenswerten, flüchtenswerten Kneipenbesuch war er mehr als bereit, ein kleines adrenalinbefeuertes Opfer zu bringen, auf den letzten Metern vorm Zug zur Freiheit. Aber er hatte den Koffer nicht in der Hand. Auch nicht in der anderen. Die Klarinette fehlte. Er hatte sie im Café liegen lassen. Die zwei Gestalten hatten ihn nun gesehen. Er stand da, wie ein Nackter, der sich anpinkelte, in aller Öffentlichkeit. Ebenso beschämt. Ebenso rührungslos. Ebenso überrascht von sich selbst. Ebenso fehl am Platz.

Da hörte er wachrüttelnde Stimmen aus der Ferne.

»Flüssinger! Flüssinger!? Sag was, wenn du auch was mitbestellst, ja!?«

»Du musst was sagen, Flüssinger.«

»Sollen wir Heiko Schuhknecht, den schlimmen Mann, inkludieren? Soll der jetzt auch was kriegen?«

»Ach was. Kein Foodporn für Nazis.«

»Flüssinger? Auch was mit?«

Tom Peter fand sich im Café Exquisit wieder. Er tastete herum: seine Klarinette war nah bei ihm. Und seine neuen Leidensgefährt*innen. Und die bösen Figuren draußen vor dem Fenster, aber dicke Caféwände dazwischen. Zu seiner großen Überraschung fühlte er Erleichterung. Und nun sah er mit zweifelsfreier Gewissheit, dass man vielleicht hier nicht heil rauskommen würde, dass es aber unter keinen Umständen in Frage käme abzuhauen, die anderen im Stich zu lassen. Er sah die Entschlossenheit, die Sache gemeinsam durchzustehen, und nur und ausschließlich gemeinsam.

Er sah die unsichtbaren Verbindungen zwischen den Seelen und elektromagnetischen Hirnströmen im Café. Er sah ungebändigten Willen, das sinkende Schiff nicht zu verlassen, sondern sich bis zum Schluss an die Planken zu klammern und die herumschwimmenden Haie vollzuscheißen, bis sie dich im Maul zerkauten. Schließlich wurde der Hai immer erst dann zum Problem, wenn er dich im Maul hatte, nicht vorher.

Das alles sah er in den Gesichtern. Er glaubte es sogar im Gesicht des Flüssingers zu erkennen, der still den Kopf schüttelte, die Essensbestellung verneinend. Flüssinger klammerte sich fest an seinem Bier, um nicht vom Schiff zu fallen. Tom Peter sah sein eigenes, fast leeres Bier, klammerte sich ebenfalls daran fest, und sah darin gespiegelt die groben Umrisse des Gesichts eines Klarinettisten, der noch ein bisschen bleiben würde.

56. Heiko Schuhknecht

Heiko fühlte sich indes recht verlassen in seiner kleinen Zelle. Bernd Schulzensen tupfte sich die blutige Stirn und ignorierte ihn in seiner kleinen Zelle, sodass ihm jetzt, wo das Adrenalin absank und sich in bittere, schmollende Kälte verwandelte, dämmerte, was eigentlich passiert war. Er war abtrünnig geworden, er hatte Bernd, seinem Bernd, den Befehl verweigert. Heiko zupfte sich störrisch an der zu haarigen Stelle direkt zwischen seinen Augenbrauen und machte sich innerlich zum Schuldigen, zum versagenden Soldaten. Sein Arsch wurde kalt auf den harten Steinstufen, wo ein Mann seiner Statur einfach keine richtige Sitzposition finden konnte, die längerfristig zufriedenstellte. Seine Gliedmaßen komisch eingeklappt, lagerte er all sein Muskelfettgewicht auf nur der einen Arschbacke, eine ungerechte Situation.

Vor langer Zeit hatte Bernd Schulzensen es direkt zu verantworten gehabt, dass Heiko von seinen insgeheim gehegten Selbstmordgedanken abgelassen und sich stattdessen zu dem wilden, großen, starken Mann stilisiert hatte, der er heute war. Vor seinen breiten Schultern fürchtete man sich, wenn sie wie eine große

Schiffschaukel durch die Straße wankten. Heiko genoss die Furcht. Sie gab ihm eine Aufgabe, eine Rolle. Er war endlich ein Charakter, eine Figur geworden. Bernd Schulzensen und dessen Sportunterricht hatten Heiko den nötigen Halt und das nötige Selbstbewusstsein gegeben, sodass er der unstrittige Rückhalt der örtlichen Fußballmannschaft werden konnte. Zu gerne schrie er gegnerische Stürmer an wie eine tollwütige Bestie, bis sie auf dem Rasen krochen, er genoss die Reaktionen der Gegenspieler, der Schiedsrichter, der Fankurve. Heiko Schuhknecht war eine zweifelhafte Legende geworden und das hatte er einzig und allein Bernd Schulzensen zu verdanken. Jetzt hatte er seinen Mentor so enttäuscht und saß hier fest, wie ein Idiot mit zwei kalten Arschbacken, eine davon mit Überlast. Damit die Überlastung nicht zur Taubheit werden würde, stand er auf. Durch das Loch in der Tür bemerkte er, wie sich die linken Ratten angeregt unterhielten. Die hatten schon wieder Spaß und Geselligkeit, das ärgerte Heiko maßlos und er trat einmal mit Wucht gegen die Tür.

Der Arschbär kämpfte mit der Trocknung seines schaumig-nassen Shirts und als er, sich herumdrückend und windend, Heikos Antlitz im Türrahmen ausmachte, spazierte er provokant rüber zu dem eingesperrten Missetäter.

»Heiko Schuhknecht.«

»Was willst du, du dickes Stück Scheiße?«

»Oha, die Eloquenz! Ein reiner Poet hat sich verirrt in die Zwischentür des Cafés, wo sich sonst nur Ungeziefer aufhält.«

Ungehalten schraubte Heiko seinen wuchtigen Torwartarm durch das Loch in der Tür und versuchte, den Arschbären zu schnappen. Der Arschbär hopste einen galanten Hops nach hinten, alles war sicher. Heiko konnte keine Gefahr werden. Das Schauspiel beruhigte alle, besonders auch Tom Peter. Heikos Pranke hing nun durch das Loch halb in den Raum hinein, der Ärmel halb hochgekrempelt. Ein paar schlecht gestochene und noch schlechter ausgesuchte Tätowierungen weckten des Arschbären ästhetisches Interesse. Er tänzelte um den baumelnden Arm herum, der aufgegeben hatte, nach Beute zu greifen, untersuchte und beäugte ihn.

»Uh, schaut mal, die kleine Kunstgalerie. Ein Reichsadler, oder wie? Ein Soldatenhelm, ja süß. Ein Herz. Ein Herz für deine Mutti? Ein Herz für Tiere? Ein Herz für Nazis?«

»Das ist dein Herz, das wo ich dir rausreißen werd.«

»Inspiriert. Inspiriert. Mein Herz ist aber viel größer, ich hab ein Herz für alle Lebewesen.«

»An dir ist alles zu groß, fette Sau. Ich wette, du brauchst ein Magenband.«

»Bodyshaming, Bodyshaming. Ja, das ist der Unterschied zwischen uns beiden, Heiko. Du trägst deinen Schmuck halt nach außen. Ich hab mein Innerstes geschmückt und ausgeziert. Ein Magenband hab ich nicht, nein. Danke für den süßen Gedanken. Weißt du, was ich hab? Innerlich? Innen drin? Das ultimative Intimpiercing! Die künstliche Hüfte von damals, als ein paar Freunde von dir mich beim Tanken zusammengeschlagen haben, wegen einem *Aufkleber auf meinem Auto.*«

Daraufhin biss der Arschbär einem schmerzlich gröhlenden Heiko in den Arm, ein Rachebiss, Zahn um Zahn, drehte sich angeekelt um und lachte. »Gut, dass wir was Richtiges zu essen bestellt haben.«

57. Die Oehl-Brüder

Wo sein Zwillingsbruder Albert nackt war, trug Ingolf Oehl einen aus der Mode gekommenen Kinnbart, der sich nach oben abrundete in einen zahmen, zahnlosen Schnauzer. Die Distinktion war für den ungeübten Beobachter die einzige Möglichkeit, die Brüder auseinanderzuhalten. Eine relativ eineiige Angelegenheit. Auseinanderhalten musste man die beiden Bauingenieure aber gar nicht unbedingt, überall tauchten sie zusammen auf, klebten eng beieinander, morphten stets in ein zweiköpfiges Monstrum, dessen beide Köpfe gleichauf scharf- und doppelzüngig, mit einer inhärent deprimierenden Düsternis agierten. Haste mit einem geredet, haste mit beiden geredet, hatte Lea Händle einmal festgestellt.

Und so bobbten die beiden dunkelbehaarten Schädel in wellenförmigen Auf- und Abwärtsbewegungen auf das Gitter zu, hinter dem ein gefangener Heiko Schuhknecht nach ihnen gerufen hatte, die große Pranke unermüdlich winkend, so als würde es sich um einen Notfall handeln. Explizit ausgelassen in der anberaumten Besprechung einer scheinbar so dringlichen Situation wurde Bernd Schulzensen, der sich gerade im Gespräch mit Marlene und Lea befand. Heiko war noch immer zu beschämt, zu ängstlich, um seinen Mentor direkt anzusprechen auf den Umstand, den er jetzt der doppelköpfigen Schlange Oehl ins doppelte Ohr flüsterte.

»Ich glaube, die haben sich was zu essen bestellt. Ich glaube, da sollten wir was machen. Abfangen. Das könnte uns einen taktischen Vorteil bringen.«

Heikos überzogen militärischem Sprech entsprechend nickten die Oehl-Brüder mit einer Ernsthaftigkeit, die in tatsächlich-wahrhaftigen Kriegssituationen auf dem Schlachtfeld nicht unangebracht gewesen wäre, die Enno Brotschmier aber nur wie eine lächerliche Karikatur von Seriosität vorkam. Er hatte gesehen, dass sich da vorn an der Tür unterhalten wurde, und lachte explosiv in sich hinein. Sein absinthiertes Wesen fand nun eh alles zum Lachen, schon erst recht, weil feines Hochgeschwindigkeitsessen und Pizza im Anmarsch waren. Er zeigte auf die heimlich sprechenden Bösewichte und bedeutete dem Arschbären, der der Tür am nächsten war, was zu unternehmen. Der Arschbär drehte sich schnell um, klatschte dem Hinterkopf von Heiko eine über und die Oehl-Brüder flirrten davon wie kleine Mücken vom Marmeladenglas.

Und sie flirrten sogleich hinüber zu ihrem Anführer. Es wurde sich beraten. Auch Lea und Marlene standen dabei im Kreis der taktischen Schaltzentrale, eine augenscheinlich qualifiziertere Menschentraube, die sich in der Dunkelheit abgenabelt hatte von dem Haufen, der sich blödgesoffen hatte, gröhlte, herumböllerte und unintelligente Tierlaute von sich gab. Durch seine Gitterstäbe hindurch guckte ein trauriger Heiko Schuhknecht sehnsüchtig hinaus auf die Straße. Wie gerne wäre er Teil des Besäufnisses, ein anderer Teil von ihm wollte der Strategiesitzung beiwohnen und Bernd beeindrucken. Am liebsten wäre es ihm natürlich gewesen, man könnte Bernd mit denselben Mitteln beeindrucken wie die anderen Glatzen. Da hatten immer seine Kompetenzen gelegen. Angstmacherei, körperliche Härte, miese Laune und Saufgestähltheit.

Es flog eine kleine Handgeste von Bernd Schulzensen, der sich noch immer die Stirn hielt, zu ihm rüber. Zwei nur für einen kurzen Moment erhobene Finger schienen sich zu bedanken für die übermittelte Geheimdienstinformation. Heiko wurde selig und steckte sehnsüchtig seine Backen durch die Aussparungen im Gitter. Er hätte vor Freude springen können, in seinen Springerstiefeln. Sogleich beobachtete er, wie die Gebrüder Oehl in die Dunkelheit verschwanden, zweifelsohne, um taktische Positionen zu beziehen, von denen sie herbeifahrende Essenslieferungen frühzeitig abfangen können würden. Aushungern sollten sie, die Leute im *Café Exquisit*.

58. Freddy's Sport Treff

Wenngleich nicht alle, so waren doch die allerallermeisten in Frage kommenden Lieferdienste der Stadt gen Norden, jenseits des Bahnhofs gelegen. Im Grunde gab es nur zwei Straßen, aus der exquisiten Straße herausgabelnd, die die Oehls abdecken mussten, um ihre nächtliche Spezialmission zu erfüllen. Die Brüder spazierten mit krampfigen Augenbrauen nach Norden zur Straßengabelung, nur ein paar Schritte nördlich des nördlichst gelegenen Gelages der Horde, die das Café umzingelte. An der Gabelung angekommen blickten sie sich finster zu, doch es bedurfte keiner weiteren Geste und keines gesprochenen Wortes zwischen den beiden, um die Abmachung zu finalisieren: Albert Oehl ging nach rechts, Ingolf würde die linke Flanke patroullieren. Ingolf Oehl schlenderte gemütlichen Tempos, aber bestimmt und mit schlangenartiger Durchtriebenheit zur nächsten Kreuzung der Querstraße, wo man in der Distanz unter einer Laterne ein schmales Sportgeschäft entdecken konnte. Wenn man denn danach suchen würde. Mit seiner steifen Ruhelosigkeit, dem verkrampften Gesicht und den verdächtig in die Hosentaschen gesteckten Händen war

Ingolf keine erfreuliche nächtliche Begegnung. Einen gefährlich angespannten Eindruck machte er, und tatsächlich waren seine drahtigen Finger um ein kleines Klappmesser gewickelt, welches er und sein Bruder – in identischer Ausführung – einst von Papa Oehl zur Mannwerdung bekommen hatten. Die Oehls waren Messertypen. Messermenschen. Das machte die Lage nicht besser.

Freddy's Sport Treff war ein kleiner, unscheinbarer Laden, der still und leise den regionalen Kampf mit den großen Handelsketten und Sportartikelverkaufshallen kämpfte. Freddy selbst war mittlerweile zu alt für jegliche Art von Bewegung geworden. Man musste aufgrund seiner unmuskulösen Statur und seiner nimmermüden Raucherlunge allerdings fragen dürfen, ob er denn jemals ein sportlicher Mann gewesen war, eher wirkte er wie ein erfahrener Tabak- und Spirituosenhändler und war ab und an auch gern gesehener Gast im *Exquisit*, man kannte sich. Für jegliche Art von längerer Tagesschicht im Laden fühlte er sich nunmehr zu altersschlapp und überließ die meisten Aufgaben seinem treuen, rotbackigen Sohnemann Eduard, der eine Begeisterung für Sportartikel heuchelte, die eher aus Gewohnheit geboren war, aber für keine Menschenseele von wahrhaftiger, überschwänglicher Leidenschaft zu unterscheiden war, nicht einmal für Eduard selbst. Er belog sich solide, schließlich war er an der Seite von Papa Freddy in dem Sportgeschäft aufgewachsen, welches seit Jahrzehnten, länger sogar als das *Exquisit*, an seinem Fleck stand. Den einzigen exzentrischen Stilbruch bei seiner Geschäftsübernahme setzte Eduard mit einer kleinen Plastikklappe, die er berüchtigterweise am ersten Tag seiner neuen Tätigkeit eigenhändig während des Tagesgeschäfts in die Fronttür einklopfte. Denn das Einzige, was Eduard mehr begeisterte als Basketbälle und Torwarthandschuhe, war sein Hund Karla. Karla war ein dackelartiges Tier, vom Wesen her genügsam und auch von der Statur her, und wäre womöglich mit einer viel kleineren Hundetür zufrieden gewesen.

So oder so ähnlich lautete die Geschichte des Ladens, die in der ein oder anderen Variante und Ausführlichkeit stadtbekannt war. Weniger bekannt war der Umstand, dass man vom Hinterhof des *Exquisit* in den Hinterhof des Sportladens klettern und durch den Keller dann eindringen konnte, weil Freddy und Eduard – notorisch gutgläubig – niemals etwas anderes als die Vordertür abzusperren pflegten. Das machten sie aus gutem, gutgläubigem Grund so, denn eingebrochen war schließlich in all den Jahren noch nie jemand. Man musste schließlich auch ein bisschen Vertrauen mitbringen, wenn man ein bisschen Vertrauen zurückwollte, hatte Freddy immer wieder philosophiert.

Der Umstand, dass Lina und Frank über die Architektur der Parallelstraße so gut Bescheid wussten, war der zeitweiligen Idee geschuldet, den Autostellplatz, ein seltenes, umschwärmtes Gut in der Gegend, der meist ungenutzt im Hof des Cafés schlummerte, mit dem Sportladen zu verbinden, indem man die Trennmauer zwischen den beiden Höfen einreißen würde. Lina und Frank hatten keine konkrete Verwendung für den Stellplatz, sie kamen meist zu einer Uhrzeit ins Café, wo die »richtig arbeitenden« Leute noch unterwegs waren und die Straße viel Platz und Auswahl bot. Sie waren auch froh, vorne zu parken und nicht den Hintereingang zu nehmen, wo man doch immer Gefahr lief, auf Marlene Drache zu stoßen. Eine Begegnung, die zumindest Lina am Schichtanfang nicht immer wegzustecken vermochte. Eduard erachtete das Vorhaben der Parkplatzteilung bei Übernahme des Ladens allerdings als unnötig, weil er Radfahrer war, Karla immer im Körbchen mit dabei.

Enno und Borste meinten, sie würden sich für die Gruppe opfern und die Essenslieferung an der Hundetür des Sportladens abfangen. Borste sah ein gefährliches Unterfangen und wollte ihren lieben Freunden keinen weiteren Stress zumuten. Sie würde die Sache kompetent erledigen und jeder wusste es. Enno sah ein lustiges Abenteuer und wollte seinen lieben Freunden keinen weiteren Spaß gönnen. Er würde die Sache wahrscheinlich zunichtemachen und jeder fürchtete es.

Lina beschrieb ihnen detailliert den Modus Operandi des heimlichen Eindringens.

»Wir machen es wie der Geheimklempner! Heimlich, still und scheiße«, lachte Enno, und dann, märtyrerhaft, mit aufblitzendem Ernst in seinem besoffen schwirrenden Auge: »Good Fun, trotzdem.«

So als würde irgendwer nicht zurückkommen. So als würde es irgendwen erwischen.

59. In geheimer Mission

Ein muffiger Altbaukorridor tat sich vor den beiden auf, als Lina die Tresentür aufwuchtete. Es machte die Gruselatmosphäre in dem kalten, spinnwebigen Treppenhaus mit einer in die Seitenwand eingelassenen Kellertür als einzigem dekorativem Element nicht angenehmer, dass allen äußerst klar war, wie Marlene Drache hier tagtäglich ein und aus ging, eingekauftes Gemüse die Stufen hinaufschleppte, alte Hautschuppen, von ihrem Gedankengut grüngelb vergiftet, überall hinterließ. Fast konnte Enno einen schemenhaften Schatten mit Marlenes Gesicht vorbeihuschen sehen, ihr schreckliches Geheul hören, den untoten Hauch der grantigen alten Dame spüren, wie er durch seinen Leib fuhr und eine kalte spirituelle Spur hinterließ.

Borste schubste ihn sachte vorwärts aus dem deliriösen kleinen Horrorfilm heraus, mit dem ihn das Treppenhaus überrascht hatte. Wie sollte ihre Mission denn enden, wenn Ennos Zustand schon den ersten Schritt derart verfärbte? Borste wäre natürlich lieber mit ihrem kongenialen Arschbär gegangen, aber der war nass.

Die beiden schlüpften durch den kleinen Flur nach draußen in die Dunkelheit. Der Hinterhof des *Café Exquisit* unterbreitete den beiden zum ersten Mal seit Stunden wieder originäre, kalte Draußenluft, angereichert mit einem Sauerstoff, der frei schwebte, ganz unberührt von ungesunden Partikeln ungeduschter, kettenrauchender Alkoholiker. Eine ganz andere Luft. Leider eine, die sie teilten mit gefährlichen Männern, eine Hausbreite entfernt, die ihnen an die Gurgel wollten. Es galt aufzupassen. Borste und Enno kratzten all ihren minderentwickelten Anmut zusammen und tapsten mit vorsichtigen Schritten hinaus, die Zehenspitzen wurden sorgsam platziert wie Finger auf dem Hals eines Kontrabasses.

Enno driftete nach rechts ab, drückte sich gegen die Hausecke des Cafés und spähte verstohlen herum, um einen kurzen, unscharfen Blick auf die Nazis im Lichtkegelschein der Autolampen zu erhaschen, dann zog ihn Borste zurück und ermahnte ihn, nicht gesehen zu werden. Generell machte Borste die Arbeit für zwei, hielt den schwankenden Körper des Suffkopfs fest, hob sein vom Radiomachen aufgeweichtes Sitzfleisch auf den Müllcontainer, von dem aus sie über die Hofmauer klettern konnten. Als Borste ihre starken, wurstigen Finger tief in Ennos Hinterteil bohrte, schrie er beinah auf, konnte sich aber zusammenreißen, auch weil Borste ihn geistesgegenwärtig fast fallen ließ. Mit stählernen Armen zog Borste ihren mächtigen Leib dem oben herumwackelnden Enno hinterher, nur um ihn vorsichtig, umsichtig, wie einen Porzellanteller über die Mauer in ein darunter liegendes Gebüsch zu stoßen. Enno plumpste mit voller Körperlänge hin. Seine Nase fing dabei ebenso viel Aufprallgewicht ab wie Bauch und Knie. Borste zeigte sich zufrieden mit ihrem Werk, denn eine solche Landung, wenn auch ohne jegliche Eleganz, machte schon nicht so viel Lärm. Und sie wollte sein wie die nächtliche Katze. Unbemerkt tänzerisch mit der Umgebung verschmelzen. So wollte Borste die Nacht erklimmen. Sie landete auf allen Vieren, katzengleich. Enno war auf allen Allen gelandet. Eher wie ein Aal.

Nach der umständlichen Aufraffung eines Enno Brotschmier, der mit jeder Bewegung wieder mehr die Konsistenz einer Nudel annahm und die dünne, staubige Kellertreppe im Hinterhof des Sportgeschäfts nur in Borstes mächtige Arme gestützt hinuntergelangte, war es natürlich auch Borste, die durch Spinnweben und rostig herausstehende Nägel hindurch die brüchige Kellertür öffnete, die sie in der Dunkelheit nur vermuten konnte. Es erforderte eine gekonnte Balance aus Kraft und Sensibilität, schließlich würde keine Katze der Nacht das morsche Holzbrett einfach auftreten oder zerstören. Wie die Katze wollte Borste sein. Es gelang ihr magisch gut, urteilte sie bald.

Enno torkelte ihr hinterher in den finsteren Keller. In einem untypischen Moment der Klarheit konnte er gar nicht glauben, wie weit sie schon gekommen waren, ohne dass er selbstständig große Bewegungen ausgeführt hatte. Die Hofmauer war überwunden, ebenso die Tür, und damit doch die größten und ureigentlichen Hindernisse der Odyssee. Die Erkenntnis freute Enno. Dann lief er gegen eine Kellerwand.

Borste klatschte ihm diverse Spinnweben aus dem Gesicht und schob ihn durch das Gewölbe, bitterlich bereuend, dass gerade Enno sich freiwillig für die Nahrungsbeschaffungsmaßnahme gemeldet hatte. Der Cowboy. Aber es leuchtete ihr natürlich ein. In seinem halb beneidenswerten, halb bemitleidenswerten Zustand aus Watte konnte er die wahrhaftigen Gefahren des Abends ja am allerwenigsten sehen.

60. Bundesweite Taubenvergrämung

Enno Brotschmier freute sich wie ein müdes Kind über die absurden Geschäftsfronten, die die beiden durch die Vordertüre des Sportgeschäfts in der laternenbeleuchteten Parallelstraße entdecken konnten.

»Bwaha. Der Staubsaugerladen! Bundesweite Taubenvergrämung! Borste! Borste!«

»Was, Enno?«

»Es ist, als ob wir nicht über eine Mauer geklettert sind, sondern in ein anderes Jahrhundert. Mein Gott, diese ganze Straße ist eine reine Zeitreise.«

»Mir kommt es auch vor, als wären *wir* nicht über eine Mauer geklettert. Sondern ich. Mit nem Zementsack über der Schulter.«

Enno, der Zementsack mit der Körperspannung einer Spaghetti, fand den Kommentar unnötig und schnappte sich einen Basketball.

Freddy's Sport Treff war von einer frontal hereinscheinenden Laterne in tiefes Grau getaucht, die beiden einbrechenden Nachtgestalten konnten Umrisse und Schemen erkennen. Auf engstem Raum waren da zusammengepfercht mehrere Metallkörbe voller Bälle in verschiedenster Ausführung und Zweckmäßigkeit, ein zu großer Holztresen, hinter dem kaum ein Mensch und ein Hund Platz finden konnten, die Wände waren tapeziert mit zahllosen Trikots, deren kopflose Silhouetten stumme Beobachter des nächtlichen Unfugs wurden. Den Mittelpunkt des Raumes machte aber eine – ebenfalls unnötig immense – Umkleidekabine aus, die lediglich aus kreisrund aufgehängtem Schwerstoff zu bestehen schien, keine befestigte Wand an keiner Seite bot Schutz vor hereingrapschenden Händen, ohne größere Anstrengung konnten Eduard, Freddy oder der Köter einfach hereinspazieren und sportlichen Körpern beim Trikottausch zusehen.

Borste missfielen die Implikationen des engen Geschäfts sofort, allerdings hatte sie für Mannschaftssport und andere organisierte Religionen ohnehin nichts übrig. Der einzige Aspekt, den sie dem Volksopiat Fußball abgewinnen konnte, war das monumental hautenge Zinédine-Zidane-Trikot, das sich in den Sommermonaten bisweilen mit einer Mischung aus Pflichtbewusstsein und Zynismus um des Arschbären Bauch zu schlingen bemühte und glänzend versagte. Er musste es seit Jugendzeiten haben, und es brachte Borste zu vulkanartigen Lachanfällen. Nun, da sie an den Arschbären denken musste, machte sie sich Sorgen, ob er sich wohl Sorgen machen würde, vom *Café Exquisit* aus. Dann bekam sie einen Basketball ins Gesicht.

Mit dem aggressiven Reflex einer Person, die Diskriminierung kennt, schüttelte sie den Schock ab, hob den rollenden Ball auf, holte aus. Und beruhigte sich sofort wieder, denn das vernunftbegabte Engelchen auf ihrer Schulter (ein Engelchen, das im Gegensatz zu den anfälligen Modellen ihrer Saufkollegen zum Glück auch beschickert noch voll funktionsfähig war), wusste um die Ratsamkeit, jetzt bloß keinen Lärm, kein Tohuwabohu zu erzeugen. Sie waren im Feindgebiet, sie hatten das sichere Nest verlassen.

»Jetzt beherrsch dich, du Opfer deines eigenen Selbst. Siehst du da draußen irgendwas? Etwas in der Art einer Lieferperson?«

Enno drehte sich beleidigt um und wanderte mit den Augen die Straße entlang. Aus den gläsernen Schaufenstern konnte er gut beobachten und Enno fand es bemerkenswert, dass Pizzalieferungen die einzigen Momente im Leben waren, ganz besonders in dieser, seiner so schief entwickelten Stadt, wo ein verdächtig langsam heranfahrendes Auto eine ausdrücklich erwünschte Sache war.

Tatsächlich sah er da draußen einen herumschleichenden Kerl, der hatte aber augenscheinlich keine kartonierten Nahrungsmittel bei sich. Ziellos wandernd und suchend wirkte der aber trotzdem, und das gefiel Enno nun überhaupt nicht. Er winkte Borste herbei und die beiden spähten geduckt aus der Front des Sportgeschäfts heraus. Draußen im Schein der Straßenlaternen lief einer der Oehl-Brüder herum. Der mit dem beschissenen Kinnbart.

61. Ausbruch aus dem Zoo

Der Arschbär saß nachdenklich auf seinem Kneipenstuhl und sorgte sich. Seine Beziehung zu Borste war das Nächste an einer innigen Liebesangelegenheit, was ein platonisches Verhältnis zu leisten imstande war. Man kannte sich ewig und konnte nicht ohneeinander. Borste war im Grunde allein verantwortlich für einen großen Teil seiner Musikbibliothek, der feministische Riot Grrrl Punk hatte durch das Medium Borste sein Leben infiltriert und fest zugepackt. Er konnte ihr im Gegenzug viel linke Literatur und außerdem Unmengen unnützes Wissen über Pflanzen und Wassersport bieten, doch nur ersteres verschlang sie seit jeher mit Inbrunst und Begeisterung. Es war eine Symbiose geworden. Arschbär dachte, er hätte einfach mit ihr mitgehen sollen, nicht der besoffene Enno mit seinen bunten Ideen. Aber der Gedanke, eine Mauer zu überklettern, hatte ihn furchtbar abgeschreckt. Und dann war er ja frontal noch feucht. Grübelnd saß er da, streifte sich das schaumige Shirt allmählich trocken und wickelte seinen Arm in das Gehege herab, welches die beiden Türen noch immer um die engen Treppenstufen bildeten, wo ein schmollender Heiko Schuhknecht saß. Gedankenlos streichelte der Arschbär erneut über die Glatze des Gefangenen, nicht einmal, um ihn bewusst zu ärgern, es war fast zur Gewohnheit geworden. Ein Kuschelbedürfnis vielleicht.

Selbstredend wurde das Bedürfnis nicht erwidert. Heiko schob die Hand brutal von sich, bäumte sich auf und brüllte wie ein Rhinozeros, dem man auf den Fuß getreten war. Er erhob seine wuchtigen Torwartarme und schwang sie herum. In dem begrenzten Raum, den er zur Verfügung hatte, bedeutete das zwangsläufig ordentliche Kollisionen von beschleunigtem Nazifleisch mit in die Jahre gekommener Baukunst. Putz bröckelte von den Zwischenwänden und Holzsplitter flogen, flogen, wurden mehr. In Schockstarre beobachtete der Arschbär den komplett ausrastenden Kerl dabei, wie er die Innentür zum Café zerlegte wie einen Kaffeekeks. Schlag um Schlag vergrößerte sich das Loch, durch das vorher gerade so des Arschbären dicker Arm gepasst hatte, sodass Heiko bald seinen ganzen Schädel mit provokant heraushängender Zunge durchschieben konnte. Es machte ihm sichtlich einen bitterbösen Spaß, weil er sah, dass die Tür ihm nicht mehr lange standhalten würde. Man braucht ja Projekte, wo man den Fortschritt sehen kann, dachte Tom Peter und flüchtete mit panisch rudernden Armen hinter den Tresen, zwischen die schützenden Körper von Lina und Frank, die sich gerade wieder mit Franks Schulterwunde befassen wollten. Alle waren alarmiert durch den unablässig immerzu um sich boxenden Nazi.

Fasziniert von der Stoßwucht des Torwarts brauchte der Arschbär einen Moment, um zu sich zu kommen.

Als Heiko schon den Oberkörper und ein Bein durch die halb zerbröselte Tür geschoben hatte, konnte er endlich reagieren und einmal mehr als menschliches Schutzschild auf die Gefahrenquelle zurollen. Arme hinten angelegt schob er seinen mächtigen Bauch auf Heiko zu, wie einen großen Schildkrötenpanzer oder ein Schneeräumfahrzeug, so dachte er. Heiko poppte ihm eine Faust ans Kinn und er ging zu Boden.

Fies grinsend krachte Heiko Schuhknecht durch den Rest der Eingangstür. Ein kalter Hauch durchzog die Kneipe. Die einzig verbliebene intakte Absperrung zur von Feindseligkeit vergifteten Eisluft da draußen war nun das Metallgitter. Die Innentür war vorbei. Finito. Ausgelöscht. In ihrer Essenz nur noch splitterhaft vorhanden. Heiko war der weiße Hai, das Monstrum. Heiko würde sie prügeln, sie würgen, Chaos kreieren, Dinge umschmeißen, Flaschen zerhauen, er würde auf dem Mobiliar herumtrampeln, Kleinholz aus allem machen. Heiko würde das Ende des *Café Exquisit* werden. Das Ende einer beschissenen Nacht.

Der Arschbär lag längs auf dem Boden. Tom, Lina und Frank kauerten sich hinterm Tresen zusammen. Heiko schritt voran wie eine Dampfwalze, wie ein Panzer durch die Prärie. Seine Augen ließen nicht ab von seiner Beute.

62. Er sagt schon wieder was

Die Kameraden vor der Tür, der kritisch kopfschüttelnde Blick von Bernd Schulzensen, die altbackenen, aber zuschnappenden Sprüche von Marlene Drache, das zischelnde Stereogelächter der Gebrüder Oehl – das alles war weit weg von Heiko Schuhknecht. Sie hatten ihn in seinem zwischenweltlichen Verlies zurückgelassen, jetzt war es seine Zeit, initiativ zu sein. Jetzt war es seine Zeit durchzudrehen. Jetzt war Raubtierfütterung.

Speichel floss aus seinen grimmigen Mundwinkeln und tropfte ihm auf die pulsierende Brust, Fingerknochen knackten und rieben sich vorfreudig aneinander, um dann massige Fäuste zu bilden, die alsbald Kleinholz machen würden. Aus den dreien da hinterm Tresen. Kleinholz wie die Tür. Solches Kleinholz.

Tom Peter schüttelte sich vor Furcht, spürte aber, dass Lina ihn firm am Arm packte, daran zog. Mit gespielter Stabilität und Standhaftigkeit bemühte sie sich, den beiden Herren an ihrer Seite Mut zu spenden. Sie wollte nicht, dass Verzweiflung einsetzte, schon bevor die Fäuste und blauen Augen durchs Café zu sausen begannen. Sie wollte würdevoll, ritterlich ihrem Schicksal entgegengehen, statt zu zittern, schlottern, fürchten und heulen. Lina hielt die Rückenwirbel von drei Personen hoch, einfach, indem sie dastand und zupackte. Tom Peter sah rüber zu Frank Leupesch, dessen Transformation evident war. Linas fester Griff gab ihm sichtlich eine Stärke, die er nie und nimmer von sich allein aus gefunden hätte. Lina machte Frank zu einer Festung, und das gab auch Tom Peter Halt. Frank trat einen mikroskopischen Schritt nach vorne. Es war eher ein gefühlter Schritt, als dass er sich wirklich durch den Raum bewegte. Vielleicht hatte er nur feste eingeatmet und seinen Bauchnabel einen Zentimeter in die Richtung der Gefahr geschoben. Das reichte vielleicht.

»Stop, Heiko«, sagte er. »Beruhig dich jetzt. Wieso machst du das? Worum geht's hier wirklich?«

Natürlich hatte Heiko keine Antwort parat außer wildes, schäumendes Schnarren. Er war nur noch ein schnaubendes Tier, kaum eine Armlänge von ihnen entfernt. Am Flüssinger war Heiko Schuhknecht vorbeigedonnert, ohne ihm groß Aufmerksamkeit zu schenken. Jeder Schritt seiner schweren Springerstiefel ließ die Bodenkacheln bröseln und die Weingläser springen.

Tom Peter dachte, dass man so kurz vor dem Tode ja eigentlich sein Leben an sich vorbeiziehen sehen müsse, aber weit kam er nicht. Der Weltruhm an der Klarinette war auch ausgeblieben, geschweige denn der Klarinettenruhm an der Welt, und nun sollte es schon vorbei sein? Umarmt und umschlungen im Kreise von Fremden? Mit denen er getrunken, gesungen, gelitten und gescherzt hatte? Kein schöneres Ende konnte er sich zusammenkleistern. Kein schöneres Ende als dieses.

Der Flüssinger stand jetzt auf, zog Heiko hinterrücks sein leeres Bierglas über den Schädel und knurrte: »Alles Arschlöcher überall.«

63. Was zum Schlucken

Borste und Enno kauerten im Schatten des Sportladens und beobachteten die düstere Figur, die die nahe gelegene Straßenkreuzung auf und ab ging. Borste stellte fest, dass genau aus dieser Himmelsrichtung die Lieferung vom Pizzaflitzer kommen würde. Zu allem Überfluss war auch überhaupt kein nennenswerter Verkehr zu beobachten, die Straßen waren tot. Es schien, als wäre der Konflikt um das *Café Exquisit* das einzige nächtliche Ereignis im schläfrigen Ort. Herr Oehl würde also sicherlich aufmerksam werden, sollte ein Wagen um die Ecke gebogen kommen. Die Dunkelheit wurde von ihm patrouilliert wie das Nest der Wüstenmaus von der Giftschlange.

Enno lief derweil das Wasser im Munde zusammen in Gedanken an seine zukünftige Thunfischpizza. Thunfisch war nicht seine Leibspeise, er war kontroverserweise im Grunde ein Hawaii-Mann. Die ärgerlichen Debatten hierüber versuchte er abzuschütteln, indem er gern einen mysteriösen Artikel zitierte, der ihm vor vielen Jahren untergekommen war: »Hawaii ist die viertbeliebteste Pizza Deutschlands!« Es folgten dann ungläubiges Lachen und Verunsicherung, aber seine zweifelhafte Bestellung wurde in Ruhe gelassen. Heute war er nicht mutig genug gewesen für Pizza Hawaii. Er wusste ja nicht, welche Art Sprengstoff entstehen würde, wenn man Absinth mit Ananas und Magensäure vermengte. Und mehr Sprengstoff brauchte es heute nicht. Zu moralischen Bedenken über den Fischfang der Welt war er nicht mehr imstande. Thunfisch, dachte er, könnte ihn auf magische Art und Weise noch eine Runde durchhalten lassen. Denn war das nicht, was wir alle eigentlich nur jeden Tag aufs Neue versuchten, wenn Nazis und Absinth auf uns herumklopften: noch eine Runde durchzuhalten?

Borste freute sich indes auf das Sandwich, bis zum Rand vollgestopft mit veganen Köfte. Sie war kurz davor gewesen, extra Köfte auf ihren Köfte zu verlangen. Das Sandwich würde sicherlich unbefriedigend sappig, fettig und ungewürzt sein, wie es sein soll, wenn der Pizzaflitzer sein Bestes gibt. Ihre Vorfreude auf den mülligen Scheißfraß kannte keine Grenzen. Punkrock.

Der Pizzaflitzer war ein für Ortskundige legendärer Laden vom Typ »alles ein bisschen, alles mittelmäßig schlecht, aber schnell, günstig, zuverlässig« – mitten in der tiefen Nacht einer toten Stadt konnte man nicht mehr verlangen von der kapitalistischen Welt. Außerdem waren alle Mägen ja mit der reibeisenhaften Schlagkraft eines Nachofestmahls auf hirnrissige Nahrungsaufnahmen vorbereitet. Sie knurrten leidenschaftlich, während Borste und Enno verharrten und sich bemühten, keine Geräusche zu machen. Sie knurrten um die Wette.

Ein Lichtkegel durchschoss die Kreuzung. Ein Fahrzeug bog herein. Ein kleiner, kreisrunder Wagen, einer fahrenden Weintraube gleich, kaum leistungsfähiger als ein Moped, ratterte weiter mit angelassenem Motor, als ein junger Mann heraushüpfte und emsig zum Kofferraum sprintete. Der Elan des Lieferjungen beeindruckte und ließ die beiden Mägen im Inneren des Sportladens für einen Moment knurrende Saltos der Hoffnung schlagen. Doch Hoffnung war ein rares Gut an diesem Abend – Borste und Enno wussten sie einzuordnen wie einen Fliegeralarm. Hoffnung bedeutete nichts Gutes, und während der Pizzaflitzer seine chaotischen Tüten und Kisten in seine dünnen Ärmchen arrangierte und balancierte, näherte sich unbemerkt in seinem Rücken, wohl aber beobachtet von Borste und Enno, die Schattengestalt mit gezücktem Messer.

64. Am Barte ziehen, den Unmensch

Der Pizzaflitzer war bereits bis auf wenige Schritte herangekommen an den Eingang des Sportgeschäfts, wo Borste und Enno kauerten und beobachteten, wie Ingolf Oehl dem Tüten und Kisten schleppenden Männlein von hinten näherkam und mit jedem Meter sicherer sein konnte, wohin die Lieferung gehen sollte. Als Ingolf die entscheidende Bewegung aus dem toten Winkel des Lieferanten heraus machte, war dessen schockiertes Gesicht schon so nahe an der Hundetür, dass Enno und Borste ganz klar Tränen der Todesangst erkennen konnten auf den jungen, unschuldigen Wangen und selbst schluchzen mussten, weil sie und der arme Kerl mit ihnen in so einer scheußlichen Situation waren. Sie nahmen einander bei der Hand. Den Lieferjungen nahm niemand bei der Hand. Ihn starrte die Spitze eines Klappmessers an, welches sich, suchte man Eigenschaften, die es von einem handelsüblichen Klappmesser unterscheiden konnten, höchstens als übermäßig groß und ekelhaft lang beschreiben ließ. Ein perverses Messer.

Ingolf und der Lieferjunge tauschten ein paar unhörbare Worte aus, angstgeschwollene Augen wuchsen, bis Ingolf schließlich zufrieden schien, die Schultern leicht entspannte, den Hals robotisch nach hinten drehte und abließ vom Lieferjungen. Der ließ alles, was er an Transportgut balanciert hatte, auf den kalten Asphalt fallen, türmte, sprang in seinen Wagen und brauste mit panisch schlitternden Reifen davon.

Schlitternde Reifen. In der todstillen Nacht weit zu hören, signalisierten sie dem anderen Zwilling eine Kreuzung entfernt, dass etwas vor sich ging. Albert Oehl, weniger Gesichtshaar, gleiche Durchtriebenheit, machte sich sogleich auf den Weg zu seinem Bruder.

Borste und Enno wollten heulen und hielten Händchen, kauernd hinter der Hundetür, während die Messer schwingende Schattengestalt auf sie zu schlenderte. Es war klar, dass Ingolf Oehl nun genau wusste, wo sich seine Beute versteckte, doch die war wie gelähmt vor Angst, jetzt wo sie die schützende exquisite Höhle verlassen hatte. Regungslos war sie dazu verbannt zuzusehen, wie der dunkle Schatten näher und näher kam.

Erst eine wild durch die Hundetür stochernde Klinge erbrachte den nötigen Adrenalinschub und eine Verlagerung der Deckungsposition. Geduckt, halb kriechend, stolpernd, rollend fielen Borste und Enno zurück durch den dunklen Laden, hinter den Verkaufstresen. Rumpelnde Schuhe auf knarzendem Holz verrieten Ingolf, dass er richtig gestochert hatte.

Hinter dem Tresen versteckt beobachteten Borste und Enno, wie sich eine schlängelnde Gestalt durch die untere Hälfte der Eingangstür presste, durch die Hundetür, genau dorthin, wo sich die beiden gerade noch verschanzt hatten. Es war ein brutales Bild, wie eine Wildgeburt, wie ein schreiendes, zuckendes Jungtier, das sich durch den Geburtskanal der massigen Mutter kämpft. Gefaltet, geplättet, zappelnd. Jede Gliedmaße musste einzeln sortiert werden, die eingeschränkte Bewegungsfreiheit machte aus Ingolf mehr Wurm als Mensch. Wurm des Schreckens. Schlange. Ingolf Oehl streifte jede Würde und Körperhaltung und Geometrie von sich und stieß in seiner Entmenschlichung keuchende, hüstelnde Laute aus, Enno schluchzte unfreiwillig mit, und zu allem Überfluss hörte auch der Boden nicht auf, unter dem Gewicht des übergroßen Unheil bringenden Wurms bedrohlich zu knarzen. Borste schnappte schließlich über. Mit kochenden Nerven sprang sie auf die Füße, rumpelte zum halb hereingeschlungenden Eindringling hinüber, langte zu ihm herunter, packte ihn am Bart und zog so kräftig an seinem Kinn, dass der komplette Kopf mit einem Knall auf dem Boden aufkam. Sofort, wie ein tödlicher Flummi, zuckte der schlangenartige Kopf wieder herauf und starrte Borste rachsüchtig aus unmöglicher Pose an. Ingolfs Nase begann zu bluten. Die Erfolglosigkeit ihres Vorstoßes gepaart mit seinem rasiermesserscharfen Blick aus kaltem Stahl ließ Borste wieder gefrieren. Womit hatten sie es hier zu tun? Menschen waren nicht so. Menschen waren so nicht. Ingolf zuckte und presste weiter vor.

Plötzlich bekam der eindringende Wurm einen merkwürdigen Zusatzschub von außerhalb der Tür und rutschte mit einem Mal vollständig hinein in den Sportladen. Borste schrie und sah Ingolfs Gesicht dupliziert draußen vor der Tür, hereingrinsend, nur ohne Bart und blutige Nase. Albert war zu seiner Hilfe gekommen und begann sofort, sich auch durch die nun freie Bahn der Hundetür zu winden.

65. Mindestens ein Messer zu viel

Borste konnte ihren schweren Fuß nicht rechtzeitig auf Ingolfs Messer platzieren, das für den Moment verlassen auf dem Boden gelegen hatte. Er zog es unter ihrer heranfliegenden Sohle hinweg, packte es fest, hievte sich hoch. Borste reagierte schnell, packte das zum Stich ansetzende Handgelenk des Schurken und drückte es in kreisförmigen Bewegungen von sich. Aus Ennos Sicht tanzten die beiden einen intensiven Todestango durch den finsteren Raum. Einige Ausfallschritte der Tänzer trafen um ein Haar den Kopf des hereinkriechenden zweiten Bruders, der sich quiekend wegduckte und mit seinen animalischen Schweinchenlauten den sofort besorgten Ingolf so sehr ablenkte, dass Borste die Oberhand gewinnen konnte. Eine übermäßig starke Geschwisterbindung hatte seine Schritte vorsichtig werden lassen und eine Schwäche offenbart. Ingolf stolperte zurück, doch das Messer war noch in seiner Hand.

»Enno, schaust du bitte, dass der zweite Oehl nicht auch noch reinkommt!?«

»Was ich da sehe, ist ein Tanz, Borste, und ich hatte nie einen Tanzkurs.«

»Dann improvisiere bitte!!«, entgegnete General Borste wutschnaubend und machte sich dazu bereit, sogleich wohl mit zwei Tanzpartnern übers Parkett zu kringeln.

Wieso nicht erstochen werden, in so einer schön besoffenen Nacht? Enno wusste, er war so tief drin, dass es nicht gut enden würde. Nichts davon. Nur den Nachruhm, den könnte er sich noch polieren. Das Lebenswerk hatte er ja schon hinterlassen. Die große Märtyrergeschichte, die sich Generationen um Generationen im *Café Exquisit* als Legende erzählen würden, die könnte er sein. Ein Eishockeytorwart. Und er sprang auf den Tresen, und vom Tresen warf er einen Basketball nach dem einen Bruder und sprang höchstselbst wie ein großer Held des Wrestlings auf den anderen Bruder. Blöderweise hatte er sie verwechselt. Den Bruder ohne Messer und den Bruder mit. Und so blieb der Basketball ohne Loch, Enno selbst war nun mit.

»Enno, oh Gott, alles in Ordnung?«

»Naja, mindestens ein Messer zu viel in der Rippe, sag ich mal«, hüstelte er überrascht.

Sein schlapper, gummiartiger Körper mit dem kleinen, blutenden Leck an der Seite klebte an seinem Durchlöcherer wie die Salami auf dem Brot. Für einen Moment war es ganz still, die Oehls sahen sich ratlos an, Borste war entsetzt, wie festgefroren. Der Kampf war unterbrochen, die Pausenglocke hatte gebimmelt.

»Ingolf Oehl, bist du irre?«, schrie Borste ihn an.

»Ja, was, wenn der mich anspringt von da oben!? Wie ein irrer Wrestler!«

»Kein Wrestler. Ich bin ein Eishockeytorwart.« Ennos kraftloses Grinsen schob sich direkt in Ingolfs Gesicht, kein Stück Papier hätte dazwischen gepasst. Blut tropfte auf Ingolfs schicke Lederschuhe. Ennos Zunge berührte frech Ingolfs Kinn. Der schob ihn angewidert von sich, wie ein kraftloser Kreisel kullerte Enno davon, drehte rückgratlose Pirouetten und landete schließlich als schwerer, nasser Lappen in Alberts Armen. Zu diesem Zeitpunkt hatte jegliche Statik Ennos Körper verlassen, mit einer Mischung aus Schmerz und Trotz plumpste er mit vollem Gewicht in Albert hinein, der fiel rückwärts hin, Enno auf ihn drauf. Regungslos und krächzend waren nicht nur die einzelnen Spieler des Schaustücks, nein, die ganze Sache selbst war nun regungslos und krächzend. Albert hatte große Mühe, sich unter dem Radiomoderator loszurütteln, der es sich wie ein großer, toter Fisch auf dem Oehl-Bruder gemütlich gemacht hatte und stöhnte. Ingolf wollte seinen tollpatschigen Unfall wiedergutmachen und seinen Bruder befreien, doch schon in der Drehung packte ihn Borste von hinten und umklammerte ihn wie der Meeresboden den Anker. Ein feststeckender Ingolf und eine alle Muskeln anspannende Borste mussten daraufhin mit ansehen, wie ein deliriöser, halbtoter Enno den Kopf von Albert Oehl packte und mit letzten, für seine ausblutende Verfassung wirklich beeindruckenden Kräften wiederholt gegen den Holzboden donnerte, bis auch dieser massive Blutspuren darauf verteilte. Als er nach vielen, pochenden Hieben von dem Schädel abließ, hatte sich Alberts Blut mit dem Blut aus Ennos Rippenpartie partnerschaftlich vereint zu einer diskriminierungslosen Suppe.

66. Ingolf und Borste

Nach Minuten des dramatischen Schluchzens war es endlich ein brabbelnder, energieloser Enno, der mit geschlossenen Augen und lallender Zunge darum bat, den Krankenwagen zu rufen. Borste und Ingolf zuckten aus ihrer tränenumströmten Lethargie, verharrten aber weiter in ihren Posen. Er die Finger fest ums Messer, sie die Arme fest um ihn.

»Lass das Messer fallen.«

»Erst wenn du mich loslässt.«

»Wenn ich dich loslasse, stichst du mich ab. Also lass erst das Messer fallen. Die zwei müssen ins Krankenhaus, Herrgott.«

Es dämmerte Ingolf: Sein Zwillingsbruder sah aus als würde er krepieren. Enno Brotschmier? Vielleicht auch. Die genaue Tiefe von Ennos Wunde blieb rätselhaft. Aber er hatte Albert Oehl mit Karacho zu Boden geballert und das war der Statik einer durchschnittlichen Schädeldecke mit großer Sicherheit zu viel gewesen. Die toughe Lesbe zeigte keinerlei Anzeichen von Schwäche, ihre harten Glieder unnachgiebig um Ingolf Oehl gewickelt. Er wollte sein Handy greifen, er konnte es nicht. Er ließ das Messer fallen.

Borste hob die Arme, machte einen Sicherheitsschritt weg von Ingolf Oehl, zuckte zusammen, als seine Hand in die Manteltasche wanderte. Doch dann zog er in Windeseile ein Handy hervor und seine zischelnde Schlangenstimme rief den Notarzt herbei.

Positiv überrascht, dass er am Telefon *zwei* ausblutende Herren erwähnte, reckte Borste ihm die Pfote hin.

»Friedenspfeife?«

Sie verarzteten Alberts Kopf und Ennos Rippen umständlich mit Fußballtrikots und halfen sich dann gegenseitig, die Vordertür von innen aufzubrechen. Sie zogen die beiden Patienten in die Nähe der frischen Luft und schritten nach draußen in die Kälte. Zu Ingolfs großer Erleichterung blieb sein Bruder halbwegs ansprechbar. Sofern man eben reden wollte. Ingolf bot Borste eine Zigarette an. Kleine Schneeflocken tanzten schüchtern durch die Straße.

»Deine Freunde werden gerannt kommen, wenn sie die Sirene hören, oder nicht?«

»Ja, wahrscheinlich.«

»Dann verzieh ich mich lieber bald wieder ins Café.«

»Ja, wäre besser.«

»Ingolf.«

»Ja?«

»Was ist euer Scheißproblem eigentlich? Wer macht so was? So eine nächtliche Belagerung. Was ist das für Mittelalterscheiß!? Schau, was dabei rauskommt!«

»... ich weiß schon.«

So standen sie da, in ihrer tiefen Pfütze aus verwirrtem Hass, Reue und Scham und starrten nachdenklich in die Nacht hinaus, in Erwartung von rotierenden blauen Lichtern. Der Mond lachte auf sie herab wie ein schadenfreudiges Arschloch.

»Du könntest jetzt auch nach Hause abhauen, weißt du ja?« Ingolf probierte vorsichtig, mit seinen Augen zu lächeln, aber er hatte es noch nie wirklich gekonnt.

»Spinnst du? Ich lass die da drinnen doch nicht alleine verrotten. Das sind die friedliebendsten Menschen, die ich kenne. Und die tun vielleicht einen auf unnachgiebig, aber in Wahrheit glauben die alle an ein desaströses Ende der Nacht. Scheiße.«

Eine dritte Stimme ertönte plötzlich aus dem Hintergrund. Ingolf und Borste duckten sich, als sauste eine Rakete über ihren Köpfen hinweg.

»Ich find den Mittelteil auch nicht so spitze.«

67. Friedenspfeifen sind Friedenspfeifen

Mit breitem Grinsen, gekrümmt und sich die tröpfelnde, von Fußballtrikots zusammengehaltene Seite drückend, stand Enno da, als wäre ihm nichts passiert außer das Leben an sich. Und das passierte ihm ja täglich.

Während sich Borste erleichtert bereit machte, ihren wohligen Wanst um den von den Toten auferstandenen Freund zu wickeln und ihn zurück zu den Lebenden zu liebkosen, holte Ingolf schon mit der Faust aus. Ein Blick auf seinen fast bewusstlos daliegenden Bruder, füllte ihn mit Wut, Neid und Hass. Albert Oehl sollte weiter da liegen und bluten, und der linke Sack stand da, als wäre nichts? Nein. Nein, dachte Ingolf. Nein.

Die fliegende Faust wurde behände von einer schnellen Borste blockiert. Sie ließ ab von der begrüßenden Umarmung und fing Ingolfs zornige Hand in der Luft auf, zog ihn an sich heran und biss ihm böse Worte ins Ohr. Er solle sich besinnen. Man habe sich nur gewehrt, man habe sich nur verteidigt, er wisse das. Es gebe keinen Grund, Groll zu hegen, es gebe keinen Grund weiterzukämpfen. Ingolf stockte, begutachtete seine feststeckende Faust, dann Borstes sichere, schwere Gutmütigkeit, die ihr Gesicht wie eine Straßenlaterne in der kalten Landschaft erstrahlen ließ, dann die Zigarette in seiner Hand, der freien Hand, und die Fluppe in ihrer Hand, in ihrer freien Hand. In den letzten Minuten hatten sie zusammengearbeitet, er und sein Gegenüber, die verhasste Lesbe. Der Bruder sah verblutend aus. Durch die nasse Nacht bellte ein entfernter Hund. Niemand würde auftauchen, niemand würde helfen, bis der Krankenwagen kam. Außer Borste. Ingolfs Faust verlor an Druck, verlor immer mehr Momentum, bis sie ein zerknülltes Papier in Borstes festem Griff war. Die Faust war verschwunden.

»Keine Sorge, Enno. Sanitäter sind unterwegs«, taktierte Borste mit der ganzen Autorität einer Person, die gerade die Faust einer anderen Person in der Luft gefangen hat. So eine war sie halt.

»Ach, kein Bedarf. Ein Absinth heilt alle Wunden.«

Und bevor Borste noch widersprechen konnte, humpelte Enno eilig in die Dunkelheit des Ladens davon. Erst wollte Borste hinterher und sichergehen, dass er nicht im Keller des Ladens ausbluten oder sich einfach nur normal den wirren Radiokopf stoßen würde. Aber dann sah sie die andere Blutlache unter sich und den besorgten Blick des Bruders. Und ließ dessen Hand fallen. Und zog an ihrer Fluppe, den scharfen Blick unablässig auf Ingolf Oehl gerichtet. Es herrschte kein Vertrauen hier, wie sollte das auch sein, aber Friedenspfeifen waren nun mal Friedenspfeifen.

Durch die Nacht sichelten endlich periodische blaue Lichtstreifen. Borste atmete auf, als die Reifen des rotweißen Transporters vor dem mit beiden Armen großspurig winkenden Ingolf zum Stehen kamen und dabei bloß ein leises Bremsgeräusch von sich gaben. Keine Sirene war erklungen und so gab es ein kleines Tüpfelchen Hoffnung, dass Borste es nicht allein mit allen aus der Parallelstraße heraneilenden Nazis aufnehmen musste. Der Nazi, mit dem sie im Nieselschnee auf den Wagen gewartet hatte, war erstaunlich friedliche Gesellschaft gewesen, hätte aber ein aufheulendes Krankenfahrzeug die komplette Horde alarmiert, wären die wahrscheinlich wie menschenfressende Zombies um die Ecke gerannt gekommen, und das hätte Borste so gar nicht in den Kram gepasst. Sie bedankte sich gedanklich bei der unwissenden Weisheit der blonden Krankenwagenfahrerin.

Ingolf drückte sich nervös gegen die junge Sanitäterin, als sie und ihr kastenförmiger, lockiger Gehilfe den blutenden Bruder erst auf eine Trage, dann in den blinkenden Wagen schoben. Er störte sie beim Arbeiten, er konnte nicht anders. Die Sorge war zu groß. Als den Medizinern die Körpernähe zu intensiv wurde, stießen sie Ingolf aus dem Fahrzeug auf den kalten, rutschigen Asphalt zurück, vermittelten ihm, er müsse separat ins Hospital reisen. Was aus dem zweiten Patienten geworden sei, fragten sie noch. Borste zuckte mit den Schultern und murmelte: »Hat sich erledigt.« Dann brausten sie davon. Ingolfs Schultern fielen ihm zu den Knien herab. Borste beobachtete ihn fast mitfühlend, als er sich noch eine deprimierte Zigarette ansteckte. Seine Schritte schlurften ohne Bedrohlichkeit über den seichten, unentschlossenen Schneematsch.

Er hob Kartons und Tüten voller Essen vom Boden auf und übergab sie an Borste. Dann wanderte er davon in die Dunkelheit, hangelte sich von Laternenlicht zu Laternenlicht, dahin, woher der Krankenwagen gekommen war, bis Borste ihn nicht mehr sah.

68. Ein kleiner Tritt unter Freunden

Borste beeilte sich, Enno zu finden. Sie glitt durch den pechschwarzen Keller des Sportgeschäfts wie ein Schatten, eins mit der finsteren Umgebung. Grazil und elegant balancierte sie zu viele Tüten und Kartons für einen einzelnen Menschen, vermied es aber erfolgreich, die leckeren Speisen in Staub und Spinnweben zu tunken. Obwohl das reichliche Verpackungsmaterial es vielleicht verziehen hätte, befiel Borste ein durchdringender Ekel vor dem Gedanken, Weberknechte könnten die Pizza kontaminieren. Als sie die enge Kellertreppe zum Hinterhof emporstieg, hörte sie es schon winseln von der anderen Seite der Mauer.

Ein kleiner Stein gab ihren schweren Stiefeln genug Halt, um über die Mauer zu spähen, wo sie einen Blick auf den Müllcontainer im Hinterhof des Cafés erhaschen konnte. Darauf lag bäuchlings, das Gesicht flach gegen den Deckel gepresst, ein leidender Enno und wartete auf Erlösung. Schnee rieselte ihm auf den Rücken. Ob es nun am allgemeinen Blutmangel in seinem Körper lag oder an dem spezifischen Mischungsverhältnis ebenjenes Blutes mit dem ganzen Alkohol, er kam nicht mehr voran. Borste beschmiss ihn mit den

Behältern, vorsichtig, sodass das Essen drinbleiben würde, er aber die Botschaft verstand. Als alle Nahrung erfolgreich auf die andere Seite geworfen war, kletterte Borste selbst hinüber und stand triumphierend über dem blutenden Sack Elend, der ihr Freund gewesen war. Der gerade einen Schädel immer und immer wieder gegen einen harten Innenboden gehämmert hatte. Borste sah ihn sich an und fühlte einen schwindelerregenden Cocktail aus Mitleid und Abscheu. Dann trat sie ihm in die Rippen und er rutschte vom Container.

»Heee!«

»Psst. Die hören uns da vorne!«

Borste kletterte ihm nach, zog das Essen vom Mülleimer und kniete sich zu dem Bodenkrabbler.

»Warum schmeißt du mich bitte hier einfach runter, ich leide!«

»Hast du verdient. Hast du den Kopf von Albert Oehl gesehen?«

»Nicht wirklich, sorry, ich war beschäftigt damit, selber auszubluten.«

»Psst! Hör mal, Enno, ich weiß, das war im Eifer des Gefechts und so. Aber du kannst doch nicht einfach jemanden so zurichten! Auch wenn er ein Scheiß-Oehlbruder ist. Was ist los mit dir? Das geht so nicht.«

»Ich plädiere auf Unzurechnungsfähigkeit!«

»Herrje.« Borste war ernsthaft erzürnt und bestürzt, dass der betrunkene Enno diese zutiefst widerwärtige Seite an sich hatte. Das hatte sie vorher nicht gewusst. Doch vorher waren sie auch nie in einer solch nervenaufreibenden Lage gewesen. Enno lächelte ein mildes Lächeln und weichte sie auf. Sie schüttelte sich zurück in die Pragmatik: Sie mussten schleunigst wieder nach innen. Leise. Mit all dem Futter. »Ich helf dir hoch. Wie geht's der Seite?«

»Geht so. Bringst du mich hinein, bringst du mich bitte zur Eingangstür von Marlene Drache? Damit ich ihr vor die Tür scheißen kann.«

»Ah. So schlimm kann's ja nicht sein.«

»Nein, so schlimm ist's schon. Ich blute halt wie ein abgestochenes Schwein und die Welt ist ein furchtbarer Ort und Nazis bevölkern das Universum und Hass ist hip und alles ist unglaublich, unglaublich grauenhaft, abscheulich und horribel. Das Leben ist nicht lebenswert und Popmusik ist wertlose Kacke. Und ich blute. Und Marlene Drache hat einen Scheißhaufen vor ihrer Tür verdient. Als alte Frau hätte sie bestimmt massive Schwierigkeiten, den zu entfernen, und es würde ihr danach alles wehtun und es würde ihr den kompletten Tag versauen und sie würde fluchen und ihre Gelenke würden brennen. Aber da liegt kein Scheißhaufen, Borste. *Da liegt kein Scheißhaufen!* Und das ist das Problem in der Welt. Borste. Das ist das Problem.«

»Okay, reg dich ab, hak dich ein, wir gehen erstmal Essen ausliefern.«

»Okay.«

»Okay.«

»Borste?«

»Ja, Enno?«

»Glaubst du nicht, dass das Marlene Draches kompletten Tag versauen würde?«

»Ein Haufen Scheiße vor der Tür?«

»Ein Haufen Scheiße vor der Tür. Das würde doch alles ändern. Das wäre doch *nur* furchtbar für sie. Hahaha.«

»Ja, ein Haufen Scheiße vor der Tür, das ist wirklich nichts Schönes.«

Und so humpelten die beiden, bepackt mit zu vielen Tüten und zu wenigen intakten Gliedmaßen, ramponiert sinnierend, zurück durch die Hintertür des Gebäudes, aus dem sie einst gekommen waren. Die holde Heimat war erreicht, die Mission war erfüllt. Denkbar schwer war es gewesen und die Nazis auf der anderen Seite waren ja auch noch da.

69. Wunden

Als sie die Hintertür durchschritten hatten, empfing sie im modrig müffelnden Treppenhaus der alten Frau Drache ein blutender, schwer schnaufender Hüne. Dessen kahler Schädel hatte sich ebenfalls mit Blut vollgeblubbert, sodass die enorme Monobraue gänzlich vor schwarzrotem Matsch triefte. Sein Blick war gesenkt und die untere Gesichtshälfte in Schatten getaucht. Große Schultern bewegten sich beim Atmen angestrengt auf und ab. Borste und Enno erschraken vor Furcht beinahe in eine gegenseitige Umarmung, ließen beinahe das ganze Essen fallen. Doch dann erkannte Borste im Halbdunkel des Treppenflurs den dicken Knebel, der Heikos Kinn verbarg, der ihm das Atmen erschwerte und das Sprechen unmöglich machte. Der Knebel war behelfsmäßig aus einem blutbefleckten Wischlappen gefertigt worden. Außerdem stand Heiko nicht da, mit der vollen Bedrohlichkeit seiner immensen Körpergröße, mit der er gerne hausieren ging, mit der er Leute einschüchterte. Heiko saß. Gefesselt. An einen Stuhl gefesselt. Mit noch mehr blutigen Lappen befestigt. Als Borste die Harmlosigkeit des Feindkontakts verinnerlicht hatte und sich ausmalte, wie die chaotische Truppe, die sie dort im Café zurückgelassen hatten, es fertiggebracht hatte, den Riesenmenschen mit gemeinsamer Kraft und Ingeniosität zu überwältigen, fiel eine große Anspannung von ihr ab. Das Blut blubberte noch. An Heikos Schädel entlang. Und Ennos Rippen herab. Es war ein blutiger Abend geworden. Urplötzlich. Doch auch nicht gänzlich unerwartet.

Enno hielt sich vor Schmerzen das Fußballtrikot über der Wunde, von der niemand sicher sein konnte, wie schlimm oder harmlos sie eigentlich in Wirklichkeit war. Als wie schlimm oder harmlos ein nüchterner Mensch sie empfinden würde. Enno war im Blutrausch.

»Jetzt haben wir ihn.«

»Was meinst du, jetzt haben wir ihn?«

»Jetzt können wir ihm wehtun.«

»Schau ihn dir an, der hat doch schon gut abbekommen. Arschbärenpranke, vermute ich.«

»Arschbärenpranke? Nein, das ist mir zu offensichtlich. Ich sag, unser schüchterner Tom Peter war das.«

»Ich wette dagegen. Ich kenne die Arbeit des guten Arschbären.«

»Was machen wir mit dem? Was würden die großen Cowboys im Film machen? Die würden den bewusstlosen Heiko Schuhknecht rauskarren, ihm eine Knarre an den Kopf halten und rufen: Lasst uns nach Hause gehen, verschwindet, oder wir blasen Heiko die Birne weg.«

»Enno, du spinnst. Wir haben außerdem auch keine Knarren.«

Da schlürfte eine lange grüne Schliere durch Ennos eines Ohr, hinein in seinen Kopf, durch beide Augäpfel hindurch, er konnte sie ganz klar sehen, sie bitzelte und knisterte, und dann fuhr sie hinaus zur anderen Seite. Verwirrt und neugierig platzierte er seinen Kopf, in dem es wirbelte, ganz nah an der schnaufenden Nase des Gefesselten, so als ob er überprüfen wollte, ob der grüne Moment von dort gekommen war. Es drehte sich. In Enno.

»Aber ich hab doch eine Knarre.«

»Was?«

»Eine antike Knarre. Hab ich hier.«

»Was redest du, Enno? Enno, was redest du?«

»Hat mir die Kakerlake auf der Toilette gegeben. War ein intensives Gespräch gewesen. Ich hatte gerade die Idee mit dem Eishockeymann gehabt ...«

»Oh weh, jetzt ist es vorbei. Jetzt ist es aus mit dem Verstand des Enno Brotschmier, oder was? Der Radiomoderator hat seinen komplizierten, kleinen Verstand verloren. Der Blutverlust ist das, Enno. Der setzt dir zu.«

»Unsinn, mir geht's prima, hier ich zeig dir das Gerät.« Er fing an, in seinem hinteren Hosenansatz zu pulen.

Enno zog die Knarre hervor und richtete sie auf die Stirn des Nazis.

70. Entweder man springt auf das Pferd oder das Pferd ist weg

»Der Cowboy muss jetzt dran glauben.«

»Ich dachte, du bist der Cowboy.«

»Wir sind alle der Cowboy. Ich bin der Cowboy. Du bist der Cowboy. Heiko ist der Cowboy. Hörst du, Heiko? Heinuhn. Hände hoch, Cowboy! Heb die Arme, Cowboy! Warum hebst du nicht die Arme, Cowboy? Ach kannernich. Der Cowboy hat keine Arme mehr! Borste! Der Cowboy hat keine Arme mehr.«

»Gefesselte Arme. Und du weißt hoffentlich, dass du keine …«

»Borste, hier ist Duell! Bitte. Bitte nicht die Cowboys beim Duell unterbrechen. Wichtig. Wichtige Angelegenheit.«

»Enno, ich glaub, du hast einen Nervenzusammenbruch oder so was. Ich glaub, wir gehen jetzt besser rein ins Café.«

»Hier ist Heinuhn mit Heiko. Borste, bitte. John Wayne hat es schon immer gesagt, zu seinem Sidekick Wyatt Earp. Der Mann, der wie ein Rülpser heißt. Entweder man springt auf das Pferd oder das Pferd ist weg.

Hat er gesagt. Ich weiß es noch. Wir springen jetzt aufs Pferd. Hühopp!!«

»Enno, da ist keine Knarre.«

»Borste, da ist eine antike Knarre. Vielleicht erkennst du sie nicht, weil sie antik ist. In meiner Hand. Ich bin der Cowboy. Er ist der Cowboy. Es ist doch alles ganz eindeutig, Borste. Und zum Abspann, wenn alles erledigt ist: Sonnenuntergang.«

»Enno, es ist Nacht.«

»Dann reiten wir halt in den Sonnenaufgang. Wir reiten halt irgendwohin. Irgendwohin, wo die Sonne was macht. Sobald der hier in Gras gebissen hat.«

»Enno ...«

»Borste. Heinuhn! Nun!«

»Okay, Enno, dann schieß.«

Da verschwand die Knarre aus Ennos Händen. Nur ein paar nackte Finger legte er an die Stirn des blutigen Gesichts. Er war verwirrt. Seine Augäpfel rotierten suchend herum, bis er sich eine reinigende Ohrfeige von Borste einfing und sie ihn eilig zurück in seinen Saloon schob. Wo alles begonnen hatte.

Lina schüttelte besorgt den Kopf, weil sie einen weiteren Patienten in ihrer Mitte begrüßen durfte. Sie hatte Franks schmerzenden Buckel gerade halbwegs verarztet. Jetzt kam Enno und blutete aus der Seite und redete wirres Zeug. Borste entschuldigte sich für den unerklärlichen Geisteszustand ihres Begleiters. Der Arschbär war gerade dabei, periodisch seinen nassen Wanst gegen die voll aufgedrehte Wandheizung zu pressen, bis er die Hitze nicht mehr aushielt.

Dann wartete er mit schmerzverzerrtem Gesicht auf das nächstmögliche Trocknungsintervall. Wenigstens eine Beschäftigung. Der merkwürdigste Anblick im Café war aber die angeregte Unterhaltung, die Tom Peter mit dem Flüssinger zu führen schien. Bei näherer Betrachtung wurde Borste klar, dass erwartungsgemäß nur einer sprach. Trotzdem dachte sie, da einen neu gefundenen Respekt für den alten Passivsäufer zu erkennen und eine merkwürdige Lockerheit in Flüssingers Mundwinkeln. Doch egal, ob verletzt, stoisch stumm oder nervös quasselnd, alle hier drin hingen ganz klar in den Seilen. Borste gesellte sich dazu, in die Seile, warf ihren schweren, geschundenen Körper auf einen Hocker und das Essen auf den Boden vor sich. Die Hyänen stürzten sich darauf, und nach wenigen Minuten waren nur noch Fettflecken zu sehen und der große Anlass für all den Stress, all den Schmerz, all die Merkwürdigkeiten ihrer kleinen Odyssee war komplett und vollkommen verpufft. Rülpser und Fürze in der Luft waren alles, was geblieben war von dem heiß ersehnten und in Schwerstarbeit erkämpften Schatz. Der kleine Funken Hoffnung und Vorfreude, den die Bestellung erzeugt hatte, war verschwunden. Die harte Realität einer nächtlichen Belagerung durch Nazis halt nicht.

»Borste, der Flüssinger war das.«

»Was, Tom? Was war der Flüssinger?«

Wortlos deutete Tom Peter zur Treppenhaustüre. Dort draußen, wo sie den gefesselten Cowboy untergebracht hatten. Überraschter Stolz strahlte ihm aus dem Gesicht. Es war, als hätte der neue Verbündete mit seinem gezielten Glashieb alle Lebensgeister in Tom Peter geweckt.

»Tom, ich glaube, wir sollten nach Hause gehen. Durch den Sportladen kommen wir ganz gut heimlich nach draußen. Weg hier.«

Tom Peter lehnte sich erschrocken zurück.

»Nein. Nein! Niemand geht nach Hause!«

71. Veto Trompeto

Enno brabbelte vor sich hin. »Wo ist die Knarre, die Knarre, sie war doch da, in meiner Hose, hinten drin, ich hab doch ganz klar, ich war doch sicher, ich hätte, und die Kakerlake, die Kakerlake hat mir doch, also wieso, wo soll sie sonst sein, vielleicht ist sie rausgefallen, im Freddy's, dann geh ich mal lieber suchen, also tschau, ich bin nochmal draußen …«

Bevor er von seinem Barhocker emporstreben konnte, ergriffen ihn die festen Kneipenfinger von Lina Rundchen und setzten ihn wieder hin.

»Du entspannst dich erst einmal, Enno, und atmest tief durch.«

Enno sah sie erstaunt an, gehorchte aber, und brabbelte weiter: »Dann basteln wir halt ein paar Mollis.«

Mit desillusioniertem Blick betrachtete Borste den wild zerpflückten Haufen Verpackungsmaterial. Der Atem hatte ihre Lungen verlassen. Sie saß gebeugt, gerollt wie ein Schneckenhaus, aber ohne jegliche Härte. Sie fühlte sich bereit aufzugeben. Aufgeben wäre okay. Tüten und Kartons, Soßenflecken, Brösel und Körner hatten sich großflächig im Café ausgebreitet. Die

Unordnung erschien Borste wie ein Spiegelbild der Lage, immer mehr meinte sie, in einem Lazarett ohne versorgendes Personal zu sein: Franks Buckel, Ennos wirrer Zustand, und ihr lieber Freund, der Arschbär, sah auch sehr mitgenommen aus. Sie ignorierte Tom Peters emotionale Wutrede und schlurfte rüber zu ihrem liebsten Dickwanst.

Tom Peter ließ sich nicht irritieren durch die vor seiner Konfrontation flüchtende Borste. Er sprach mit der Masse. Er schwang seinen Finger und blies überraschend gefundenen Mut in die Welt hinaus. Inspirieren wollte er. Zum Durchhalten bewegen. Eine politische Causa und ein Zusammengehörigkeitsgefühl wollte er vermitteln: wir gegen die da draußen, wir gegen die Welt. Einfach nur durchhalten. In Wirklichkeit hatten die überraschende Tat des Flüssingers und der kleine Sieg gegen das Monstrum Heiko Schuhknecht eine tiefgreifende Psychose in Tom Peter zum Glühen gebracht. Ein Schalter hatte sich in seinem innersten Hirn umgelegt und Tom Peter erinnert, dass hier und heute, jetzt und hier eine Familie vereint war. Seine Familie. Und seine Familie in Schwierigkeiten steckte. Und seine Familie musste in solchen Umständen auf jeden Fall zusammenbleiben und zusammenhalten. Borste durfte nicht abhauen, keiner durfte abhauen. Sie mussten das zusammen durchhalten. Zusammen. In Tom Peters Familienhistorie hatte es freilich genügend Fälle gegeben von Menschen, die einfach gegangen waren. Und so hantierte Tom Peter mit einem komplexen Trauma und großen Ängsten vorm

Verlassenwerden. Er hatte schon immer ein Problem gehabt mit Leuten, die gingen. Weg von ihm, weg aus der Stadt, weg aus der Nachbarschaft oder der Beziehung. Weg aus der Kneipe. Tom Peter konnte mit so etwas nicht umgehen. Tom Peter musste nun, um psychisch stabil zu bleiben, auf jeden Fall das Netzwerk um sich aufrechterhalten. Unter allen Umständen.

Borste kuschelte sich schlapp an den stöhnenden Arschbären.

Der legte einen schweren, haarigen Arm um sie und brummte: »Vielleicht hat Enno recht und wir sollten einen Molli bauen. Das muss in einer Kneipe doch machbar sein. Lina? Frank?«

Die beiden friedliebenden Hippies zuckten besorgt mit den Achseln.

Aber der Arschbär lachte und ließ offen, wie viel Ironie dabei gewesen war. Sein müder Blick wanderte zu seiner sonst so toughen Freundin. Beide waren sichtlich angeschlagen und ohne Energie.

Borste sprach.

»Wir haben jetzt wirklich einige herbe Verluste erlitten.«

Sie strich dem Arschbären liebevoll über die verletzte Wange, der zuckte schmerzlich zurück.

»Die da draußen auch. Kommt, lasst uns das beenden. Ich rede mit denen. Die sollen ihren Heiko wiederhaben, dafür lassen sie uns vielleicht gehen.«

Lina und Frank zeigten sich skeptisch.

Tom Peter gab noch immer emotional geladenen Widerspruch. »Nein, wir bleiben. Ihr wisst doch nicht, ob sie sich drauf einlassen werden. Und wer weiß, vielleicht haben die auch schon ihre Mollis parat!«

»Tom Peter, sieh uns an. Wir müssen nach Hause. Die Patienten. Enno packt's nicht mehr. Schau ihn dir an.« Bei Erwähnung seines Namens grinste Enno manisch.

»Nein, wir bleiben! Veto!«, rief Tom.

Und Enno ergänzte: »Veto! Ein Veto Trompeto!«

»Klarinette«, korrigierte ein erzürnter Klarinettist. »Ich bin Klarinettist!«

»Alles klar, Tom Peto«, zog sich Enno in seinen psychedelischen Moment zurück.

72. Wie geht's eigentlich Bernd?

Bernd Schulzensen war grantig und besorgt. Nachdem Heiko Schuhknecht durch die Tür des Cafés gebrochen war, hatte der finstere Mann im Mantel die Geschehnisse aus den Augen verloren und konnte nur hoffen, dass er bald Neuigkeiten erfahren würde von seinem wütenden Berserker dort drin oder den Oehl-Brüdern auf ihrer Mission. Erfolglos hatte er einige Male versucht anzurufen. Bernds Stirn blutete gemütlich, er tupfte daran herum. Es schien Handlungsbedarf zu geben.

Lina schmiss wieder Tom Waits an, aber viel vorsichtiger und mit leisen Schuldgefühlen gegenüber den Verletzten. Eine immense Kälte wehte durch die zerbrochene Tür hinein, doch Borstes Backen wurden nicht nur von kalten Luftwänden umweht, nein, es war draußen eine Gefühlskälte zu spüren, eindeutig eine Kälte der Seele. Als sie zur zerbrochenen Vordertür hinausstieg in den Zwischenraum mit den Treppenstufen, das ehemalige Gefängnis des Heiko Schuhknecht, bildete sie eine beeindruckende Silhouette vor dem fahlen Licht des Cafés. Wie ein Taucher im Haifischkäfig stand sie da, nur noch getrennt durch das herabgelassene Gitter von den Raubtieren um Bernd Schulzensen, die ihr an den Kragen wollten, die lauerten, die auf einen Fehltritt, einen Moment der Schwäche warteten. Borstes Nacken spannte sich an, ihre Ohren wurden kalt. Sie blickte Bernd Schulzensen direkt in die Augen, oder vielmehr dorthin, wo sie seine Augen im Dunkeln vermutete. Und sie wollte herausschreien. Dass sie herbe Verluste erlitten hatten. Dass sie Patienten hatten. Und dass es aber auch einen Heiko Schuhknecht gab, der gefesselt vor sich hin blutete. Und dass es einen Albert Oehl gab, der vom Krankenwagen geholt worden war. Und dass es einen Ingolf Oehl gab, der vielleicht für eine Sekunde nur den Schmerz der Gutmenschen gefühlt hatte. Vielleicht. Borste betrachtete Bernd, betrachtete seine Bewegungen, seine finstere Aura. Sie wollte herausschreien. Dass es an der Zeit war, die Scheiße zu beenden. Dass es an der Zeit war, sie gehen zu lassen, in Ruhe zu lassen. Aber dann dachte sie nach. Selbst für den unwahrscheinlichen Fall, dass ihre Anfrage erfolgreich sein würde, einen produktiven Dialog erzeugen würde, das würde ja nicht weit genug greifen. Wer konnte sagen, ob Bernd und seine Männer nicht am nächsten Tag ein Flüchtlingsheim anzünden würden? Wer konnte sagen, ob nicht einer von den Männern da hinten, einer von den Besoffenen, einen Dönerverkäufer krankenhausreif prügeln oder mit dem Auto in eine Moschee rasen würde? Wer konnte sagen, wie groß der Schmerz sein würde, am Ende, zur großen Abrechnung? Der Schmerz, den diese verdammten Personen mit sich führten, immer in der Jackentasche. Hier, eine Prise Schmerz und Leid gefällig? Zu deinem unschuldigen Bier!? Ein bisschen Schmerz zu deinem Bier!!?? Kalte Tränen blubberten Borstes Wange hinab.

»Das Problem ist, dass die sich als die Underdogs verstehen. Als die armen Außenseiter. Und dass sie jetzt *endlich* einmal die Oberhand haben. Weiße, männliche Angst vor Minderheiten. Weiße, männliche Existenzangst. Das glauben die echt, oder? Dabei ist hier niemand bedroht. Niemand ist wirklich bedroht«, murmelte sie. Sie konnte sich nicht helfen.

Ennos Augenlid zuckte.

»Warte nur, bis ich meine Mollis gebaut hab. Dann haben die hier eine waschechte Bedrohung in ihren Haaren. Wie geht das? Wie baut man Mollis, Frank?«

»Ach. Enno. Woher soll ich das wissen?«

»Du bist doch der Getränkefachmann hier. Ach. Wir sind halt Poeten und keine Effizienzmenschen. Uns fehlt jedwede Quaficki … Quafickilation. Quafilikation. Aber wenn wir versagen, dann wenigstens aufwärts versagen! Schön versagen! Wunderbar versagen! Versagen wie Cowboys!«

73. Ein gutes Pferd springt nicht höher als wie ne Kuh

Ja, er hatte Blut verloren. Ja, er hatte kostbaren Absinth tief in seinem System. Wie viel Kontrolle Enno Brotschmier eigentlich noch über die Dinge hatte, die seine Gliedmaßen taten und seine Lippen artikulierten, darüber wollte er gar nicht so dringend nachdenken, denn sein Zustand war ihm ein kindischer Genuss, eine satyrhafte Form von Freiheit. Er betrachtete die Waffe in seinen Händen. Die Waffe war nicht echt. Die Waffe war nicht da. Mit zittrigen Fingern polierte er ihren Lauf. Einer von denen da draußen würde dran glauben müssen. Bernd. Er würde Bernd in die rechtsversiffte Magendarmgegend schießen, oder in den Blinddarm – der Blinddarm sitzt rechts! - und wenn der vor Schmerzen sein Nazimaul aufreißen würde, dann würde Enno sich den Molotow-Cocktail greifen, den Frank Leupesch für ihn bereithielt, und ihn exakt in Bernds offene Schnute schmeißen. Bernd würde zubeißen, sein Kopf würde explodieren, die Sache wäre erledigt. All in a day's work, würde sich Enno Brotschmier denken und zufrieden den Staub von seinen

Händen klopfen. Die Presse würde ihn hiernach fragen, wieso er denn nicht die Behörden hatte einschalten können, wieso er Selbstjustiz hatte üben müssen. Enno würde endlich hinweisen können, im großen Stile, auf den institutionellen Rechtsradikalismus, der sein schönes Örtchen unterwandert hatte, Enno würde den Bürgermeister stürzen, mit einem kraftvollen Interview und einem ganz normal explodierten Kopf. Ein Held würde er sein. Ein Denkmal würden sie ihm bauen. Er, aus Bronze, wie er einen Molli schmeißt. Das erste wunderbare Denkmal des linken Widerstands im Ort würde es sein. Mit einer Plakette unten dran. Und da würde so etwas stehen wie:

»Ein gutes Pferd springt nicht höher als wie ne Kuh.«

Den letzten Teil hatte er nun versehentlich laut ausgerufen. Enno tänzelte durch die Situation. Er war der Dirigent seiner Apokalypse geworden. In seiner perfekten Welt gab es keine rechten Menschen mehr auf der Welt, nur noch sein Denkmal. Er musste seine Kollegen im Café bemitleiden, die noch immer in einem Universum lebten, wo Bernd Schulzensen nicht explodiert war und stattdessen eine Belagerung anführte. Bernd. Wie ging es eigentlich Bernd?

Bernd Schulzensen war grantig und besorgt. Um seine treuen Männer. Seine treuesten Männer. Die einzigen mit ein wenig Grips, oder zumindest einem dicken, fetten Batzen unkritischer Loyalität. Waren nun weg. Und wenn er ganz ehrlich zu sich selbst war, empfand er wenig Respekt oder Gemeinschaftsgefühl gegenüber der übrig gebliebenen Gruppe pöbelnder

Trunkenbolde, deren Ausdauer und Moral sichtlich nicht mehr so frisch war wie vor sieben Bieren. Er beobachtete den mächtigen Schatten von Borste in der Tür, der sich zurück ins Café wälzte. Dann griff er sich rasch die armen, klapprigen Schultern der alten Marlene Drache und begann, auf sie einzureden. Sie solle die Schlüssel rausrücken für den Hintereingang. Marlene verneinte mit schlecht gelaunter Zischigkeit. Sie würde bald ins Bett gehen. Sie habe genug. Es sei ja wirklich spät geworden. Sie wünsche sich außerdem Ruhe, eine leise Belagerung. Bernd Schulzensen konnte ihrem altehrwürdigen Zorn nichts entgegensetzen und beschloss, um Marlene einen Trupp zum Geleitschutz zu scharen. In Wirklichkeit sollte die Eskorte hinten hineinschleichen und nach Heiko sehen. Sie sollten Heiko da rausholen. Und Angst und Schrecken hineintragen. Es war nun so weit.

Noch bevor er sich nach Freiwilligen umsehen konnte, oder wenigstens solchen, die noch nicht mit eingesackten Knien im schwankenden Stehkoma hingen, schob sich schon ein Totenkopfshirt in Bernds Blickfeld. Lea hatte mitgehört und bot an, mit Marlene nach hinten einzudringen.

»Lea. Bist du nicht mit dem einen, dem Flüssinger …«

»Ja. Sind wir.«

»Ist das noch?«

»Naja. Gute Frage.«

74. Alles Arschlöcher überall, außer eine

»Achtung, da draußen bewegt sich was.«

»Ist das … die Lea?«

»Und Marlene Drache.«

»Was machen die?«

»Sieht aus, als wollen die sich ums Haus rumschleichen.«

»Marlene kann da rein, oder? Die wohnt hier, oder?«

»Ja, die wohnt hier. Immer noch.«

»Dann werden die den Heiko vorfinden.«

»Und losbinden, vielleicht!«

»Flüssinger. Bist du nicht mit der Lea?«

»Ja, sind wir.«

»Ist das noch?«

Die emotionale Situation zwischen Lea Händle und dem Mann, der immer am Tresen saß, war kompliziert. Zu kompliziert für die einfachen und immer etwas widerwilligen Worte des Flüssingers. Es war doch letztendlich so, dass er nicht wusste, wie es gerade war, dass ihm selbst nach langen, intensiven Biergedanken die aktuelle Lage seiner Beziehung zu Lea noch völlig rätselhaft vorkam, dass aber der Lottoschein, der mit den ziemlich richtigen Zahlen drauf, sowieso alles verändern würde. Aber wie? In welche Richtung? Woher sollte der Flüssinger denn wissen, wohin es gehen würde, wenn er nicht mal wusste, von wo aus es losging? Er wusste nicht, wie es war, aber er wusste, dass es anders werden würde. Er wusste, dass Lea gewissermaßen ein Anrecht auf den Schein haben würde, nicht dass sie es sich raffgierig erzwingen würde, so war sie gar nicht, zumindest früher nicht gewesen, und der Flüssinger glaubte nicht, dass sie sich derart verändert hatte, selbst wenn die Lage zwischen den beiden sich stark verändert hatte und er nicht richtig wusste, wie. Er würde ihr aber freilich ein Anrecht auf den Lottoschein geben. Er würde ihr sagen: Hier sind Zahlen drauf markiert, Lea. Ich hab die Zahlen zwar markiert, Lea. Mit meinen eigenen Händen und meinem eigenen Stift und meinem eigenen Kopf. Aber mein Kopf, Lea, kennt diese Zahlen, ausgerechnet diese Zahlen, ja nur wegen dir, Lea. Das sind ja Zahlen, die du in meinen Kopf quasi hineingetragen hast. Sicherlich hast du dir auch nicht bewusst ausgesucht, wann du Geburtstag hast. Das ist ja keine freie Entscheidung. Das bestimmt ja kein Baby im Bauch selbst. So ähnlich, wie mit dem Herkunftsland oder der Hautfarbe. Oder, wie der Flüssinger auch im Begriff war, sich beibringen zu lassen, mit der sexuellen Orientierung. Oder Identität oder was. Das entscheidet ja kein Baby selbst. Deswegen finde ich das auch gar nicht so gut, dass du mit den Kickerern oder mit dem Heiko so ein Verhältnis hast, Lea. Den Heiko magst du zu gern. War ja auch zu deinem Geburtstag da. Ich mag den Heiko nicht so gern, Lea. Ich hab dem Heiko auch mein Bierglas über den Kopf gezogen. Aber da reden wir vielleicht später drüber, erst einmal wollte ich dir ja sagen, dass du vielleicht nicht ganz bewusst ein Geburtsdatum für dich ausgesucht hast. Aber dass du so lange bei mir geblieben bist, obwohl ich so ein Idiot bin, das war ja schon irgendwie deine Sache. Und deswegen ist dein Geburtstag eben in meinem Kopf. Und deswegen sind das eben besondere Zahlen. Und weil das eben nicht genug Zahlen sind für einen Lottoschein, habe ich eben noch das Nummernschild von deinem eckigen Passat genommen. Weil du das Auto so gernhast. Und wenn du was gernhast, dann versuche ich, das zu hören. Weil das für mich dann auch ne Wichtigkeit hat. Und ja, es ist nicht immer einfach. Es ist grade nicht einfach. Aber was machen wir mit dem Lottoschein, Lea? Was machen wir da?

An dem Gedankengang hatte der Flüssinger mehrere Stunden gefeilt, sich aber immer wieder in den Einzelheiten verheddert. Er starrte in den Schaumstrudel, der meditativ durch sein Bier wirbelte. Und plötzlich schien es ihm alles so klar. Ein Plan wirbelte aus dem wohligen weißen Wirbel empor und batschte ihm mit Anlauf gegen die Stirn. Das war für den Flüssinger ganz besonders merkwürdig, weil ihm das eigentlich nicht passierte, nicht in der Kneipe, nicht mit all den Promille, und schon gar nicht in so einer Geschwindigkeit. Aber vielleicht hatte er mit dem Schlag auf Heikos Kopf nicht nur dessen inneren Körperbau auf eine Weise erschüttert, die ihn bewusstlos und löchrig gemacht hatte, vielleicht hatte der Aufprall auch bei ihm, durch das zerspringende Glas hindurch und dann durch seine Fingerknochen, sein Handgelenk und den Arm zum Großhirn hin was lockergerüttelt, was vorher ein bisschen festgesteckt hatte.

75. Private Nummer

Während Marlene Drache mit dem Schlüssel in der Hintertür des Cafés herumstocherte, überlegte Lea, ob der Dämon im Mantel wirklich ernsthaft besorgt war um das Wohlbefinden von Heiko Schuhknecht, denn er spielte eher die Rolle des enttäuschten Generals, der einen abtrünnigen Soldaten zurückholen musste. Mit Marlene und Lea redete er merklich abschätzig, sie waren Frauen, und Frauen schickte man nicht ins Kriegsgebiet, das war die Meinung des großkotzigen Bernd, und Lea wusste das und Lea fand das nicht gut, war aber in diesem Moment nicht in der Verfassung. Denn Lea war wirklich ernsthaft besorgt. Irgendwie hatte sie es geschafft, Bernd zu überzeugen, dass es besser wäre, vorne die Belagerung aufrechtzuerhalten und sie alleine mit Marlene hineinzuschicken. Lea könnte so etwas wie seine Doppelagentin sein. Mal nachsehen, was dem verlorenen Torwart zugestoßen war. Marlene Drache machte einen müden Eindruck und würde nach erfolgreichem Abschluss ihres Teils der Mission, nämlich die Tür zu öffnen, zu Bett gehen. Die tattrige Hexe wollte in ihre Höhle zurück. Ihre inhärente Boshaftigkeit würde uns alle überleben, dachte Lea.

Auf der anderen Seite der Front schlug der Flüssinger vor, Lea im Treppenhaus abzufangen und mit ihr zu reden.

»Sie hat die private Telefonnummer von Gerdt Konradt.«

»Die private Nummer? Von Gerdt Konradt?? Wieso?« Lina war perplex.

»Sie putzt da.«

»Sie putzt da??«

»Und was soll uns das rechte Arschloch bringen? Der ist doch auf der Seite von denen da draußen? Wäre ja nur ein rechtes Arschloch mehr in unserer Sammlung. Die Polizei macht ja auch nix, hier in diesem Scheißkaff. Das hat doch alles System. Ein Netzwerk. Wie soll der Bürgermeister was an unserer Misere ändern?«

Aber da war der Flüssinger schon durch die Hintertür ins Treppenhaus geschlüpft, hindurch durch alle Bedenken und skeptischen Argumente von Borste und dem Arschbären. Zum ersten Mal seit Tom Peter das *Café Exquisit* betreten hatte, hatte er dafür seinen Tresenplatz verlassen. Auch die anderen mussten angestrengt überlegen, wann sie dieses seltene Schauspiel der Natur zuletzt beobachtet hatten. Zwar war der Hintern des Flüssingers ein wenig vom Hocker aufgehupft, um dem folgenschweren Schlag auf Heikos Schädel mehr Folgenschwere und Schmackes zu verleihen. Aber sein höchsteigenes Spielfeld zwischen Kickertisch und Tresen hatte er dafür nicht verlassen müssen. Borste und der Arschbär waren zutiefst fasziniert von der plötzlichen Bewegung, dem plötzlichen Elan des Mannes mit der Idee, mit dem Draht zu Lea Händle, von dem sie alle gedacht hatten, er wäre mit der Kneipe fest verwachsen. Als die beiden sich aus ihrer Schockstarre ob des plötzlichen Abgangs befreit hatten und ihm hinterher wollten, stellte sich Lina ihnen in den Weg. »Lasst ihn mal eben machen«, sagte sie sanft, untermalt von leisem Tom Waits, so als wüsste sie, wie die Dinge funktionierten.

Ins Treppenhaus polterten sie nun alle fast gleichzeitig. Marlene fummelte müde am Schloss der geöffneten Tür herum, und Lea stand im Türrahmen, als sie den Mann sah, mit dem sie so viele, so schwierige Jahre verbracht hatte. Zwischen ihnen, im langen Flur, stand ein Stuhl mit einem blutenden, gefesselten Torwart drauf. Der war natürlich schon da gewesen. Nur die anderen drei waren neu im Flur. Und deshalb erschraken auch alle drei, voreinander. Nur der gefesselte, blutende Heiko auf dem Stuhl erschrak nicht. Er hatte zu viel Blut verloren, um standesgemäß zu erschrecken, und akzeptierte ohne große Regung die neuartige Gesellschaft in seiner kleinen Gefängniszelle. Wach war er. Fast. Ein bisschen. So mittel.

Er brabbelte etwas durch seinen Maulknebel, kaum hörbar. Hin und her schwenkte er seinen schweren Schädel, um zu sehen, wer hinter ihm aus dem Café gekommen war. Seine Halsbewegungen waren nur von der Fliehkraft getragen, die sein Kopf nach einem schnellen kraftlosen Ruck selbstständig generierte.

»Du. Du hast mich k. o. gehauen«, brummte er durch das blutige Tuch zwischen seinen Zähnen.

76. Hollywood hat schon haltlosere Romanzen gefilmt

Lea würde lügen, wenn sie sagen würde, sie hätte in diesem Moment keine große Anziehung empfunden zu dem Mann, den sie jahrelang als schwachen, weichlichen, wackeligen Charakter kennengelernt hatte, als nachgiebig, ein bisschen dumm, ein bisschen tollpatschig, erschreckend unkreativ. Und dieser Mann hatte den großen, dicken Schlägermann erledigt? Dieser Mann hatte Heiko Schuhknecht, Heiko Motherfucking Schuhknecht, den Schrecken der gegnerischen Mannschaft, das Tier, den Gruselmann einer ganzen Stadt, niedergestreckt? Lea war gut beeindruckt.

Neben dem Hintereingang, in dessen Schloss Marlene Drache noch immer gedankenlos herumstocherte, weil sie den Schlüssel einfach nicht wieder herausbekommen wollte, befand sich eine niedrige, hölzerne Kellertür. Lea griff schnell danach, zog die Kellertüre auf, packte die alte, protestierende Frau und schob sie hinein. Die alte Frau protestierte weiter, mit viel Gezeter und Mordio. Mordio war definitiv viel dabei. Dann schlug die Kellertür vor ihrer Nase zu, Lea sperrte ab und man hörte nur noch dumpfes Gemurmel. Marlene Drache war endlich nicht mehr zu sehen und irgendwo auf der Welt ging die Sonne auf.

Nun war auch der Flüssinger gut beeindruckt.

Was aber genau in den beiden vorgegangen war, dass sie so quasi ohne Worte und auch ohne große Gesten, ohne Entschuldigungen und Erklärungen in der Verfassung waren, eine komplette gemeinsame Historie umzudeuten und nur noch die guten Erinnerungen zuzulassen, das wussten nur die beiden selbst. Wenn überhaupt. Vielleicht war es das Talent solcher Leute, die seit Kindestagen so viel Seelenschwere mit sich herumtrugen, die nie wirkliche Höhepunkte erlebt hatten, nur Tiefpunkte und graue Normalität. Vielleicht war es Selbstbetrug. Vielleicht war es Ungeduld. Vielleicht hatte das Schicksal jetzt einfach oft genug mit dem Messer zugestochen und sich dabei als Lea oder als Flüssinger maskiert. Vielleicht waren sie einfach zwei Trottel ohne große Hoffnung und das war okay. Vielleicht hatte aber die komische Belagerung des *Café Exquisit* einen Extremzustand generiert, vielleicht war das ganze Blut, das irgendwo geflossen war, genug, um aufzuzeigen, dass alles endet und vor dem Ende nur noch schlimmer werden kann. Vielleicht war es das, was Lea und den Flüssinger bewogen hatte, sich auf die wirklich wichtigen Dinge, nämlich den jeweils anderen, zu fokussieren. Und dann war da ja noch der Lottoschein. Der Flüssinger musste das jetzt dringend loswerden.

Und als sie es geschafft hatten, sich zu erinnern, wie man sich umarmt, umarmten sie sich ganz deftig. Sie hatten irgendeinen Knoten gelöst und waren schnell selbst einer geworden. Der Flüssinger flüsterte Lea lebensumkrempelnde Informationen ins Ohr, zu dem Zettel in seiner Hand. »Mehr Geld, als ich gedacht hab Geld« waren die grammatikalisch benommenen Worte. Er drückte Lea den Zettel entgegen.

Der Arschbär streckte nun seinen haarigen Kopf durch die Tür. Sie hatten von innen gelauscht, natürlich. Er sah das umschlungene Paar und konnte nicht glauben, wie der geschlechtslose Mensch mit dem Bier in der Hand, der nie sprach und sich nie bewegte, imstande war, eine solche Liebelei zur Schau zu stellen. »Ihr seht wunderschön aus«, sagte er. Dann schreckte er zurück vor dem Gedanken, dem menschlichen Klumpen Gliedmaßen zu viel unangebrachte Arschbärenliebe rübergeschickt zu haben, wo die das doch gar nicht gewohnt waren, und korrigierte: »Also nicht individuell, sondern so massemäßig.«

77. Gerdt Konradt

»Was die da draußen mit uns hier drin gemeinsam haben?«, wiederholte der Arschbär die Frage unverständig.

»Na, nichts!«, ärgerte sich Borste.

»Das sind keine Nazis. Nennt sie nicht Nazis«, verteidigte Lea, zur Erzürnung aller.

»Rassisten, Faschisten, xenophobe Menschenfeinde«, tänzelte Borste um den Einwand herum.

»Und was soll das nun sein, was wir alle gemeinsam haben? Ich hab Zeit meines Lebens immer versucht, möglichst nichts mit denen gemeinsam zu haben«, holperte der Arschbär noch immer durch den Gedankengang.

»Wir wollen das Gleiche. Am Ende des Tages«, erklärte Lea, grinsend, besserwisserisch.

»Bier?«, fragte der Arschbär, ernsthafter, als man meinen sollte.

»Absinth!«, schrie Enno Brotschmier in seine eigene Reglosigkeit hinein.

»Naja, Liebe und Frieden wird es nicht sein«, untermalte Lina ihren besorgten Blick aus dem Fenster.

»Geld.« Lea erhob triumphierend den Lottoschein. Und erklärte sich. Da gab es einiges an Aufsehen und dummdoof staunende Kinnladen.

»Klar. Was brauchen Nazis genau wie die Linken? Zum Leben? Geld. Bier und Geld«, hatte der Arschbär endlich verstanden. Er lächelte zufrieden, als Lea mit Flüssingers wortloser Unterstützung eine Art Plan vor ihnen entfaltete. »Genial«, brummte er.

»Was soll das, es ist mitten in der Nacht, wer ist da?«

Selbst durch den Schleier der Schlaftrunkenheit ließ sich erkennen, dass hinter der verständlicherweise verärgerten Stimme, etwas schwächlicher, hüstelnder, als man sie von ihren öffentlichen Tiraden und Fernsehinterviews kannte, ein Ekelpaket, ein Berufspolitiker steckte. Der die öffentliche Persona so weit verinnerlicht und in sich aufgeblasen hatte, dass er sie selbst nachts allein im Bett nicht gänzlich abschalten konnte. Der Arschbär und Borste, die am Hörer lauschten, mussten ein bisschen würgen. Gerdt Konradt. Der Bürgermeister.

»Lea. Sind Sie das? Was ist das denn für eine Uhrzeit, also wirklich. Wir besprechen das morgen im Büro, ja?«

Wie das Ekelpaket, das er war, legte er auf, denn es war nur seine Putze, nur eine Unwichtigkeit in seinem Leben, die ihn zu dieser unchristlichen Uhrzeit angerufen hatte. Soweit es seine kraftlose Nachtverfassung zuließ, ärgerte er sich, grollte und kochte vor sich hin, sodass seine Müdigkeit immer mehr einem tiefsitzenden Ärger wich, wie eine Spielplatzwippe, die langsam überkippte. Was sollte das? Was erlaubte sich diese Frau? Und so ging er auch beim zweiten Anruf ans Telefon. Vielleicht nur, um Lea Händle zu sagen, dass sie für derlei spätnächtliche Anrufe keine Befugnis hätte, dass sie ein unwichtiger Wurm war und außerdem gefeuert.

Leas Stimme wirkte aber wie elektrisiert, als sie Gerdt Konradt direkt und ohne Umschweife unterbrach und ihre Erpressungsstrategie äußern konnte. Die Härchen in ihrem Nacken standen ihr zu Berge, denn sie fühlte sich zum ersten Mal in ihrem Leben in einer Art Machtposition. Sie drückte die Hand des Flüssingers. Fest. Schleunigst solle er zum *Café Exquisit* kommen, der Herr Bürgermeister. Persönlich. Und er solle seine Freunde, Bekannten und Kameraden von dort abziehen. Er solle ihnen klarmachen, dass das *Café Exquisit* ein respektiertes, historisches Kulturgut der Stadt sei, dass sich hier keine Belagerungen, Gewalttaten und andere Skandale für seine Bürgermeisterschaft wiederholen dürften, dass das *Café Exquisit* ›off limits‹ zu sein habe. Dass ein mit Bildbeleg untermauerter Lottogewinn gegen ihn eingesetzt werden würde, mit rufschädigenden Medienkampagnen, Gegenwerbung und Oppositionsunterstützungen. Andernfalls, wenn er käme und das schnell und unkompliziert regeln würde, könne er sich hier, vor Ort, in persona, eine großzügige Parteispende sichern. Aber jetzt. Und selbst. Und zügig. Gerdt Konradt saß nun aufrecht in seinen Bettlaken. Das Hirn ratterte. Schlafen war nun eh nicht mehr.

78. Smog

Gerdt Konradt stieg in seinen unnötig voluminösen SUV. Er wusste nicht recht, was er glauben sollte. Putzfrau Händle hatte für ihn natürlich nie eine Bedeutung gehabt, außer dass sie vielleicht ein- oder zweimal, bei gutem Wetter, eine attraktiv im Sonnenlicht glühende Busensilhouette in seine Netzhaut gebrannt hatte. Besonders schön oder interessant hatte er sie aber nicht gefunden, das passte ihm auch für eine Putzfrau bei ihm zu Hause, wo er schließlich nicht abgelenkt werden wollte, wo die Hilfe bitte ruhig sein sollte und nicht stören. Nervös kurvte er aus seiner unnötig voluminösen Einfahrt und fing sofort an, mit gestresster Regelmäßigkeit auf dem defekten Autoradio zu tippen, damit dieses ihm endlich gehorchen würde. Die ernsthafte Hoffnung, dass ihm das Projekt der Spontanreparatur des technischen Geräts ohne erweitertes Knowhow, ohne Recherche, neue Teile, ohne wesentliche Aufgewecktheit des Geistes, also mitten in der Nacht, dazu noch besonders gestresst und aufgeregt, nach etlichen immer gleich geformten Versuchen derselben Art, nun ausgerechnet auf dieser Fahrt gelingen sollte, war ein Sinnbild für die Gesamtheit seiner Karriere. Er tippte. Er tippte und tippte. Defekt war das Radio im Übrigen eigentlich nicht und nie gewesen, Gerdt Konradt war nur eben ein solcher Bürgermeister, der gerne ohne wirkliche Lösungsstrategien auf den Dingen herumtippte und tippte und tippte, wie ein ungeduldiges Kleinkind, wie ein störrisches Gör, bis das Ding völlig abgegriffen war und niemand mehr damit zu tun haben wollte. Ob es ein Problem gab oder nicht.

Für Lea Händle war es ein ungemeiner Spaß gewesen, ihren unsympathischen Chef derart unter Druck zu setzen. Und dass Marlene Drache nun im Keller eingesperrt worden war. Von Leas eigenen Händen! Auch das war ihr ein Quell emanzipierter Freude. Nur dass Heiko Schuhknecht gefesselt im Treppenhaus vor sich hin blutete, das gefiel ihr nicht. Das würde sie ansprechen. Derweil war sie aufgeregt. Nicht wegen des Lottoscheins. Nicht wegen des Geldes. Vieles hatte sie natürlich noch zu verinnerlichen. Aber die Macht, die damit einherging, diese Macht kam unmittelbar und gab ihr ein Gefühl, das ihr immer fremd gewesen war, und nun überraschte sie sich selbst, indem sie sie sofort benutzte. Sie hatte den Schein, das unscheinbare Objekt der Macht, eng gefaltet in ihrer Hosentasche und eine Hand darübergelegt. Alle in der Kneipe wussten jetzt von dem Lottoschein und machten große Augen. Der Arschbär. Borste. Lina und Frank. Enno. Der Typ mit der Klarinette. Einige von ihnen bluteten auch. Keinen von ihnen kannte sie gut. Lina und Frank waren immer nett gewesen. Aber auch sie hatten sicherlich Geldsorgen. Gastronomie, oder? Ja, Gastronomie.

Mit dem Anruf beim Bürgermeister hatte sie nicht nur eine sichere Flucht aus der misslichen, nervenzehrenden, zeitraubenden und völlig kindischen Kneipenbelagerung für ihren Flüssinger und für sich selbst gewährleisten wollen. Nein, auch die Säufer auf der anderen Seite dieses kleinen Krieges sollten eine gewisse Autorität anerkennen, dass das nämlich die Lottozahlen des Flüssingers und der Lea waren und dass sie ihre besoffenen Finger davonlassen sollten.

Enno Brotschmier lallte indes die Wand an.

»Was soll uns das rechte Arschloch bringen? Ist doch nur ein rechtes Arschloch mehr. Rassismus ist wie ein Smog, er ist überall, wir atmen ihn ein, die ganze Zeit.«

Besorgt gesellte sich ein müder Tom Peter zu ihm hinüber, legte den Arm um ihn und bemühte sich, die Funktion zu übernehmen, die niemand sonst in dieser nervenzehrenden Nacht hatte übernehmen wollen: Ennos Seele wieder hintun. In Heikos zürnenden Augen seinen eigenen Tod zu erkennen und dann doch davonzukommen, hatte in Tom Peter eine Stabilität hervorgekitzelt. Vielleicht genug für zwei.

»Enno, ich würde gern mehr hören über die Historie vom *Café Exquisit*. Magst du mir das nochmal alles erzählen, von Anfang an? Was ist das aktuelle Probierbier? Ein Erfahrungsfeld der Besinnungslosigkeit? Sogar der Dreck ist besonderer Dreck?«

Enno drehte sich weg von der Wand.

»Es heißt Etablierbier.«

79. Zwei Nervenzusammenbrüche gehen in die Kneipe, wie viele kommen heil wieder raus?

Tom und Enno unterhielten sich leise. So leise, dass das kehlige Gebell von Mr. Waits sie übertönte.

Eigentlich war Enno Brotschmier ja ein ganz normaler Jugendlicher gewesen. Vielleicht immer die große Klappe gehabt, was ja sein muss, wenn man später zum Radio geht. Auf Musik war er halt hängen geblieben, und weil die Welt so viel Musik zu bieten hatte und gleichzeitig so viel Unmusikalisches durch Ennos Welt flog, Dinge, die sich jeglicher Musikalität verweigerten, wie Straßenverkehr, Steuern, brennende Flüchtlingsheime, Kurzsichtigkeit, Krebs, Schlagringe, Schuhe kaufen, Immobilienhandel, Sellerie, Rückenschmerzen, hatte er mit dem Trinken angefangen. Und war auch darauf gut hängen geblieben. Er hatte bemerkt, dass sein ewiger Tanz mit dem Konzept der perfekten Musik im perfekten Moment von einem Schluck Absinth nicht unbedingt unbeweglicher wurde, eher beschwingt, und dass selbst sein innerer Monolog, den er von Berufs wegen immer wieder nach außen tragen musste, an Farbe gewann von einer guten Ladung Schnaps. Dass sein birnenförmiger Sack von einem Körper, so gepresst von jahrelanger Sitztätigkeit, in der Lage war, enorme Mengen von den verführerischen Flüssigkeiten zu verstauen, war im *Café Exquisit* schnell auffällig geworden. Ohnehin war er ja eine kleine lokale Berühmtheit, vielleicht der größte Name, der das Café regelmäßig beehrte. Einmal hatte er aus einem Ulk heraus ein signiertes Porträt von sich mitgebracht, das Frank Leupesch mit wohlwollendem Grinsen in den Mülleimer warf. Man mochte sich. Er war ein beliebter Gast, gemessen daran, dass auch der Flüssinger zum Beispiel sehr oft da saß, wo er saß, und nie positiv oder negativ auffiel. Auffallen konnte Enno, und nach ein paar Absinth, das war bekannt, schnappte er auch mal über, redete dummes Zeug, fing sich eine und sorgte für kneipeninterne Querelen, die aber spätestens mit Tresenschluss restlos versandeten und selten Spuren hinterließen im Gruppengefühl des nächsten Tages. Man wusste, mit solchen Eskapaden umzugehen, immerhin war man in einer Kneipe und nicht in einer Seifenoper. Alles was es hier zu erleben gab, war durch klare zeitliche Reglementierung vorherbestimmt zu enden, wenn die Schicht endete. Alles hatte diese unumstößliche, in Stein gemeißelte Struktur. Enno konnte sich aufführen wie der pompöse Hauspavian, mit verbaler Scheiße schmeißen, so viel er wollte, eine klare Nacht würde, sicher wie das Amen, kommen und alle Beteiligten für mehrere Stunden voneinander trennen. Man konnte nochmal nachdenken, oder, viel eher, einfach vergessen, was für irrsinnige Gedankenfäden der spinnende Radiomann wieder hinterlassen hatte. Alle vergaßen das gerne, auch Enno.

Und nun war alles anders. Nun war plötzlich, heute Nacht, eine nicht enden wollende Kausalität da, und Enno bekam keine Pause von sich selbst. Weil aber Tom Peter in dieser Nacht auch schon ausgerastet war und sein Nervenkostüm offen preisgegeben hatte, hatte Enno durch den Trunkenheitsnebel das Gefühl, hier jemanden gefunden zu haben, mit dem er reden konnte. Einen Partner im wirren Geiste. Und er offenbarte sich.

»Ja, ich weiß, dass ich nicht recht hab, aber ich sag trotzdem Sachen. Hab ich eine antike Knarre im Klo gefunden? Weil ich mit einer Kakerlake geschnackt hab? Ich weiß nicht. Aber ist das wichtig? Entscheidet das irgendetwas, ob das nun wahr ist oder nicht? Ich kann sagen: Es hat mich jedenfalls unterhalten. Ein bizarrer Spaß, aber so bin ich. Schau mich an, ich bin besoffen und bizarr. Aber die Nazis. Die Nazis da draußen.« Er stocherte mit einem nervösen Finger in der Luft herum. »Die töten all den Spaß. Die machen einfach alles kaputt. Es gibt einfach überhaupt keine Schönheit mehr auf der Welt, wo die rumspazieren. Deshalb hab ich wahrscheinlich ein bisschen überreagiert. Aber Nazi sein ist einfach furchtbar.«

»Ja, Enno, Nazi sein ist furchtbar.«

»Musiknazi sein ist aber in Ordnung!«

80. Rain Dogs

Ennos bis eben noch nervöser, zittriger Zeigefinger hatte urplötzlich eine klare Ausrichtung bekommen und schwang sich in die Höhe. Er hatte es verkündet, dass er stolzer Musiknazi war, und er hatte es in einer Lautstärke verkündet, dass alle Bescheid wussten. Selbst Lea und der Flüssinger, die im Treppenhaus bei Heiko waren, hatten es hören sollen. Es war sein Signal, dass er den Weg zum Normalzustand beschritten hatte, oder erste Gehversuche machte jedenfalls. Sie alle wussten nämlich, und er wusste, dass sie wussten, dass das ein ziemlich normaler Enno-Satz war. Er setzte seinen birnenförmigen Sack voll Absinth in Bewegung und hoppelte aus Tom Peters Therapieblase heraus an die Bar, legte seinen Radiobauch darauf ab und pupte Lina Rundchen mit dem Finger an die Nase.

»Wow. Einmal stehen, da merkt man, dass man gar nicht mehr stehen kann, was?« Ennos Elan war wieder magisch, magnetisch und stilvoll, wie sein Sinn für den Klang der Stunde. »*Rain Dogs*! Jetzt muss ich mal offiziell Danke sagen, Lina. Dass hier die ganze Zeit schon Tom Waits läuft. Das ist heute einfach genau das Richtige.«

»Oft, ja«, zuckte Lina erleichtert mit den Schultern.

»Der Soundtrack für eine beschissene Nacht mit unvernünftigen Leuten, die eigentlich eher nur Geschichten sind als wirkliche Leute. No offense. Ein, zwei blutige Nasen. Und der furchtbarste Enno, den man sich hätte ausmalen können. Hier ist mein Gedanke, Leute. Hört zu. Hier ist mein Gedanke.«

So wie es ihm gefiel, kommandierte er nun alle Ohren. Es war sein Beruf, sein Naturell. Und Enno Brotschmier hatte eine Botschaft.

»Ich war vorhin, bevor ich ein bisschen Ballaballa geworden bin, ihr wisst schon, dort drüben auf dem *Scheißhaus*, und habe in dieses – ich zeige es euch – Aufnahmegerät eine Filmidee eingesprochen. Ich halte diese für eine ausgesprochen weltbewegende Filmidee, oscarreif, ein Werk, das die Welt in Atem halten kann. Andererseits. Kam mir die Idee auf dem *Scheißhaus*. Das mag kein tolles Omen sein. Und, ja, ich gebe es zu, ich habe mich dort auch mit einer Kakerlake angefreundet. Die ich dann gegessen hab. Das mag jetzt auch nicht besonders vielversprechend klingen. Auf dem Scheißhaus passiert auch viel Scheiße, wir wissen es alle. Aber was ich sagen will: Das Aufnahmegerät enthält den Saft der Moderne, den elektrischen Kuss, den magischen Motor aller Veränderung! La Batterie!«

Der Arschbär steckte sich unbegeistert eine Fluppe zwischen die Zähne.

»Was willst du damit machen, willst du dem Bürgermeister irgendwelche Geheimnisse entlocken und heimlich auf Band aufzeichnen und der Presse geben und seinen Ruf ruinieren?«

»Aber wir wissen doch gar keine Geheimnisse, oder?«

»Vielleicht weiß Lea was.«

»Aber dass der ein gieriges, korruptes, rechtes Arschloch ist, ist ja stadtbekannt.«

»Ruhe, Ruhe, liebe Freunde, liebe Gemeinde. Alles was ich will, ist, die Batterien wieder in den Feuermelder zu packen.«

»Ja, und?«

»Damit wir hier drin nicht mehr rauchen können.«

»Die Diskussion nun wieder.«

»Und was soll das bringen, wenn wir hier drin *nicht* mehr rauchen können? Was soll das verbessern?«

»Dass wir raus gehen. Weil wir rausgehen müssen. Dass wir alle zusammen rausgehen. Und uns unsere Freiheit holen! Katharsis!«

Enno machte sich sofort daran, die Leiter zu holen. Der Arschbär, mit einer beinah brennenden Fluppe im Maul, schoss von seinem Sitz hoch und folgte dem Radiomoderator meckernd.

»Halt mal, jetzt warte mal, Enno, das kann doch bitte nicht dein … Oh Gott … oh weh.«

»Scheiße, Arschbär! Was ist los? Was stimmt nicht!?«

»Mein Herz …« Der Arschbär ging zu Boden.

81. Lea und Heiko

Lea Händle hatte sich derweil das Recht vorbehalten, mit Heiko Schuhknecht zu sprechen. Ihre neue Machtposition war wie eine andere Haut, eine unfreundliche, graue Haut. Keine Haut, die ihr gefiel. Die Haut des Bürgermeisters Gerdt Konradt, bei dem sie putzte, zum Beispiel. Vorsichtig und klug musste sie damit umgehen. Denn sie wusste ganz genau, dass Macht keine guten Sachen mit einer Persönlichkeit macht. Das hatte sie beobachtet in den Geschichtsdokus, die sie gerne sah, in den Nachrichten, die sie sporadisch sah, aber vor allem am eigenen Arbeitsplatz, immer wenn sie Telefonate oder merkwürdige Gesellschaft bei Gerdt Konradt zu Hause mitverfolgen konnte. Dann sperrte sie ihre Ohren auf. Sie wusste, dass Gerdt Konradt kein netter Mensch war. Aber dort putzte sie eben. So war das nun mal.

Genauso war sie mit Heiko befreundet. Das war eben so. In ihrer Jugend hatte sie eine Weile lang auf den sechs Jahre jüngeren Heiko aufgepasst, wenn die Eltern auf Rockdisko waren. Sie war sein Babysitter gewesen und vielleicht die einzige Bezugsperson des kleinen Unruhestifters, wenigstens einen Sommer lang. Heiko war eifersüchtig gewesen, als er von ihrem ersten Freund erfuhr. Sie hatte das bemerkt und leise gekichert. Lea lächelte nicht oft, aber das fand sie schnuckelig. Putziger, kleiner Heiko. Dann hatten sie sich ein paar Jahre aus den Augen verloren und plötzlich war Heiko der schreckliche Torwart geworden. Diese dunkle, bittere Enttäuschung, die sie in seinen Kinderaugen gesehen hatte, als sie ihm von ihrer Beziehung berichtet hatte, hatte er nie verloren. Nein, seine Augen hatten sich in den wenigen Jahren in finstere Diamanten verwandelt, ohne Gnade, ohne Skrupel. Aber immer noch irgendwie traurig. Gleichzeitig war sein Körper zu einem Berg herangewachsen, einem Berg aus Muskeln und Fettfleisch, ein großer, wuchernder Hackbraten in Menschengestalt. Und obwohl Heiko zu Lea in den folgenden Jahren immer höflich und zuvorkommend gewesen war und die beiden eine kleine, harmlose Bekanntschaft etablieren konnten (Lea würde ein solches Verhältnis schon zu ihrem engsten Freundeskreis zählen müssen, was sie in Wahrheit ziemlich traurig fand), konnte Lea gut verstehen, wieso alle anderen so eine Angst vor ihm hatten. Woher der furchtbare Ruf kam. Warum er aber gegnerische Stürmer immer so zerfleischen musste, das konnte sie nicht verstehen. Irgendetwas war passiert.

Heikos schwerer Kopf hing in sein Kinn hinein, die beeindruckende Menge Blut langsam auf seinem Hals, seiner Schulter, den Stuhlbeinen und dem Boden gerinnend. Er stöhnte und brabbelte leise vor sich hin. Lea zog ihm das knebelnde Geschirrtuch aus dem Mund und wackelte mit einem Bier vor seiner Nase herum. Dann kniete sie sich vor ihm hin. Der Flüssinger beobachtete kritisch, aber still aus der Ecke, wie Lea ihm liebevoll einen winzigen Schluck aus der Flasche einflößte.

»Ich hoffe, das hilft, Heiko. Wir haben nachgedacht.«

»Ich hab auch nachgedacht. Mein Kopf tut weh.«

»Dein Kopf tut weh.«

»Ja.«

»Dein Kopf tut weh und du willst hier raus. Oder? Gut, pass auf. Hier ist ein Freibier für dich. Du weißt, wie Frank und Lina mit Freibier eigentlich sind. Nicht spendabel. Und grad in so einer Nacht und nach dem, was du da drinnen angestellt hast, heißt das echt was. Das ist ne große Geste. Ich hab mit Frank und Lina geredet. Und wir geben dir das Freibier für den Weg. Wenn du jetzt nach Hause gehst, ja? Schnurstracks. Kein Wort mehr zu Bernd. Du gehst einfach an ihm vorbei, du würdigst ihn keines Blickes mehr. Zack, weg von hier, nach Hause, ins Bett.«

Vor ihr saß ein gebrochener, ein müder Mann. Das große, wütende Tier würde heute keinen Streit mehr anfangen.

»... ja, okay.« Während Lea die verknoteten Geschirrtücher löste, die seine Fesseln waren, brabbelte er kraftlos: »Lea. Lea. Aber es ist doch *wir* oder *die*. Es ist doch *wir* gegen *die*.«

»Nein, Heiko. Es ist wir *und* die. Und du. Und ich. Und Bernd. Und Borste. Und Marlene.«

Beim Klang dieses Namens pochte eine alte, knochige Faust mit letzter, absterbender Kraft gegen die Kellertür.

82. Schweres Herz

Der Arschbär hatte ein recht schweres Herz und das hatte natürlich drei Ursachen.

Erstens war es ja nun so, dass der Arschbär ein durchaus voluminöser Mensch war und alles an ihm ein sozusagen überdurchschnittliches Gewicht hatte. Das war zwar schon lange so gewesen, aber nicht immer, und die Entwicklung hin zu diesem so prächtigen Körper hatte nicht wenig mit den anderen beiden, noch zu nennenden Punkten zu tun. Eines Tages würde ihm, das hatten ihm Doktoren der Medizin versichert, das schwere Herz in seiner schweren Brust schaden. Es sei nicht ratsam für ihn, die Schwere seines Herzens in ihrer aktuellen Ausprägung zu belassen oder gar weiter auszubauen. Der Arschbär aber war kein Kind der Vorsicht und wollte lieber leben, dann eben mit inneren Organen, die perspektivisch nicht einverstanden sein würden mit einem Altern in Würde. Der Arschbär und sein schweres Herz waren füreinander okay. Aber im Falle des Falles, und der Fall war letztendlich jetzt eingetroffen, würden sie, rein physisch, eine recht fordernde Aufgabe darstellen, wenn jemand den Arschbären und sein schweres Herz vom Boden aufheben wollen würde.

Zweitens hatte der Arschbär ein schweres Herz – und das ist eigentlich eine viel schönere Geschichte –, weil eben viel reinpassen musste. Weil er es Zeit seines Lebens gefüllt und gestopft hatte mit Liebe für sein jeweiliges Gegenüber, mit Knuffeleien und sympathischen Eigenheiten. Weil der Arschbär im Grunde ein richtig, richtig guter Mensch war, ein Knuffelpeter, immer hilfsbereit und niemals zornig, ein weiches Kissen von einem Typen. Das ließ er sich manchmal ungern anmerken. Genau wie Borste war der Arschbär darauf bedacht, seine Großherzigkeit hinter der rauen Fassade eines Haudegens zu verbergen. Die Welt war ein harter Ort mit harten Bedingungen und zeigte sich selten süß. Wieso sollte der Arschbär also seine inhärente Süße offenbaren? Das wäre ja nix.

Drittens hatte der Arschbär ein schweres Herz, weil es ein belastetes Herz war. Weil Gewichte daran baumelten und es der Schwerkraft entgegenzogen. In einen Abgrund aus Weltschmerz und Kampfesmüdigkeit. Weil der Arschbär litt, jedes Mal, wenn er die Nachrichten sah. Weil Krieg und Hunger und Krankheit und Hass den Arschbären mit seinem ach so guten Herzen derart mitnahmen, dass dieses permanenten Schaden daran nahm. Weil Punkt zwei und Punkt drei einfach schlecht miteinander gingen. Da war ein gewisser unüberwindbarer Gegensatz. Der Arschbär hatte immer versucht, ein guter Mensch zu sein. Ein grantiger Mensch, aber ein guter. Und er war es leid, und es war so anstrengend, weil er merkte, dass außer Borste niemand da draußen mitzog. Weil, wie der Flüssinger meinte, es alles Arschlöcher überall waren, und das machte den Arschbären so traurig und so müde. Und deshalb hatte er sich hingelegt.

Manche Menschen hatten ja ein leichtes Herz, mit einem leichten Herzen ließ es sich unbeschwert durch die Welt tanzen oder auch leichtfüßig Klarinette spielen. Tom Peter hatte ein leichtes Herz. Doch auch seines würde nicht mit gleichbleibendem Gewicht aus dieser Nacht herauskommen. Lina und Frank hatten natürlich leichte Herzen, Hippieherzen, die auf derselben Frequenz surrten, ein leises, süßliches Honigsurren, das Geräusch einer verliebten Biene. Frank Leupesch mit seinem leichten Herzen und dem Loch in seinem Buckel ging hin, um dem Arschbären auf die Beine zu helfen. Enno Brotschmier, neu gesundet und mit einem Fuß zurück im Reich der Klarheit, tat es ihm gleich. Dass es natürlich eine schwachsinnige Idee war, den Mann mit durchlöchertem Buckel und den Mann mit durchlöcherter Rippe die schwere Schlepparbeit machen zu lassen, vernebelte sich in der alkoholhaltigen Luft. Es waren einfach zu viele löchrige Körper in diesem Raum. Lina, Borste und Tom konnten nicht rechtzeitig hinlangen und mussten beobachten, wie die beiden Verletzten vergeblich an den Armen des gestürzten Kolosses zogen. Und selber hinfielen. Und neben dem Arschbären auf dem Boden landeten. Und nun nebeneinander lagen wie drei Fischstäbchen in der Pfanne. Der Arschbär kicherte los. Es war alles nur ein Schauspiel gewesen, seine schrullige Art von Humor.

Borste hatte ihn sofort durchschaut. Sie zog den Arschbären hoch, klatschte ihm eine und stieß ihn damit gleich wieder um.

Er landete zwischen Frank und Enno, die nun auch kichern mussten, hielt sich die doppelt geprügelte Backe und brummte: »Ich weiß nicht, was es ist, aber ich will ein Bier.«

83. Schneematsch

Bernd Schulzensen sah sich um. Die Armbanduhr zeigte ihm an, dass erste Bäckereien in der Stadt durchaus schon offen haben sollten. Wenn er ehrlich zu sich selbst war, war er hungrig und müde geworden, aber er konnte diese Schwäche natürlich nicht vor seiner Gefolgschaft zeigen. Es musste durchgehalten werden. Selbst der unentschlossen heranwachsende Schneematsch, in dem seine Schuhe allmählich versanken, den Bernd so sehr, so von ganzem Herzen hasste, weil er eben so ein Typ war, der Dinge von ganzem Herzen hasste, brachte ihn keineswegs in Versuchung, die Belagerung abzubrechen. Die da drin zerfleischten sich doch vor Hoffnungslosigkeit. Die würden diese Nacht nie vergessen. Ein nicht enden wollendes Fegefeuer der Todesangst. Die konstante, nagende Furcht davor. Psychologische Kriegsführung par excellence.

Er überlegte sich, ob er einen seiner Mitstreiter losschicken sollte, um ein frühes Frühstück für die Mannschaft zu besorgen. Aber er konnte wieder keinen ausmachen, der sich nicht schon zu einem Häufchen Elend gesoffen hatte. Manche waren auf dem Beifahrersitz eines Autos eingeschlafen. Eine andere

Gruppe hatte sich stehend aneinandergelehnt und war zu einem schwankenden dreiköpfigen Sumpfwesen verschmolzen, überall voller Schlamm, schlappe Lippen brabbelten unverständlich einsilbige Parolen. Mehrere hatten mit den Bierflaschen Fußball gespielt und gekotzt. So sehr ihm die Schwuchteln, die Türken und Araber und die Schwarzen verhasst waren, und natürlich die linken Idioten im Café, manchmal fragte Bernd sich, ob es noch eine andere Form des Untermenschen gab, nämlich etwa den bauchigen, schnurrbarttragenden Elektriker dort drüben. Oder weiter hinten den untersetzten Bodybuilder, dessen Glatze viel weniger ein Statement als eine Reaktion auf verfrühten Haarausfall war. Oder Marlene Drache, die über die Jahre statt Weisheit nur schlechte Laune angesammelt hatte.

Ein Exemplar mit besonders lichtem Haar zog er aus einem Müllhaufen und bellte es an.

»Wie heißt du, Junge?«

»Köpper. Manni.«

»Manni Köpper. Manfred. Mir scheint, du nimmst die Sache hier nicht besonders ernst. Wir verändern heute aber das Bild dieser Stadt. Du wirst es sehen. Ab morgen herrscht hier ein ganz anderes –«

Doch Manni Köpper, mit dem Ohr an Bernd Schulzensens kneifendem Finger befestigt, unterbrach die Rede mit einem schweineartigen Grunzlaut. Bernd ließ den Kopf enttäuscht fallen und suchte sich die nächste herumliegende Schnapsleiche.

»Wie ist dein Name, Freund?«

»Bielefeld.«

»Ach. Verwandt mit dem polizeilichen Dienststellenleiter?«

»Der Sohnemann, jawohl.«

Achim Bielefeld lag auf dem Boden in einer schattigen Hausecke, doch seine Stimme machte einen halbwegs nüchternen und aufgeweckten Eindruck. Außerdem war er der Sohn eines respektierten Mannes, eines Mannes, der die Ordnung in der Stadt stets gewissenhaft aufrechterhalten hatte. Bernd Schulzensen hatte immer einen guten Draht zu den Bielefelds gehabt. Ob er bereit wäre für eine besondere Aufgabe, eine Mission, um die Truppenmoral wieder auf Vordermann zu bringen, fragte Bernd den jungen Wonneproppen. Dieser sprang sofort auf und bejahte. Soldatisch. Gehorsam. Frontal eingepisst. Bernd Schulzensen sah nun den beachtlichen nassen Fleck, vorn auf seiner Hose.

Seine besten Leute, seine einzigen Leute, nämlich Heiko und die Oehl-Brüder, waren ihm verschüttgegangen. Von Lea und Marlene ebenfalls kein Lebenszeichen. Er hatte kein Licht oben über der Kneipe angehen sehen, wo Marlene sich hatte schlafen legen wollen. All das missfiel ihm sehr. Bernd seufzte. Dann sah er endlich seinen Heiko benommen aus dem Hinterhof schlurfen.

84. Männer, frierend in der Kälte

Dummgesoffen. Aggressiv. Schläfrig und trotzdem unter Bluthochdruck leidend. Männer, frierend in der Kälte. Bernd Schulzensen wusste, dass die Moral seiner Truppe bei den Bierflaschen am Boden lag. Er stampfte mit Nachdruck durch den Schnee, so als wollte er das glitschig liegengebliebene Wetterphänomen bestrafen für den sichtbar abknickenden Verlauf des frühen Morgens.

»Heiko! Was ist passiert, was ist das für Blut?«

»Meins«, röchelte Heiko leise.

»Wie ist die Situation da drin? Knicken sie schon ein?«

»Was meinst du denn mit einknicken? Die haben's warm, die haben Bier. Und Nachos haben sie auch gehabt, und dann haben sie sich noch Essen bestellt. Pizzaflitzer. Denen geht's nicht schlecht da drin.«

»Aber die Nerven? Spielen ihnen nicht die Nerven verrückt?«

Heiko schwieg unbeeindruckt. Der Anblick seiner guten Freunde im Schnee hatte ihn gefangen. Da lagen sie herum, die besten Fußballer, Handwerker und

Patrioten der Stadt, und holten sich bereitwillig ihre Erkältungen ab, weil Bernd Schulzensen ihnen was befohlen hatte. Oder unterschwellig angedroht. Mussten die nicht arbeiten? Mussten die nicht in wenigen Stunden auf der Matte stehen? Frisch und munter? Stattdessen hatten sie sich die Lebensgeister in einer sinnlosen Nacht der Angstmacherei weggeballert. Heute waren sie alle gemeinsam gegen eine Wand gerannt, alle miteinander. Heiko ließ Bernd stehen und stapfte hinüber zu seinen Freunden. Er erklärte es ihnen. Zog sie hoch, an Schultern, Hüften, Nacken. Steckte sie in ihre Wagen. Klopfte ihnen den Suff aus den Augen. Deutete mit dem dicken, rechtsradikalen Finger auf eine Häuserfront, auf kalten, grauen Beton, hinter dem in wenigen Minuten die Sonne fahlgelb erscheinen und ihnen Licht ins Bewusstsein spülen würde. Heiko Schuhknecht bemutterte seine Mannschaft und er sah keinen Siegeswillen und er sah keine Überlegenheit und er sah, dass der Gegner das Spiel zu Recht gewinnen würde.

Seine Mannschaft hatte nie gekämpft, es hatte keine Zweikämpfe, keine Fouls zu erleiden gegeben, außer für ihn. Er hatte mal wieder als einziger seinen Körper in die Schlacht geworfen, er war mal wieder als einziger ein echter Wikinger gewesen, die anderen hatten es wieder nicht verstanden. Aber statt harter Bälle gegen seine Fäuste und seinen Rumpf hatte er diesmal etwas anderes mitbekommen: ein unverdientes Freibier und Leas Stimme der Vernunft.

Und deshalb schickte er sie nach Hause. Sie würden jetzt ihr eigenes Spiel spielen müssen, an diesem übernächtigten, kalten Tag. Mehr als die Hälfte von den Arschlöchern würde einfach erkältet im Bett liegen, wusste Heiko. Er schickte sie alle heim. Mit Worten, mit Gesten, unter Bernds tobendem Protest.

Eine gefährliche Anzahl betrunkener Fahrer machte sich also auf den Weg. Mit wackeligen Zehen auf den Pedalen fuhren sie los, viele preschten fast direkt in den ersten Fahrradständer. Das Wagenfort vor dem *Café Exquisit* löste sich nach und nach in quietschenden Reifen und spritzendem Schnee auf. Bernd sprang und hüpfte, sodass er nicht getroffen werden würde vom fliegenden Dreck. Im Dreieck sprang er vor Zorn, Heikos Messer in seinem Rücken. Er bellte und schimpfte, aber Heiko beachtete ihn nicht und trottete davon, zu Fuß, in die aufgehende Sonne hinein. Und mit den ersten Lichtstrahlen sah Bernd Schulzensen sein Kartenhaus zusammenfallen und vernahm dröhnende Jubelschreie aus dem Café. Er sah sie dort tanzen und schmollte und grantelte und brüllte wütend. Er war ein Mann, frierend in der Kälte. Nur ein Mann.

85. Es kräht der linksradikale Hahn

»Nun isser allein. Nun mach ich ihn alle«, donnerte Borstes Stimme wie ein vorbeidüsendes Rennauto durch das Café. Sie war mit den anderen triumphierend aufgesprungen, hatte unter höhnischem Beifall den Weggang von Bernds gesamtem Bataillon beobachtet, war aber schnell von der großen, gemeinsamen Heiterkeit in überschwängliche Rachegelüste zurückverfallen und wollte nun gern eine Faust in Bernds Gesicht einbetten.

»Lina, mach das Gitter auf, mach mir das Gitter auf!«, drängelte sie.

Draußen ertönten die Kirchenglocken. Borstes Stunde hatte geschlagen, sie spürte es ganz deutlich und riss schon mal mit ihren festen Armen brutal und lautstark am Gitter, um Bernd anzukündigen, dass sie nun im Anmarsch war, wie ein wildes Tier unter Schlafmangel. Wegrennen sollte seine einzige Option sein. Ganz klar, er würde wegrennen müssen. Lina fummelte am Schalter herum, doch es ging Borste zu langsam. Sie trieb Lina immer wieder an, mit Worten, mit lauten Metallgeräuschen des beinahe in ihren blutrünstigen Händen zerberstenden Gitters. Borste wurde der wütende Gorilla im Käfig, der sie aus Bernds Sicht schon immer gewesen war.

Er blieb standfest. Er würde nicht weichen. Selbst als sich der Käfig öffnete, seine wildgewordene Insassin den Witterungen aussetzte, und diese mit zielstrebiger Rage auf ihn zustapfte, empfing er sein Märtyrertum mit offenen Armen.

Draußen. Draußen!! Lina, Frank, Enno und der Arschbär folgten Borste nach draußen. Einige von ihnen befürchteten das Schlimmste und versuchten halbgar, Borste zur Vorsicht zu ermahnen. Doch das zaghafte Murmeln gegen Borstes Offensive und auch die feindseligen Gelüste gegen Bernd wurden rasch erstickt von der gemeinsamen Erkenntnis, dass man frei war. Dass da frische, arschlochkalte Luft um die zahlreichen Wangen wehte, gesprenkelt von kleinen Schneeböen. Dass man die Fassaden der anderen Häuser sehen konnte und die leere, morgendliche Straße, nicht nur eingepfercht durch das limitierende Fenster, sondern im Panoramablick. Noch nie hatte die graue Landschaft, gehüllt in die schüchternen Gehversuche einer frischen Morgensonne, so elegant angemutet, noch nie hatten sie realisiert, wie herrlich diese gottverdammte Straße sein konnte, wenn man sie nur ließ. Befreit waren sie. Lina und Frank empfanden die Erleichterung des Schichtendes in tausendfacher Immensität.

»Bernd. Hörst du ihn krähen? Da kräht der linksradikale Hahn. Es ist ein linksradikaler Morgen. Du hast verloren, kleiner Mann. Wie Hitler im Bunker, kleiner Mann.«

Borstes Faust schwebte vor Bernds Visage, er konnte die Seife an ihren Knöcheln riechen. Es war eine linksradikale Seife, deren Kauf linksradikale Projekte unterstützt hatte, doch das wusste Bernd natürlich nicht. Mit so etwas kannte er sich nicht aus. Er blieb standhaft.

»Ihr seid nur Schulhofbullys, mehr seid ihr nicht, ihr könnt nur nach unten treten, mehr könnt ihr nicht, und sucht verzweifelt irgendeine Art von Identität oder irgendwas. Irgendwas, was euch erhebt. Und es ist so unkreativ, so wahnsinnig langweilig und unkreativ, einfach ›deutsch‹ herzunehmen. Ich bin so viele Dinge, und du bist nur ›deutsch‹. Ich hab eine Identität, Bernd, eine richtige Identität. Ich bin Gesellschaftstrinkerin, Tätowierte, Katzenfreundin, Lover, ich hasse Yoga, ich liebe Tauchen, ich finde die Ukulele ein ulkiges Instrument, egal was die anderen sagen, repariere Mopeds und wandere regelmäßig durch Tibet, von indischem Essen muss ich aber kotzen, ich bin Organspenderin und zeichne ab und zu kleine pornografische Comics, ohne dass ich das Zeug jemandem zeige. Weil es nicht gut ist. Bernd. Ich zeichne *nicht gut*. Und Bernd, weißt du was? Weißt du was, Bernd? Sogar die Sachen, die ich nicht kann, wofür ich so gar kein Gespür und Talent habe, sind so viel wertvoller als dein ›deutsch‹. Dass ich schlecht zeichne, ist mehr Eigenschaft als dein ›deutsch‹.«

Bernd blieb standhaft. »Und du bist doch Türkin?«

»Wenn du mich fragst, ob ich Türkin bin, oder Tom Peter, ob er Jude ist, was willst du wirklich wissen? Sag an, Bernd. *Was willst du wirklich wissen?*« Borste schrie vor Zorn.

Bernd Schulzensen blieb standhaft. »... Tom Peter, wer ist das?«

Die Frage war nicht unnötig, aber Bernd wusste natürlich um ihren primären Effekt, nämlich die Weißglut seines Gegenübers noch zu vergrößern, und versuchte, märtyrerhaft seine Wange zu stählen für den provozierten Einschlag. Die Faust holte aus.

Da erschien der Lichtkegel eines überdimensionierten Automobils in der Mitte der Straße, hüllte Borste und Bernd ein und unterbrach ihre Schlagbewegung.

86. Sodom und Gomorrha

»Natürlich, klar, logisch fährt der einen Porsche SUV. Das unnötigste Auto. So unnötig wie das doppelte DT in seinem Namen«, flüsterte Enno dem Arschbären ins Ohr. Der Arschbär nickte gehässig und fügte hinzu, dass auch die Farbe des Wagens nicht okay sei.

Bürgermeister Gerdt Konradt erreichte die Szenerie in einem gestressten und übernächtigten Zustand. Seine Amtszeit und eigentlich sein gesamtes Dasein waren behütet gewesen, er hatte in Luxus gelebt, unberührt von Lasten und Leiden und unmöglichen Entscheidungen. Reibungslosigkeit war seine Stärke geworden, das einzige und völlig nutzlose Metier, in dem er glänzen konnte. Denn im Metier Reibungslosigkeit konnte jeder glänzen, nein, eigentlich gab es ja gar nichts zu glänzen, denn Glanz setzt Konflikt voraus und Konflikt hatte es in der kleinen politischen Wattewelt von Gerdt Konradt nicht gegeben. Bis zu dieser Nacht. Denn schon auf der Fahrt hatte er einige Konflikte gesehen in seiner sonst so beschaulichen Ortseinfahrt. Einige Konflikte von morgendlichen Fahrern mit Bäumen nämlich. Einige Konflikte zwischen Motorhauben und Ästen. Einige Konflikte zwischen kahlgeschorenen Köpfen und Windschutzscheiben. Gleich mehrere dampfende Verkehrsunglücke hatte er erspähen müssen und geistesabwesend der Notfallrufnummer gemeldet. Das ein oder andere Nummernschild, Automodell, die ein oder andere bewusstlose Frisur hatte er geglaubt wiederzuerkennen, treuen Wählern zugehörig, die er peripher im Dunstkreis von Bernd Schulzensen verortete. Angehalten hatte er nicht.

Vorm *Café Exquisit* angekommen, sah er Borste, die einen sichtlich ramponierten Bernd Schulzensen am Kragen gepackt hatte und im Scheinwerferlicht mit der Faust vor seiner Nase kreiste. Aufgewühlt stieg er aus dem Fahrzeug. Bernd, sein enger Vertrauter, hatte eine klaffende Gesichtswunde! Dann sah er einen Mann, dessen Bauch mit blutigen Fußballtrikots umwickelt war, und einen weiteren mit blau angelaufenem Kinn und weißlich verfärbtem Bandshirt. Frank Leupesch schien irgendwie krumm zu stehen und Lina Rundchen drückte ihm mitleidig die heilenden Hände auf.

»Das ist ja Sodom und Gomorrha hier. Lassen Sie sofort den Mann los!«, bemühte er sich um Bürgermeisterlichkeit.

Einen gläubigen Mann hatte er immer darstellen wollen, der Mann mit dem rückwärts flüchtenden Haaransatz und Weltbild. In einem klassischen Konradt'schen Wahlwerbespot zergniedelte er irgendein bedeutungsloses Bibelzitat und präsentierte dabei stolz seinen Schnurrbart des Volkes, der ihn in dem Jahrzehnt, in dem sein Gesellschaftsverständnis steckengeblieben war, tatsächlich zu einem nahbaren

Politiker hätte machen können, in Wirklichkeit und aktuellen Zeiten aber selbst seinen engsten Vertrauten ganz und gar unpassend erschien. Er war Jurist gewesen, natürlich war er Jurist gewesen, bevor er in die Politik ging, denn die Politik hatte ihm hochliegende Füße versprochen und einen Geist, der sich nicht mehr voranbewegen musste, der nicht mehr lernen musste, der nicht mehr flexibel sein musste, der einfach und immer wieder auf dieselben Ideen, Phrasen und Werte rekurrieren konnte. Die rechtskonservative Mehrheit liebte ihn, und er hasste alles, was er laut Parteiprogramm zu hassen hatte, aber er hasste insgeheim mit einer Inbrunst und Radikalität, die keineswegs mehr demokratisch zu nennen war und die er nur wenigen Gleichgesinnten, darunter Bernd Schulzensen, hin und wieder offen zeigen konnte. Borste verkörperte viele Eckpunkte dieses seines Hasskonstrukts, schon beim ersten Hinsehen.

Frank Leupesch trat nach vorne, denn er glaubte, den alten Bürgermeister gut genug zu kennen. »Siehst du diesen Mann als deinen Bruder an, Gerdt? Ist er das? Sind die tausend Arschlöcher, die heute mein Café belagert haben, deine Brüder im Geiste?«

Gerdt Konradt sah verdutzt rüber zu Bernd, Bernd blieb sein Orientierungspunkt, sein Fixstern in dem Chaos, Gerdt Konradt kannte sich nicht aus.

»Sind die alle von hier gekommen dann? Diese ganzen Verkehrsunfälle, die ich gesehen hab? Was war denn hier los? Bernd? Das ist ja Sodom und Gomorrha.«

»Straßenverkehr, oder? Alles Arschlöcher überall«, zitierte Enno schulterzuckend jemanden, den er erst vor Kurzem als einen weisen Mann kennengelernt hatte.

87. So dumm und Gomorrha

Mit gebückter Haltung, fast demütig, stolperte Bernd auf Gerdt Konradt zu, der sich noch immer vorsichtig, ängstlich, die Lage beäugend, nicht sicher, wie sicher er war, neben seine Autotür kuschelte. Damit er jederzeit in seinen Sportwagenpanzer hüpfen konnte. Er war hier lange nicht mehr gewesen, im *Café Exquisit*. Er hatte schnell gemerkt, dass seine politische Agenda hier gegen eine Backsteinwand lief. Er wusste aber, dass einige seiner Leute den Kickertisch hier gerne mochten.

»Gerdt, das ist vielleicht ein bisschen außer Kontrolle geraten alles. Aber wir mussten hier schon lange mal ausmisten! Mit harter Hand! Du weißt es eh! Wenn wir das nicht machen, dann ... dann überrennen die uns doch! Dann ersetzen die uns! Die, die Gutmenschen,« – er zeigte auf Lina und Frank – »die Versifften,« – er zeigte auf den Arschbären – »die Gendertanten,« – er zeigte auf Borste, die ihn vorerst gnädig losgelassen hatte – »die linke Elite!« – er zeigte auf Enno.

Enno fühlte sich geehrt. »Linke Elite? Ich? Schau mich an, ich kann kaum stehen.«

»Gerdt, wir wollten denen ja nur ein bisschen Angst einjagen! Wir wollten uns ja nur unseren Boden, unser Recht zurückholen.«

»Moment mal, das ist immer noch unser Boden hier«, konterte Lina.

»Wie im Spielplatzsandkasten«, schüttelte der Arschbär den Kopf.

Nun kamen Lea und der Flüssinger aus der Kneipe geschlichen und wedelten Gerdt Konradt auffällig mit einem Lottoschein an. Bernd Schulzensen wurde nervös.

»Was ist das? Gerdt? Was ist das?«

»Bernd, du gehst mal lieber nach Hause. Und hältst dich hier eine Weile fern, ja?«

»Was?«

»Bernd, geh nach Hause. Oder es gibt ernste Konsequenzen. Ich hab den Bielefeld auf Speed Dial, weißt du ja. Lass den guten Leuten hier mal für eine Weile ihre Ruhe. Das sind alles meine … unsere Bürger.«

»Bürger*innen.«

»Ja, bitte, meinetwegen, Frau …«, tat der Chauvinist es ab, winkte es mit der Hand davon, wohlwissend, dass das unnötig war, das Gendern. Dass man sich nicht so anstellen sollte. Borste erkannte es in seinen toten Augen.

»Borste.«

»Frau Borste.«

»Nur Borste. Arschloch.«

»Nun, ich danke, dass Sie meinem guten Freund Bernd hier nicht … ins Gesicht gehauen haben. Manchmal reagiert er etwas über, das kann mal passieren, nicht wahr? Aber er ist ein guter Freund, ich versichere es Ihnen. Ihnen allen. Er meint es nur gut, er will den Ort nur beschützen.«

»Wovor denn? Wenn er uns beschützen will, warum ist er dann selbst so verdammt furchteinflößend? Warum ist er das einzige Ding weit und breit, wovor ich mich fürchte?«, schnappte Lina über. »Und die Frage möchte ich auch mal unserer waschlappigen Polizei stellen, Herrn Bielefeld, den ihr offenbar alle auf ›Speed Dial‹ habt und den ihr einfach so inaktiv schalten könnt. Einfach taub auf dem linken Ohr.«

Lea und der Flüssinger wedelten den Lottoschein nun drohender und lenkten die Aufmerksamkeit des unangenehmen Bürgermeisters auf sich.

»Ah, ich sehe, hier gibt es noch eine kleine … Angelegenheit für mich zu besprechen. Bernd, ich sag's kein drittes Mal.«

Gerdt Konradt wollte gemütlich zu seinem großen Geldgeschäft rüberwandern, doch Bernd stellte sich ihm in den Weg.

»Aber Gerdt, ich versteh's nicht«, flüsterte er. »Wir hatten doch drüber geredet. Du weißt doch. Woher jetzt der plötzliche Sinneswandel?«

Bernd Schulzensen schwitzte zu stark. Zu stark für den kalten Morgenschnee. Sein Magen und Rücken hatten sich verkrampft. Was bedeutete »ernste Konsequenzen«? Was bedeutete »Bielefeld auf Speed Dial«? Was war in ihn gefahren, seinen alten Freund, seinen Gleichgesinnten, Gerdt Konradt? Ganz still und leise, nur für sich, brodelte Bernd außer Kontrolle.

88. Wer wer war

brodelte Bernd außer Kontrolle

Bernd ist der Sportlehrer. Ich bin Bernd.
Heiko ist der Torwart.
Aber Gerdt Konradt ist der Bürgermeister.
Bernd ist der Sportlehrer. Ich bin Bernd.
Heiko ist der Torwart.
Aber Gerdt Konradt ist der Bürgermeister.
Bernd ist der Sportlehrer. Ich bin Bernd.
Heiko ist der Torwart.
Aber Gerdt Konradt ist der Bürgermeister.
Bernd ist der Sportlehrer. Ich bin Bernd.
Heiko ist der Torwart.
Aber Gerdt Konradt ist der Bürgermeister.
Bernd ist der Sportlehrer. Ich bin Bernd.
Heiko ist der Torwart.
Aber Gerdt Konradt ist der Bürgermeister.
Bernd ist der Sportlehrer. Ich bin Bernd.
Heiko ist der Torwart.
Aber Gerdt Konradt ist der Bürgermeister.

brodelte Bernd außer Kontrolle

89. Zwetschge mit Bart

Lila lief er an, der Kopf von Gerdt Konradt. An seiner Gurgel hing der Mann, den er bis eben als seinen Vertrauten bezeichnet hätte. Der Mann, den er respektiert hatte als guten Organisator, guten Feldherrn, der sich auch mal die Hände schmutzig machen konnte, wo seine politischen Bürgermeisterhände sauber bleiben mussten. Bernd Schulzensen war sein Schattenmann gewesen, sein Dschinn. So waren ihm auf magische Weise immer wieder Wünsche erfüllt und politische Hindernisse aus dem Weg geräumt worden. Vielleicht hatte Bernd solche Sachen auch irgendwelchen Handlangern übertragen, die jetzt in ihren dampfenden Autowracks an Bäumen klebten und ihren Rausch gegen ein mehrwöchiges Koma eintauschten. Gerdt war froh und zufrieden gewesen, die Einzelheiten nicht zu kennen. Doch es war nicht ausgeschlossen, dass Bernd Schulzensen ab und an selbst Hand angelegt hatte an sturen Hälsen, die sture Köpfe durch die Gegend trugen, sture Köpfe, die Gerdt Konradts Kandidatur nicht unterstützten oder Baupläne erschwerten. Als Gerdt Konradts weicher Politikerhals Bernds harte Hände spürte, die sich wie ein altehrwürdiger

Seemannsknoten um ihn schnürten und ihn nach Luft schnappen ließen, hatte er das Gefühl, dass Bernd wusste, wo zu drücken war und wie fest.

»*Brnd. Wr snd dch Frnd*«, röchelte das Menschlein. Sein unpassender Schnurrbart wurde durch die purpurne Hintergrundbeleuchtung nur unpassender. Ein Gesicht wie eine Zwetschge. Zwetschge mit Bart.

Enno Brotschmier, der sich heute als Experte für Nervenzusammenbrüche verstand, versuchte die Eskalation zu kontern und brüllte: »Zurück, lass ihn los, ich hab ne Knarre!« Mittlerweile wusste er halbwegs Bescheid, dass da keine echte Knarre war, fand es aber an dieser Stelle klug und angebracht, das Gegenteil zu behaupten. Das brüllte er und dann fiel ihm auf, dass er gestisch gar nicht den Anschein erweckte, eine Knarre zu haben. Dass er mit gar keiner Knarre in der Luft herumfuchtelte. So musste man das aber machen, um das Statement zu setzen, wusste Enno aus Filmen und TV. Und so steckte er zu spät die nackte Hand in seine Jackentasche und formte mit dem Zeigefinger einen Revolverlauf. Dabei stand er krumm, wie ein echter Cowboy mit blutender Rippe steht.

»Ne Knarre?« Der Arschbär war erstaunt.

»Ne antike Knarre.«

»Woher?« Der Arschbär war verblüfft. Er hatte es noch nicht mitbekommen.

»Von dem Ungeziefer. Lange Geschichte.«

Und weil ihm niemand so richtig Glauben schenken wollte, weil sie seinen Tonfall kannten, seinen akut wirren Zustand, und weil der obskure Inhalt seiner Aussage nicht gerade zu seiner Glaubwürdigkeit beitrug, und weil ihm und seinem mutigen Ausruf deshalb kein Gehör und keine Aufmerksamkeit geschenkt wurden, weder aus seinem eigenen Lager noch seitens Bernds, dem Würgenden, den er ja vom Würgen abhalten wollte, und weil Enno das merkte und traurig wurde und den Kopf hängen ließ und den Revolverlauf auch, so dass er sich, wäre es ein echter Revolverlauf gewesen, vielleicht in den Fuß hätte schießen können, in einer Slapstick-Einlage, wie in einer schlechten Komödie, wo sich Leute in den Fuß schießen in unpassenden Momenten, was aber hier nicht passieren konnte, weil Enno ja keine wirkliche antike Knarre in der Jackentasche hielt, sah Borste zu ihm rüber und dann wieder zum Würger und zum Gewürgten und zum Würger und zu Enno und rief schließlich und endlich, überrascht von sich selbst:

»Oh mein Gott! Er hat ne Knarre! Geht in Deckung!«

Und weil es Borste war, und nicht Enno, und weil Borste nicht bekannt war für dumme Sprüche und Hirngespinste, so wie es Enno war, vor allem an diesem Tag, wo er doch so etwas wie einen Nervenzusammenbruch gehabt hatte und diesen ganzen Absinth in seinem System, und weil Borste eine laute, mächtige und respekteinflößende Stimme hatte, zumindest wenn sie es richtig drauf anlegte, was sie an diesem Morgen, auf dieser Straße, vor diesem *Café Exquisit* definitiv tat, weil sie die Schnauze voll hatte von dem ganzen Affenzirkus und der ganzen Gewalt, dachten alle kurz nach und verstanden dann, was Borste da nämlich tat, nämlich Enno unterstützen, und was Enno da tat, verstanden sie zwar nicht genau, aber das hatte auch niemand jemals wirklich erwartet, und weil sie zumindest also Borstes Plan nachvollziehen konnten, warfen sie sich alle auf den Boden und riefen:

»Oh mein Gott! Er hat ne Knarre! Ne antike Knarre!«

Und als auch Bernd Schulzensen, schwitzend, geifernd, von seiner Beute, dem Hals des Bürgermeisters, abließ, weil er sah, dass sich alle in Deckung warfen, da wurde Enno ein bisschen stolz. Und blies triumphierend den Revolverlauf ab.

90. Damit's jetzt endlich alle wissen

Und bevor ein großer Aufschrei durch die kleine Menschenansammlung vor dem *Café Exquisit* gehen konnte, dass da ja gar keine wirkliche Waffe war, und bevor der kurzzeitig abgelenkte Bernd Schulzensen wieder seine Rolle als wilder Würger einnehmen konnte, kam Lea angerannt, den Flüssinger an einer Hand und den Lottoschein in der anderen wedelnd, und unterbrach lautstark.

»Stop. Stop jetzt. Alle miteinander. Ihr kindischen Menschen, seht euch mal an. Da ist keine Waffe. Die Waffe ist nicht da.«

»Ne, ist sie wohl nicht«, murmelte Enno einsichtig.

»Und genauso wenig echt ist dieser komische, kleine Krieg, den ihr hier führt, und diese Feindschaft und diese Rivalität. In so einer besonderen Nacht, meine Güte! Die glücklichste Nacht des Jahres. Hier, das ist echt. Ein echter Lottogewinn. Meine Güte, der Flüssinger ist reich. Wir haben's hundertmal überprüft, wirklich. Das sind die richtigen Zahlen. Die richtig echten, aktuellen Lottozahlen.«

Mit einem Lottogewinn konnte selbst Bernd Schulzensen nicht um die Wette argumentieren. Das war selbst ihm noch nicht untergekommen. Das musste man verstehen. Da musste man innehalten. Das war keine Frage mehr von rechts oder links, Nazi oder Gutmensch, das war eine Frage des Geldes. Und des Glücks. Meine Güte, was für ein Glück. Und was für ein Geld. Und das in dieser Nacht.

Bei vielen sank die Information jetzt erst richtig ein. Belagerungsstress und die innere Suppe aus Übernächtigung und Angst hatten den Lottoschein immer eher als Mittel zum Zweck, als Waffe gegen die hilflose Situation des *Café Exquisit* erscheinen lassen. Aber dass es da wirklich eine Menge zu feiern gab, für alle, für die ganze Runde, außer Gerdt und Bernd natürlich, das begriffen sie erst, als das Wort »reich« gefallen war. Als es mal jemand ausgesprochen hatte. Die philosophische Frage, ob so ein menschengemachtes Konstrukt wie ein Lottogewinn und das ganze Geld nun realer waren als seine antike Knarre, musste Enno Brotschmier für sich ganz allein klären.

»Wir sind reiche Leute, schätze ich.« Lea und der Flüssinger warfen sich einen Blick zu, erleichtert von biografischen Gewichten, beinahe verliebt.

»Gut, und wie hatten Sie sich das nun genau vorgestellt, Frau Händle?«

Bürgermeister Gerdt Konradt hatte beinah wieder seine normale Gesichtsfarbe zurück, drückte vorsichtig mit einer Hand seinen alten Freund und neuen Würger Bernd Schulzensen von sich weg und machte ungeduldige kleine Schritte zum Objekt seiner Begierde.

»Mit der Parteispende?«

Lea und der Flüssinger, beinahe verliebt, entschlossen.

»Hier ist der Deal, Gerdt Konradt.«

Seinen vollen Namen zu verwenden, das erschien Lea passend. Es degradierte ihn auf respektvolle Weise zur Witzfigur.

»Du kannst dir unseretwegen von dem Gewinn eine Scheibe abschneiden.«

»Gut. Gut.«

»Und das *Café Exquisit* steht auf Lebzeiten unter deinem persönlichen Schutz. Wir machen einen Vertrag, dass das Café als wichtiges Kulturgut der Stadt anerkannt wird.«

»Gut. Meinetwegen.«

»Und genauso viel Geld, wie du dir wegnimmst, spenden wir für den Wiederaufbau der Flüchtlingsunterkunft.«

91. Würde und Wahrheit und ein Tampon

Enno hatte nachgedacht. Er hatte sich eine Fluppe angemacht und rauchte mit dem Arschbären zusammen in den Morgenhimmel hinein. Sie behielten den Dämon im Mantel, der zähnefletschend, aber still an der Seite stand, wenigstens fürs Erste gut im Auge, während die Verhandlungen von wahrhaftiger Relevanz zwischen Lea, Flüssinger und Gerdt Konradt im Gange waren. Borste stand dazwischen, wie eine Leibwächterin, mit verschränkten Armen. Ihre Blicke waren es eigentlich, die Bernd in Schach hielten, in seiner irrsinnigen Lauerstellung. Sie passte auf alle auf. Sie hatte alles im Griff, so schien es. Es war für Enno nun an der Zeit, die imaginäre Kanone ruhen zu lassen. Sie hatte ihre Pflicht erfüllt. Er hatte Borste heute einiges zu verdanken, und obwohl sie ihn getreten hatte, als er auf dem Müllcontainer gelegen hatte, musste er ihre eiskalte Standhaftigkeit respektieren. Er selbst hatte sich ja in einem kleinen Nebel verirrt, aber es half ihm, Borstes breites, würdevolles Kreuz zu sehen, wie einen Leuchtturm in der Ferne.

Der Arschbär lehnte sich zu ihm hinüber.

»Was glaubst du, woher so eine Ansage kommt? Das erscheint mir doch sehr … gutmenschlich von Lea und dem Flüssinger.«

»Hm?«

»Überraschend halt. Haben wir sie anstecken können mit dem linken Virus?«

»Gute Frage, wieso Menschen plötzlich altruistischer sind, als man es von ihnen gewohnt ist. Es macht auf jeden Fall keinen Spaß. Altruistisch sein. Es ist auf jeden Fall eine beschissene Idee. Für den eigenen Spaßhaushalt.«

»Aber, ich meine, der Flüssinger war noch nie ein Politischer.«

»Ich glaube es geht hier vor allem gegen Konradt. Gegen Gerdt Konradt. Und wofür er so steht. Damit er dumm dasteht, damit er sich ärgert. Ich glaube, das ist eine klassische Rachesache. Vielleicht ist der einfach nicht nett zu seinen Putzkräften. Sei immer nett zu deinen Putzkräften, Arschbär.«

Der Arschbär lachte, so als hätte er welche.

Bürgermeister Gerdt Konradt beteuerte indes, die regionale Flüchtlingshilfe mit aller Leidenschaft zu ehren und zu schätzen. Wichtige Arbeit würde da geleistet werden. Von weißen, regionalen Männern. Und Frauen. (Im Nachsatz.) Ein relevanter Arbeitgeber sei die Flüchtlingsstation. Und so verlor er sich allmählich in einer Wahlrede, die die Lebendigkeit eines Faxgeräts hatte. Und während sich der Satzbau in seinem Maul zu einer manipulativen Knetmasse formte, fing seine Nase an zu bluten. So als gehörte das zum

Pflichtprogramm für Anwesende des morgendlichen Fiaskos. Wer dabei sein wollte, musste irgendwo ein Leck vorweisen. Spätfolge des purpurfarbenen Kopfes, der noch vorhin auf seinem Hals herumbaumelte, eine nasale Ader war unter dem Druck zerborsten. Borste ging rüber zu ihm und seiner Nase. Gerdt Konradt merkte nichts, redete weiter, im Eifer eines frisch aufgestandenen Berufspolitikers. Das Rezitieren fremdgeschriebener Labereien war für ihn wie Kokain.

»Gerdt, deine Nase blutet«, unterbrach Borste und steckte einen Tampon rein.

Als ob der Tampon eine sprudelnde Quelle gequirlter Sprühscheiße verstopfte, hielt der Labermann nun inne. Und als er sich losgerissen hatte aus seinem Schock, nahm Gerdts Rede eine andere Färbung an. Der Tampon wackelte mit seinem Kiefer im Takt und tanzte über den rötlich verschnodderten Schnurrbart.

»Was ich eigentlich sagen will. Also langer Rede kurzer Sinn. Wir können das natürlich so machen. Wir teilen den Gewinn auf, brüderlich. Schwesterlich.« (Im Nachsatz.) »Und wir vergessen die ganze Sache hier heute Nacht. Und wir respektieren das *Café Exquisit* als altehrwürdiges Kulturgut unserer Stadt. Oder aber ...«

92. Oder aber

»Oder aber. Wir machen das anders. Da gibt es natürlich diese andere Perspektive. Diese Perspektive, wo *ich* der Bürgermeister bin und *ihr* … im Grunde nichts seid. Nichts. Für diese Stadt. Ein paar Säufer. Den Umstand habt ihr womöglich vergessen. Ich kann mit euch und diesem Café nämlich tun und lassen, was ich will, oder? Oder. Das heißt: Ich nehme mir den Lottoschein. Der Lottoschein wird in seiner Gesamtheit zur Parteispende werden und ich hänge meine Füße in den Pool und schlürfe einen Aperol Spritz, während ihr hier herumsumpft und kein Sterbenswörtchen darüber verliert, was passiert ist.«

»Ja. Typisch. Aperol Spritz.«

»Der fährt halt auch ein Aperol-Spritz-Auto.«

»Der hat auch ein Aperol-Spritz-Gesicht.«

»Und eine Aperol-Spritz-Partei.«

»Und ein Aperol-Spritz-Wahlprogramm.«

Enno und der Arschbär hatten ihre Freude.

»Auf keinen Fall. Das ist unser Lottogewinn!«

Lea stammelte ein wenig. Sie sah ihren naiven Plan gegen den schnurrbärtigen Schädel der Realität stoßen.

»Naja, andernfalls setze ich mich direkt heute Nachmittag hin und stelle in aller Gemütlichkeit einen Abrissbescheid aus, wegen Statikproblemen. Und dann ist euer liebes Café, diese kulturlose Höhle der Subversivität, aber ganz schnell weg.«

»Pff. Statikprobleme. Wenn hier jemand Statikprobleme hat, dann ich«, warf Enno ein.

»Vorsicht, er hat den Polizeichef auf ›Speed Dial‹«, warf der Arschbär ein.

»Vorsicht, er ist der Megafaschist! Er ist der Endgegner!«, warf Enno zurück.

Borste stapfte zornig gen Cafétür.

Frank hielt sie an der Schulter. »Borste, ich find's echt toll. Wer hat hier seine Würde noch? Niemand hier hat seine Würde noch. Du hast deine Würde noch. Bis zuletzt bewahrt.«

»Wart's ab.«

Der Mann mit dem Tampon in der Nase gefiel nun auch Bernd Schulzensen wieder gut. Nun waren sie wieder auf einer Wellenlänge. Bernds Rücken begradigte sich, seine köchelnde Siegeslust kam wieder zum Vorschein und manifestierte sich in angespannten Kiefermuskeln. Bernd und Gerdt. Gerdt und Bernd. Vereint in diabolischer Zweisamkeit.

»Megafaschist. Haha. Und wieso nicht? Ich sag's euch. Ich hab kein großes Problem mit der Idee. Faschismus haben ja die Römer erfunden. Ein Bündel von zusammengebundenen Zweigen. Fasces. Das ist doch eigentlich ne tolle Sache. Ne tolle Idee. Einen Zweig kann man brechen, aber ein Bündel nicht. Stärke durch Zusammenhalt. Einheit. Ich glaube an Stärke.

Ich glaube an Zusammenhalt. Einheit. In unserer schönen Stadt. Und wenn diese Stärke, dieser Zusammenhalt, diese Einheit bedeutet, dass man hier nicht alles und jeden reinlässt und dass hier nicht alles und jeder tun und lassen kann, was er will, und hier nicht komplett alle erdenklichen Perversionen geduldet werden!! Perversion der Kultur. Perversion im Sexualleben. Perversion im Konsum. Ich sehe diese Perversionen hier. Und wenn die Stärke, der Zusammenhalt und die Einheit bedeuten, dass man eben mal eine Kneipe plattmachen muss, die sich gegen diese unsere Werte stellt, die uns trennen will und feindselige Gedanken streut, bitte! Bitte! Dann schwinge ich die Birne des Abrisses mit eigenen Händen! … außer ihr händigt mir den Zettel nun aus. Und dann schauen wir mal.«

Sie hatten ihren Endgegner gefunden, ihren Megafaschisten. Zweifelsohne. Dieser Mann war das führende Gesicht ihrer Stadt. Dieser Mann repräsentierte sie nach außen. Und wer von außen sollte ahnen, dass es Andersdenkende gab und sie hier, im *Café Exquisit,* residierten? Sie hatten eine schlauchende Nacht hinter sich, ohne Schlaf, dafür mit viel Angst und Sorge und Schweiß und Alkohol und Hass und Liebe und Gewalt. Es war genug.

Enno zog triumphierend sein Tonbandgerät hervor.

»Von allen karrieberrenden … karierenden … karrierebeendenden Reden war mir Ihre die Liebste.«

Ein Raunen ging durch die Menge. Man staunte nicht schlecht.

»Das mit der Batterie … haben wir das erledigt?«, flüsterte der Arschbär unsicher.

93. Vorm großen Auftritt

Borste stapfte hinein ins Café und sah eine gebeugte Gestalt am Tresen sitzen. Die Absinthflasche rollte spielerisch zwischen den Händen der Gestalt hin und her.

»Tom? Ganz allein hier drin? Da draußen spielt sich grade das große Finale ab, weißt du, oder?«

»Ja, ich komm gleich raus. Und hör mir das an. Haha.«

Er wirkte nervös und ängstlich, aber nicht wie zuvor, als sie sich alle kennengelernt hatten, als die ganze Scheiße losgegangen war und Tom Peter noch vor Angst quiekte wie eine Maus oder eine Klarinette. Er wirkte eher wie ein jungfräulicher Teen vorm ersten Schultheater. Vorm großen Auftritt. Nervös, ängstlich, aber zielgerichtet, so als würde gleich was passieren. Sie nickte ihm zu. Vielleicht würde ihm das etwas geben. Mehr konnte sie gerade nicht tun.

Sie schwang sich geschwind hinter den Tresen und löffelte umständlich unter der Spüle herum, bis sich endlich die quadratmetergroße Holzpforte öffnete. Schwer und träge war das alte Material und ungern nur offenbarte es dem Eindringling, was sich dahinter verbarg. Borste aber wusste es schon. Der heilige Gral des exquisiten Gasts. Niemand durfte hier Hand anlegen außer Frank und Lina. Niemand durfte die Bierfässer berühren, tragen, verschlauchen oder gar entfernen. Borste riss mit der Umsichtigkeit eines Büffels, der seinen ersten Tag am Presslufthammer hat, an dem mächtigen Fass. Sie warf einen beschämten Blick rüber zu dem perplexen Tom Peter, der es aber besser wusste, als nachzufragen, und dann wuchtete und zog und rollte und klopfte sie in alle Himmelsrichtungen weiter an dem schweren, schwarzen Klotz, bis er sich endlich löste und auf sie zugerollt kam. Kleine Bierfontänen spritzten zaghaft durch den Raum wie ein sterbendes Feuerwerk. Tom Peter musste denken, sie wollte den Abend egoistisch beenden und mit Diebesgut verschwinden. Lina und Frank hätten ihr auf die Finger gehauen. Aber sie kannte keine Scham mehr. Borste kannte keine Scham mehr. Keine Reue. Nichts.

Mit den letzten Kraftreserven ihres nach Schlaf und Vitaminen hungernden Körpers rollte, wuchtete, zog sie das Bierfass hinter dem Tresen entlang zur Treppenhaustüre. Ein ohrenbetäubend bassiges Schleifgeräusch erfüllte den Raum, ungesunder kalter Schweiß sprenkelte ihre Stirn. Sie wusste, sie müsste ruhen, schlafen, auskurieren, denken, essen, vernünftig essen, keine Bierfässer schleppen und ganz sicher nicht noch mehr Stress und Aggression erzeugen. Nicht heute, nicht heute Morgen. Aber welche Wahl hatte sie? Später würde sie wissen, sie hatte jede Wahl gehabt und wirklich, wirklich viele Alternativen. Alle Alternativen. Aber welche Wahl hatte sie wirklich, in diesem Moment? Jetzt?

An der Kellertür angekommen, rüttelte sie ein paar Mal daran, um die eingesperrte alte Frau auf der anderen Seite zu wecken. Dann riss sie sie auf. Staubig und flach auf dem Boden liegend hustete Marlene Drache ihr entgegen.

»Ich lass dich hier raus, wenn du mir deinen Wohnungsschlüssel gibst.«

Marlene Drache blinzelte ängstlich, zögerlich. »D...D...Darf ich dann auch endlich in mein Bett?«

»In ein paar Minuten, Eva Braun. Noch willst du da nicht sein.«

Die erste Dampflok musste so geklungen haben wie Borste, als sie das Bierfass die Treppe hochwuchtete. Stufe für Stufe für Stufe zog sie es nach oben, und es war klar, dass sie im normalen Zustand ihrer Körperkräfte, aber vor allem jetzt, im deutlich zerlittenen Zustand, eigentlich nicht das geeignete Gerät war, nicht der Gabelstapler oder Kran, der nötig gewesen wäre, um diese physische Schwerstarbeit zu verrichten. Der Rücken krächzte ihr. So wie die erste Dampflok: viel zu schwer, um sich zu bewegen, fliegt sie plötzlich über die Gleise, über ihre Möglichkeiten hinaus, stärker als die Summe ihrer Teile. Ein unmögliches Ding. Ein Wunder der Technik. Borstes starke Arme brannten. Der Schweiß tropfte ihr aus dem Arsch. Jede Naht ihrer schwarzen Kleidung wollte bersten. Aber dann war sie oben. Und rollte den Schlüssel durchs Schloss und stieß Marlene Draches Tür auf. Und schob das Bierfass hindurch. Meine Güte!

94. Alles wieder shitty

Der Arschbär flüsterte nervöse Fragen zum Zustand des Aufnahmegeräts in Ennos Ohr. »Enno, ist das ein Bluff?«

Wie sollte er wissen, ob Enno sein Vorhaben umgesetzt hatte und die Batterie zurück in den Rauchmelder bugsiert hatte? Er hatte eine Herzattacke vorgetäuscht, ein arges Tohuwabohu erzeugt und folglich nicht mehr aufgepasst, was um ihn herum passierte. Was da in Ennos entschlossenen Händen leuchtete, war Schrödingers Tonband. Die Lösung all ihrer Probleme für alle Ewigkeit oder die Mutter aller Bluffs.

Bernd Schulzensen lachte herzhaft.

»Na klar doch. Nach der Aktion mit der unsichtbaren Schusswaffe. Enno, was kommt als nächstes, die unsichtbare Panzerfaust, die unsichtbare Bombe, die unsichtbare linke Wählerschaft?«

»Herrje. Nur Nazis benutzen das Wort Panzerfaust derart nonchalant. Echt. Ich versichere dir, das Aufnahmegerät ist echt. Hier, guck, ich kann es sehen! Du kannst es sehen! Fass es an. Nein, fass es nicht an, igitt.«

Bernd Schulzensen sah Schweißperlen auf Ennos Stirn. Nervosität? Entzugserscheinungen?

Die Nachbarn wachten allmählich auf, die Sonne war da, der Hahn hatte gekräht, aber vor allen Dingen war es der Aufruhr vorm *Café Exquisit,* der immer mehr zornige Ohren, Augen, Nasen und Mäuler aus ihren Fenstern zog. Es wurde moniert und geschimpft. Was der Krach so früh am Tage solle, was denn los sei, huch, das war doch der Bürgermeister?

Doch das waren nur Hintergrundgeräusche, wie kreischende Zuschauer für den Boxer im Ring.

Bernd Schulzensen war sich sicher, keine Drohung seitens eines verlotterten Alkoholopfers, wie Enno eines war, ernst nehmen zu müssen. Er forderte seinen Freund und Kollegen eindringlich auf, dem Tonbandgerät keine Beachtung zu schenken. Nichts daran wäre echt. Es wäre doch total evident, dass der Absinthmann nur wieder rumquatscht.

Doch Gerdt Konradt hatte wirkliche Angst bekommen um seinen bis dato so konfliktfreien Lebenslauf und bemühte sich, die Worte zu finden, die alles wieder ungeschehen machen würden. Um sich zu retten, würde er ihnen alles geben, was sie wollten. Er würde das Café unter Denkmalschutz stellen. Er würde ihnen den Lottoschein überlassen. Und Enno sah es in seinem Gesicht. Dass er aufgegeben hatte. Sie hatten ihn. Sie hatten ihn in der Tasche. Der Bürgermeister war geschlagen. Das Tonbandgerät war ein Geniestreich gewesen und Enno wusste, dass er gefruchtet hatte. Alles würde gut werden. Schnell und bald.

Gerdt setzte an: »Ich entschuldige mich. Ihr habt natürlich recht. Wir sind ein christlich-friedlicher Nationalstaat, der …«

Und nun eine vierte Stimme: »Nein. *Nein, nein, nein!* Wir sind das *Café Exquisit*. Wir sind antihomophob, antisexistisch, antifaschistisch, antirassistisch. *Das ist waffenfähiger Antirassismus, Baby.*«

Die Hälse drehten sich überrascht nach oben, von wo der mächtige Ruf gekommen war. Man erblickte Borstes Umriss im Fenster der Marlene Drache, über dem Café. Doch dann schnellten die Hälse schon wieder herab, denn die Augen folgten dem rapide sinkenden massiven Objekt, das sich wie ein Geschoss aus Weltraumschrott tief in die Windschutzschreibe des hässlichen Aperol-Autos bohrte. Mit großem Karacho hatte Borste einfach ein Bierfass in den SUV geknallt. Alle hatten ein Problem, das erste Wort zu finden.

»Uff, jetzt ist alles wieder shitty, oder?«, flüsterte schließlich Enno.

95. Glasscherbensalat

Ein blutiger Tampon fiel lautlos durch die Nacht, aus einem Gesicht, das sich auflöste. Gerdt Konradt war fassungslos. Was für ein Unheil, was für eine Scheiße. Erst die Unfälle vor der Stadt, dann Bernd an seiner Gurgel und jetzt das. Er ging vor seinem geliebten Wagen auf die Knie. Vor seinem Altar. Auf der verschneiten Straße wurden seine Knie kalt und nass und dreckig. Er hustete und keuchte und versuchte, den Kloß aus seinem Hals zu würgen.

Und so ein schöner Sonnenaufgang.

Für den Arschbären war es Kunst. Der Glasscherbensalat formerly known as Windschutzscheibe. Hin und wieder spritzte Bier aus dem großen, schwarzen Fass, das das unnötige und nun gänzlich immobile Fahrgerät für sich beansprucht hatte. Bierfass statt Bürgermeister auf dem Fahrersitz. Eine Aufwertung. Das dicke Metallding in geschmacklosem weißem Lack hatte seinen Kopf verloren, seine windschnittige, durchdesignte Form, seine komplette Symbolwirkung. Was gedacht war als Einschüchterungsmaßnahme für weniger betuchte, weniger karrieregeile, mehr umweltbedachte Mitbürger, was die innerstädtische

Hierarchie hatte untermalen und untermauern sollen, was seinen Herrn und Besitzer sofort und ohne Umschweife als mächtigen Mann hatte kennzeichnen sollen, war nun eine dampfende Ruine, ein übergroßer Wecker, der blinkte und piepste, als gäbe es ein Einparkmalheur. Der unschuldige, nervtötende Geräuschlein von sich gab, so als wüsste er gar nicht von der Tragweite, der Brisanz seines eigenen Niedergangs. So als wüsste er nicht, dass ein gänzlich unerwartetes Objekt durch ihn hindurch und in ihn hinein geplumpst war. Er stand da nur, der große Wecker, die große Ruine. Dummdoof, nutzlos, zwecklos. Selbst für Gerdt Konradt.

Gerdt Konradt, der die grandiose Wirkung des SUV geliebt hatte und die Sicherheit, die Sicherheit für ihn selbst auf Kosten der anderen, sah es nun auch. Das große, klobige Objekt ohne Schönheit, ohne Sinn. Nie hatte es die passende Form gehabt. Für die engen Straßen der Stadt. Für die wenigen Parkplätze der Stadt. Für seine eigenen schlanken, kurzen Beine. Nie war es die formschöne Hülse gewesen, die er sich für sein zartes Bürgermeistergesicht mit dem unpassenden Oberlippenbewuchs gewünscht hatte. Der Aperol war plattgemacht worden von einer Tonne Bier. Zack. Für den Arschbären war es Kunst. Für den Arschbären war es ein Denkmal des Widerstands, der Rebellion, ein Tanz auf der Nase des Systems. Ein Tanz von exorbitanter Schönheit. Ein Tanz namens Hoffnung. Sicherlich ein Tanz mit Konsequenzen.

Und so ein schöner Sonnenaufgang.

Bemalte, bepinselte das Autowrack rosa-orange.

Bernd entriss indes dem schockgefrorenen Enno das Aufnahmegerät und zermanschte es mit seinem Stiefel auf dem Asphalt, wie er es mit der unschuldig vorbeihuschenden Ratte getan hatte. Weil der Bürgermeister selbst indisponiert schluchzte, übernahm er das Wort. Von rechtlichen Konsequenzen bellte er und von Zeugen. Von sich selbst und den Nachbarn an den Fenstern sprach er. Und von Marlene Drache, die ihren verwirrten Kopf aus einem Obergeschossfenster steckte. Und natürlich sei das alles hochgradig verbrecherisch. Und hochgradig sachbeschädigend. Und überhaupt wären sie jetzt am Ende, alle miteinander. Und Frank und Lina glaubten es. Und man zitterte um die Zukunft. Denn alles war schiefgelaufen, aus dem Ruder gelaufen, heute Nacht. Auch Borste wusste es. Sie hatte erreicht, was sie erreichen wollte. Körperlich. Brutal. Weitergedacht hatte sie nicht. Es war ihr großes Ausatmen gewesen. So nötig, nachdem sie jahrelang die Scheißluft dieser Scheißmänner eingeatmet hatte. So nötig und so dumm.

Und so ein schöner Sonnenaufgang.

Der Arschbär reckte ihr den Daumen hoch und rief zufrieden: »Kunst!«

Aber alle anderen sorgten sich sehr, weil Bernd weiterredete und weiterredete und Recht hatte.

96. Landesgrenzen sind keine Kondome

Nur resignierten Zorn hatte Tom Peter in sich finden können für die ganze rechte Fotzensuppe. Keine Ideen. Keine Argumente. Keine Worte. Stets den Blick eines Verlierenden im Gesicht, der ratlos aus dem letzten Loch der Vernunft pfiff, so als wolle er sagen: »Bitte macht das für mich. Bitte sagt das eine schlaue Ding, das ihn zum Stocken bringt. Das ihn zum Nachdenken bringt. Das ihn zu einem okayen Menschen machen wird. Bitte findet seinen Einknickpunkt. Bitte helft.«

Er kam nun raus zu den anderen. Über dem Kopf trug er, ganz klar zu erkennen, einen Heiligenschein, aber vielleicht war es nur sein dicker, fetter Kater.

»Ich versuche das jetzt mal. Verzeiht mir den Versuch. Aber im Grunde war doch diese ganze Nacht nur ein Versuch. Ein Versuch, irgendwas zu verstehen, oder? So oder so. Irgendwas. Es ist so dumm, alles so dumm. Wir sind alle auf einem Planeten geboren, ja? Und vor 5000 Jahren sagen die einen: ›Ja, ich lebe da auf dem großen Hügel‹ und sagen: ›Ja, der große Hügel, das ist gutes Land, fruchtbar, da bleiben wir, da siedeln wir so rum.‹ Und dann machen sie das und dann irgendwann geben sie sich einen Namen. Die

Hügelmenschen. Oder so was. Und dann kommen die Leute aus dem Flusstal und sind anders. Klar, die haben andere Sprache und Klamotten und essen anders. Und da hätten sie sagen können: ›Ne, mit denen wollen wir nicht. Die sind ein bisschen anders.‹ Haben sie das gesagt? Vor 5000 Jahren? Hm? Leben wir immer noch auf dem Hügel oder in dem Tal? Nein, sie haben sich zusammengerafft, meinetwegen mit viel Reiberei und Konflikt, aber plötzlich waren sie ein größeres Grüppchen. Ein Stamm oder so. Hügel *plus* Tal. Und schau an, das hat Sinn ergeben. Sich gegenseitig zu respektieren und voneinander zu lernen und ein Stamm zu werden. Bernd Schulzensen. Du bleibst immer auf deinem kleinen Hügel hocken. Aber du kennst die Geschichte, Bernd. Niemand ist auf seinem Hügel hocken geblieben. Es wird größer. Größer und größer. Und sie wachsen, und sie finden neue Feinde und neue Spiegelbilder von sich selbst und neue Kriege um Land und Land und Land. Und so wird das ein Dorf. Und eine Stadt. Und eine Region. Und ein Land. Und dann ein Bundesland, Teil von was Größerem. Und dann eine Nation. Und da setzt du die Grenze, Bernd!? Warum? Das ist doch völlig wahllos, völlig zufällig. Da hört's nicht auf, Bernd. Es geht weiter. Immer weiter. Und stell dir das vor, Bernd. Alle ficken. Die ganze Zeit. Es wird nur gefickt, unaufhörlich und überallhin. Über jegliche Grenze hinweg. Weil Landesgrenzen sind halt keine Kondome. Es wird sich vermischt, Bernd. Das sind fundamentale, genetische Fakten, Bernd. Jeder ist ein Mischling. Reinrassigkeit existiert nicht. Das ist historisch so kurzsichtig. Immer ist alles genetisch und kulturell vermischt worden. Ich bin ein Mischling, du bist ein Mischling. Und du kannst nichts dagegen machen. Und deshalb ist ›Rasse‹ ein Schwachsinnswort. Keine wissenschaftliche Grundlage dafür, Bernd. Alles Erfindung. Alles Konstrukt. Weiß sein ist auch nicht irgendwie evolutionär von irgendeinem Vorteil. Weiß sein ist dummerweise die dominante Kultur hier, da wurde halt viel Raubbau, Versklavung und korrupter Bullshit unternommen. Damit das so bleibt. Die globale Mehrheit sind wir nicht. Nur zwei Prozent der Weltbevölkerung sind blond, Bernd. Du blondes Stück Scheiße. Mach das nicht zu einer edlen Eigenschaft mit Sammlerwert. Zwei Prozent, das ist pupsig und nichtig. Das ist Pigmentfickerei ohne Bedeutung. Außer dass mehr Melanin halt wenn dann überhaupt ne Superkraft ist, weil man mehr UV-Schutz hat. Ist es das? Bist du eifersüchtig, Bernd? Gerdt? Gerdt und Bernd? Was Melanin alles machen kann! Es feuert, es tobt, es wirbelt in allen Farben des Kaffeeregenbogens. Und es fickt euch dermaßen durch. Aber Rasse ist das Kind des Rassismus, nicht seine Mutter, wie man sagt. Und ohne Austausch wären wir immer noch aufm Hügel und im Tal und wären dumm und abgeschnitten von der Welt. Stell dir vor, der einzige fähige Medizinmensch wohnt auf dem Hügel. Und du sitzt im Tal. Und, oh shit, deine Krankheit ist ne Beinkrankheit und du kannst gar nicht laufen, geschweige denn Hügel erklimmen. Und dein SUV ist auch kaputt. Ärgerlich. Immigration built the nation, Bernd. Wir sind keine Nachbarn oder entfernte Verwandte. Wir sind siamesische Zwillinge, Mann! Wenn einer von uns stirbt, stirbt der andere auch. Ach.

Tschuldigung. Ich sag nur Wörter. Ich sag nur Wörter, weil die einzige andere Sache, die mir einfällt, ist, euch aufs Maul zu geben, aber das kann ich nicht gut und wir wissen alle, dass es nirgends hinführt. Nirgends. Seht ihr, das ist mein Problem. Ich rede jetzt hier rum und weiß auch nicht mal, was das soll, ob das irgendwohin führt. Wahrscheinlich nicht. Wir alle haben Probleme. Das ist mein Problem. Dass ich pessimistisch bin, was euch angeht. Dass ich nicht glaube, was zu bewirken. Und ihr wiederum habt ein rassistisches Problem. Es ist nämlich keine Meinung oder Einstellung. Es ist ein Problem, das du hast, Gerdt, und das du hast, Bernd. Buhuhu. Aber euer Problem macht die Probleme anderer nicht unwichtiger. Es ist halt nur, dass eure Probleme arschfickdumme Probleme sind. Und andere Sachen wie Armut, Krieg, religiöse Verfolgung. Das könnt ihr euch nicht vorstellen und so. Aber das sind halt richtig echte Probleme. Ich denke, das ist das Ende des Vortrags. Ich bin mir echt unsicher, was solche Vorträge angeht. Aber ich wollte einfach die Wippe mal kräftig in eine Richtung ziehen und schauen, was geht.«

Als neutraler Erzähler finde ich den Vortrag eigentlich okay. Ein bisschen wirr vielleicht, aber nicht unnötig. Immerhin ist der Roman beinah vorbei. Und bisher haben sie sich ja quasi alle nur geprügelt. Ständig wurde sich gekloppt. Und Tom ist letztlich einmal unsere zentrale Figur gewesen, wisst ihr noch? Ganz am Anfang? Da hat er nun also endlich seinen großen Auftritt gehabt. Tom Peter, der Trompeter. Oder Klarinettist eben.

Entschuldigt die Einmischung. Aber man kann schon mal sein Maul aufmachen.

97. Wenn man sich bemüht

Gerdt Konradt und Bernd Schulzensen waren zwei Männer mit aufgeblasenen Egos. Natürlich, für die jeweilige Berufswahl war ein aufgeblasenes Ego unverzichtbar. Man wird schließlich nicht Bürgermeister ohne aufgeblasenes Ego. Man wird schließlich nicht Sportlehrer ohne aufgeblasenes Ego. Man wird nicht Anführer einer trotteligen Gruppe von Dummnazis ohne furchtbar aufgeblasenes Ego. Und nun standen sie da, nasskalt, verwirrt, kraftlos, mutlos. Zwei leere Airbags im Wind. In die Borstes Bierfass ein Loch gepikt hatte und die Tom Peters Redeschwall dann restlos ausgepresst hatte. Es mangelte ihnen nicht an Hass, niemals, diesem tiefen, inneren Grundhass, den die beiden bitteren Schädel hervorzubringen imstande waren. Man konnte nicht erwarten, dass da irgendeine Art von Umdenken im Gange war. Das nicht. Aber es fehlte ihnen an Luft. Immerhin. Und Luft war an diesem merkwürdigen Morgen vor dem *Café Exquisit* das kostbarste Gut. Luft und Absinth.

Bernd stotterte, das war neu. »Aber. Ich versteh's nicht. Ihr seid doch gar nicht betroffen. Ihr seid doch gar nicht illegal hier. Ihr seid doch gar nicht ausländisch, schwarz, Islamisten. Seid ihr doch gar nicht.«

Das war natürlich ein Problem: Niemand hier war frei von den Privilegien der westlich dominanten Kultur. Was sollten sie schon sagen? Alle waren sie weiß und privilegiert. Und für niemanden sonst konnten sie sprechen. Aber es ging ja nicht um die Welt. Es ging um die Kneipe. Es ging ja nicht darum, irgendwen zu beschützen oder zu verteidigen. Es ging nur um ein paar Bier. Es ging nur darum, Tom Peter das Etablierbier im *Café Exquisit* zu präsentieren und in der darin enthaltenen Weisheit zu sprudeln. Der Arschbär heulte innerlich um die Idylle des Abends und die Idylle seines Kopfes. Sie hatten ihn heute so weit getrieben. Er war ein Hassender geworden. Er hatte Gewalt anwenden müssen, mehrfach. Seine Finger, seine Hände, sein Geist waren benommen von der Vorstellung, dass er, der nie böse Absichten hegte und stets versuchte, ein liebevoller Kuschelbär zu sein, dass er so weit getrieben worden war, gewalttätig zu werden. Das würde ihn für sehr, sehr lange Zeit versauen. Den Mann mit dem schweren, schweren Herzen. Und darum ging es.

Frank sagte, was alle dachten: »Solange nicht alle frei saufen können, kann niemand frei saufen.«

Gerdt Konradt war ein Airbag ohne Luft, doch Bernd Schulzensen hatte in sich ein letztes, wirres Aufbäumen gefunden und schaute sich hektisch nach Argumenten um. Aber alles, was er sah, waren herzallerliebste Schneeflocken, müde Gutmenschen und ein zerstörter SUV.

Lina Rundchen bemerkte seine Unruhe und wagte das Unfassbare. Das Kontroverse. Das Polarisierende. Sie legte einen Arm um seine Schulter. »Bernd, du machst alles noch schlimmer. Atme mal durch. Die kluge Sache ist nicht, deine Denkfehler zu ignorieren und dran kleben zu bleiben. Die kluge Sache wäre, dir Denkfehler einzugestehen, zuzugeben und zu lernen. Das wäre die erwachsene Option, oder wenn du es unbedingt so hören willst: Das würde ein echter Mann machen. Da stehst du drauf, oder? Ein echter Mann sein. Blärgh. Hehe. Echte Männer, erwachsene Männer, denken nach und schauen, was sie selbst besser machen können. Das ist Erwachsensein. Das weiß doch jedes Kind. Flexibel bleiben und bereit sein zu wachsen. Wirst sehen, is okay. Ein kleines Glücksgefühl sogar jedes Mal. Synapsen bilden sich, die vorher nicht da waren. Ein Erlebnis.« Den unsympathischen Sportlehrer zärtlich im Arm, sprach sie dann zu allen: »Jetzt rollen wir diese scheußliche Nacht mal ein wie eine schimmlige Badematte. Gerdt und Bernd, euch ruf ich bei Frau Müller-Bfuhr ein Taxi. Frank und Enno und Arschbär, ihr ab ins Krankenhaus. Und dann ist endlich mal gut.«

Der Arschbär winkte ab. Ihm ging es mental schlechter als körperlich und ihn ängstigte der überfordernde Stress eines Hospitals mit so vielen, so wachen, so hektischen Menschen. Er wollte sein schmerzendes Kinn lieber bei einem nachdenklichen Spaziergang auskurieren. Sein Herz war schwer.

Zum Abschied fragte er noch: »Hey, Enno, war die Batterie im Tonbandgerät?«

Enno starrte auf den kleinen Haufen Technik und zuckte lächelnd mit den Schultern.

»Wie kannst du das nicht wissen, Enno??«

»Ich kann halt nicht gut machen.«

Dann bequemte er sich auf den Rücksitz von Lina Rundchens Mini, der als Krankentransporter auserkoren wurde, wie auf eine Strandliege.

»Aber ich kann sehr gut sein.«

98. Ente Gnu, alles Gnu

Rechtliche Konsequenzen würden kommen, das war klar, aber man konnte sie den beiden männlichen Lappen zumindest gerade nicht ansehen, als sie willenlos in das gelbe Gefährt gestopft wurden. Als Frau Müller-Bfuhr die beiden im Taxi abtransportiert hatte, schmeckten plötzlich alle Fluppen besser. Der ganze Schnee war kein matschig-rutschiges Ärgernis mehr, sondern ein magisch-leuchtender Teppich.

Borste war heruntergekommen auf die Straße. Auch auf vehementes Nachfragen des gemütlich auf der Rückbank residierenden Enno wollte sie nicht verraten, ob sie Marlene Drache noch vor die Tür gekackt hatte. Sie drückte den Arschbären zum Abschied fest, denn sie sah seine Traurigkeit. Niemals hatte er ein bestialisches Haudrauf-Monstrum sein wollen, niemals hatte er ein Heiko Schuhknecht sein wollen. Er hatte eine Tür in sich geöffnet und dort eine Seite an sich gesehen, die ihm sehr unangenehm war.

»Du siehst müde aus, Schatz.«

»Ich bin müde in meinem Gesicht, aber nicht in meinem Schlafverhalten.«

Es war kein gelungener Abschied. Der Arschbär schälte sich zwischen aufwachenden Häuserfassaden hindurch davon. Der Kopf hing ihm herab. Ein schweres Bild, signiert vom Sonnenaufgang.

Lina hatte das Café abgesperrt und wollte sich nun auf den Fahrersitz schmeißen, doch dann hielt sie mit schockierten Augen inne. Enttäuschte Schultern verloren wieder jegliche Anspannung, so als hätte die Nacht noch einmal einen allerletzten, tödlichen Schlag gelandet. Borste folgte ihrem Blick und entdeckte das Problem. Das Projekt Krankentransport war gestorben. Ein mächtiges Safarimesser klaffte aus dem Vorderreifen des Minis. Am Griff hatte es schon Schnee angesetzt.

Die Neureichen saßen in Leas Passat und diskutierten mit dampfenden Köpfen über ihre Zukunft. Die Meinungen sollten später auseinandergehen, ob neu entflammte Liebe, intensiver Streit oder schlicht die Kälte die vier Wangen von Lea und dem Flüssinger in ein derartiges Glutrot getaucht hatte. Sie erklärten sich schließlich bereit, den ersten Schritt in ihr neues Leben mit dem immensen Reichtum noch einmal zu vertagen und zuerst die Verletzten zu ihrer Genesung zu fahren.

Enno ging es blendend. Das Blut, das er verloren hatte, war offenbar von genügend Absinth ersetzt worden. Er hopste von einem Wagen in den anderen und brabbelte grinsend: »Hey Borsti. Ente Gnu, alles Gnu. Es war mir ein inneres Arschausputzen.«

»Adieu, Enno. Heut Abend, selbe Zeit, selber Ort.«

Man warf sich Luftküsse zu und meinte viele davon ironisch.

Und das war's.

Da waren es nur noch Borste und Tom.

»Und, Tom? *Café Exquisit,* oder? Hat man zu mögen.«

»Beste Entscheidung, hierherzukommen.«

»Haha. Die ganze, komplette Sache war ein gut geschnürtes Paket schlechter Entscheidungen.«

Sie starrten nachdenklich auf den zerstörten SUV, der still und leise von Schnee berieselt wurde.

In der Ferne hörten sie die Sirenen.

99. Und dann noch so

Für lange Zeit blieb die Stadt vergiftet von Hass. Gerdt Konradt traf weiterhin Entscheidungen und beraubte sein Amt über viele Jahre hinweg jeglicher Menschlichkeit. Das *Café Exquisit* schien er immerhin weitgehend vergessen zu haben, womöglich hatte er sich wie alle Beteiligten ein gesundes, kleines Trauma zugezogen. Er hatte inoffiziell Hausverbot bekommen, Bernd und Heiko und Marlene dafür ganz offiziell.

Borste lernte in ihren Sozialarbeitsstunden einige interessante Gesichter kennen, von denen sie die Hälfte schnurstracks zu neuen Stammgästen im *Exquisit* machen konnte, die andere Hälfte bekam von ihr aufs Maul. Vereint mit ihrem Arschbären und Enno Brotschmier bildete sie weiterhin den harten Kern der exquisiten Stammtischrunde. Bis der Arschbär etwa zwei Jahre nach der legendären schlaflosen Nacht überraschend an einem (echten) Herzinfarkt verstarb. Es waren die traurigsten Nachrichten in der kollektiven Kneipengeschichte und sie rissen klaffende Löcher in Borstes Herz und in die Runde am guten alten Marmortisch. Man äußerte Sorge, dass der Caféboden kippen würde, weil der schwere Mann nicht mehr in der Ecke saß. Und man meinte das schwere, große Herz eines guten Menschen und Trinkers. Nicht den Bauch.

Enno hatte sich nach dem Vorfall im Café bemüht, mehr regionale Missstände und politische Debatten in seiner Radiosendung unterzubringen. Es war ihm eine ernsthafte Herzensangelegenheit gewesen. Aber die Zuhörerzahlen gingen runter und schnell wurde vonseiten der Produktion die Notbremse gezogen. Enno musste sich wieder auf Popkultur und Musik konzentrieren. Was ihm, wenn er ganz ehrlich zu sich war, keine übergroßen Schmerzen bereitete. Er fand es nachhaltig belustigend, wie so viele Menschen in einer einzigen Nacht gegen Bäume gefahren waren, und erklärte den Jahrestag des leidigen Ereignisses zu seinem persönlichen Feiertag. Die Rippe heilte gut aus.

Als Marlene Drache endlich ins Altersheim zog, schnappten sich Lina und Frank die Wohnung über dem Café und verkauften den Mini. Lina Rundchen fuhr nun viel Rad. Frank Leupesch, der bucklige Schlaks mit dem langen Bart, entdeckte den E-Scooter für sich und gab ein denkwürdiges Bild damit ab, mit dem er es in der regionalen Hauptschule zu einer gewissen Prominenz schaffte. Die Kids amüsierten sich blendend über den vorbeisausenden Bartträger. Lina, selbst skeptisch gegenüber dem neuen Fortbewegungsgerät, fragte ihn, ob ihm das nichts ausmache. »Keine Sache, Lina«, sagte er.

Sie entfernten auch den Kickertisch im Café und besorgten dafür eine echte Wurlitzer Jukebox, die leuchtete wie das goldgelbe Neonschild draußen vor der Tür. Jeder stimmte zu, dass das ein exzellenter Kleinanzeigenfund war. Enno Brotschmier feierte das neue Gerät so sehr, dass er am ersten Abend darauf einschlief, im Stehen, eine Schläfe gegen den bunten Apparat gelehnt. Die Fotos wurden aufgehängt.

Platz für die Jukebox war auch deshalb, weil der übliche Tresenplatz vom Flüssinger fortan leer blieb. Er und Lea Händle ließen sich nicht mehr wirklich blicken, es gab viele Gerüchte. Man sagte, die gegenseitige Erpressung mit Bürgermeister Konradt sei noch um einige Kapitel weitergegangen. Andere sagten, dass Lea und der Flüssinger als helfende Engelchen über dem Cafè schwebten und in Aktion traten, wenn Lina und Frank über finanzielle Engpässe oder große Anschaffungen jammerten. Eine obskurere Theorie besagte, dass der Flüssinger gar nicht die richtigen Zahlen getippt hatte und alles nur als große romantische Geste geplant hatte, um Lea Händle wieder zu seinem Herzen zu führen. Vom Geld wollte niemand im Café was abhaben, viel lieber hatte man die ganzen Geschichtchen, die man sich ausdenken konnte über das seltsamste aller Neureichenpärchen.

Tom Peter kam nie wieder vorbei. Selbst als er einmal, Jahre später, ein Konzert ganz in der Nähe des *Café Exquisit* spielte, entschied er sich nach langen, zermürbenden Gedanken letztlich gegen einen Besuch. Die ganzen Gedanken hatten ihm überhaupt nicht weitergeholfen, er hätte auch gleich auf seinen Bauch hören können, der krampfte bei dem Gedanken an die längste aller Nächte. Er hatte das Gefühl, alles gesagt zu haben, was er an diesem Ort hätte sagen können. Aber wenn er mal länger im Stau stand oder ihm rüde die Vorfahrt genommen wurde, murmelte er ab und zu leise: »Alles Arschlöcher überall.«

Weitere Bücher aus dem Carpathia Verlag

Jan Bratenstein
Der Mann ohne Piano
Roman

Hardcover mit Schutzumschlag
144 Seiten

ISBN 978-3-943709-25-4

Ein junger Musiker jagt einer ebenso verständlichen wie verstörenden Obsession hinterher: Er braucht ein Piano. Doch das ist gar nicht so einfach, denn es mangelt ihm nicht nur an den finanziellen Mitteln für das Instrument, sondern auch an grundlegenden sozialen Fähigkeiten. Außerdem wird er von einem grünbäuchigen Waldgeist getriezt, der neuerdings immer öfter in seinem Leben auftaucht und sich auch in die zunächst vielversprechende Affaire mit einer Musikalienhändlerin einmischt. Die Kellerband um Hausmeister Knasse bringt neben zu viel Alkohol zumindest kurzzeitig eine gewisse Stabilität in die verworrene Welt des Möchtegern-Pianisten, doch eine verkorkste Konzerttournee mit den Alt-Hippies wirft auch neue Fragen nach den wahren Bedürfnissen auf.

Jan Bratensteins Debütroman ist wie einer dieser verrauchten Kneipensongs: Kurz da, hinterlässt er einen bitteren und seltsamen Geschmack auf der Zunge, und schon ist er wieder weg.

Mehr unter: *cptvl.de/dmop*

Alle Bücher sind auch als E-Book erhältlich.

Marc Bensch
Die unverhoffte Genesung der Schildkröte
Roman

Hardcover mit Lesebändchen
304 Seiten

ISBN 978-3-943709-70-4

Der Journalist Paul Gram hat ein ambivalentes Verhältnis zum Begriff der Wahrheit. Seine jüngste Story über Mauscheleien zwischen lokaler Wirtschaft und Stadtverwaltung ist komplett erfunden – und doch wahr. So wahr jedenfalls, dass sie das Leben eines kriminellen Unternehmensbosses, eines frustrierten Detektivs, eines rachsüchtigen Schwindlers und eines Buchhalters mit gesichtslähmungsbedingtem Dauerlächeln komplett aus den Fugen bringt. Es entspinnt sich ein rasantes und intrigenreiches Verwirrspiel – bis einer der Protagonisten erkennt, dass sie alle nur Teil einer Geschichte sind. Die Figuren gehen auf die Barrikaden, und der Erzähler ruft in seiner Not den Leser zur Hilfe.

Ein ungewöhnlicher und intelligenter Roman über Schein und Sein, über Selbstbestimmung und Fremdsteuerung und über den Kampf des Erzählers mit seinen Geschöpfen..

Mehr unter: *cptvl.de/dugds*

Alle Bücher sind auch als E-Book erhältlich.

Lothar Becker
Als Großvater im Jahr 1927 mit einer Bombe in den Dorfbach sprang, um die Weltrevolution in Gang zu setzen
Roman

Hardcover mit Schutzumschlag
256 Seiten

ISBN 978-3-943709-85-8

Eigentlich hätte Großvater lieber per Dekret die Dummheit verboten. Doch sein Freund Herbert, der im Dorf die Hühner schlachtet und wie er eher versehentlich in die Kommunistische Partei eingetreten ist, hat eine andere Idee, wie man die Weltrevolution in Gang setzt: natürlich mit einer Bombe in einer Machtzentrale der herrschenden Klasse!

Nachdem ein erster Anschlag auf eine unschuldige Rathaustreppe im Nachbarort noch nicht ganz den gewünschten Erfolg erzielt, flüchtet er mit seiner neuen Freundin Else nach Wien und gerät in die Fänge von Genosse Schmidt und Genossin Olga, die einen weitaus größeren Beweis für seine Loyalität zur Partei einfordern: Er soll den Stephansdom sprengen.

Lothar Beckers liebevoll-grotesker Roman ist eine ironische Abrechnung mit Ideologien, Weltanschauungen und den mit ihnen verbundenen Heilserwartungen.

Mehr unter: *cptvl.de/1927*

Alle Bücher sind auch als E-Book erhältlich.